D1666151

Kurt Franke

Chirurg am linken Ufer der Panke

Erinnerungen eines Berliner Mediziners

Das Neue Berlin

Zur Person
Prof. Dr. sc. med. Kurt Franke, geboren 1926 in Berlin-Wedding. Flakhelfer mit Notabitur, Marinesoldat und englische Gefangenschaft. Medizinstudium in Berlin. 1952 Übersiedlung in die DDR. Facharzt für Chirurgie (1958), Facharzt für Sportmedizin (1964), Chefarzt der Chirurgischen Klinik und der Abteilung Sporttraumatologie im Städtischen Krankenhaus Berlin-Pankow von 1964 bis 1991. 1977 Professor für Chirurgie/Unfallchirurgie. Autor von drei medizinischen Büchern, 175 Publikationen und 365 wissenschaftlichen Vorträgen.
Seit 1991 Rentner und weitere Tätigkeit in einer Gemeinschaftspraxis mit Tagesklinik in Berlin-Pankow bis 2001.

Inhalt

Vorwort

Auch wenn am 28. Februar 1749 Karl Wilhelm Ramler, Odendichter und Professor an der Berliner Kadettenanstalt, an seinen Dichterfreund Ludwig Gleim in Halberstadt etwas herabsetzend schrieb, »der Fluß Pancke ist so groß, daß ich ihn zuerst für eine Rinne hielt«, ist er doch ein geographischer Bezugspunkt für lange Abschnitte meines Lebens gewesen.

Am linken Ufer dieses Nordberliner Flüßchens verbrachte ich, nahe dem Humboldthain im Wedding wohnend, meine Kindheit. Hier besuchte ich das Lessing-Gymnasium, dessen Grundmauern das Panke-Ufer bilden, genauso wie es im Krankenhaus Pankow der Fall ist. Dort wirkte ich seit 1961 zunächst als Oberarzt und ab 1964 als Chefarzt der Chirurgischen Klinik, bis man mich 1990 in »Wendewut« (Günter Gaus) eliminierte.

Das war nicht fachlichen Fehlern, sondern meiner Position am linken Ufer der Gesellschaft geschuldet. In diese gelangte ich durch mancherlei Lebenserfahrungen, die zu sammeln die letzten sieben Dekaden des 20. Jahrhunderts ja auch reichlich Gelegenheit boten. Daß von jedem Individuum unterschiedliche Schlußfolgerungen aus eigenem Erleben und gesellschaftlichen Umständen gezogen werden, erklärt auch die Vielfalt von Problemen, Verhaltensweisen und Erscheinungen in jeder Biographie, selbst wenn das Leben im Rahmen vorgegebener Normen verlief.

Historische Ereignisse werfen immer wieder ihre publizistischen Schatten. Der politische Zusammenbruch der DDR, der sich im Herbst 1989 andeutete und am 3. Oktober 1990 vollzog, verursachte eine Welle von Darstellungen in allen Medien. Manche Analyse klingt heute ausgewogener und objektiver als vor zehn Jahren. Nicht erledigt ist aber die vom damaligen Justizminister Kinkel erteilte Empfehlung, die DDR zu delegitimieren. Dieser Auftrag zieht sich durch viele Darstellungen. Objektiv führte das bereits in den ersten Jahren nach 1990 zu einem nahezu totalen »Elitenwechsel« in allen staatlichen und kommunalen Bereichen, durch den oft »Experten« dritter Güte aus der alten BRD eine lange gesuchte Aufstiegschance erhielten.

Was vermag die eigene Biographie dagegen auszurichten?

Ich stelle mein Leben als Zeitzeuge dar, motiviert durch das Fontane-Wort »Was wir erleben, das lassen wir verfliegen, aber was wir träumen, das schreiben wir gewissenhaft auf. So haben wir keine rechte Chronik ...«

Mein Selbstwertgefühl resultiert aus einer Lebensleistung, die ich mir nicht auf Anordnung neuer staatlicher Herren diskriminieren lasse. Vielleicht verhilft dieser Bericht – im Verbund mit denen vieler anderer Zeitzeugen – der Generation unserer Enkel zur überlebensnotwendigen Einsicht, die asoziale Marktwirtschaft in eine sozial verträgliche Gesellschaftsordnung umzuwandeln, um die Gattung Homo sapiens erhalten zu können. Ob ethische Normative und wissenschaftliche Erkenntnisse ausreichen, um menschliche Verhaltensweisen dauerhaft zu ändern, läßt sich auch aus den Erfahrungen des 20. Jahrhunderts in Europa nicht belegen, wohl aber aus zunächst erfolgversprechenden Ansätzen vermuten.

Wenn die zehn christlichen Gebote in den letzten zweitausend Jahren der Menschheitsgeschichte umfassend eingehalten worden wären, hätten der Rabbinerenkel aus Trier und der Fabrikantensohn aus Barmen nicht so zwingend ihre Thesen zur Veränderung der Welt formulieren müssen. Deren Richtigkeit erscheint mir keinesfalls widerlegt, auch wenn die in Europa während des 20. Jahrhunderts ablaufenden Realisierungsversuche nicht erfolgreich waren.

Kurt Franke
Berlin, am 7. Oktober 2001

Kindheit

Erst lernst du laufen
und dann lernst du leben
und was daraus entsteht, heißt Lebenslauf
Erich Kästner

Wer einmal in hiesiger Gegend ansässig geworden,
merkt bald, daß es sich hier recht gut wohnt,
daß die hiesige Bevölkerung eine
überaus friedliche und angenehme ist.
Das Vorurteil mancher Bewohner
feinerer Viertel, als ob man hier nicht
sicher wohnen könne, ist ganz unbegründet.
Pfarrer Diestelkamp, Nazareth-Gemeinde,
1880 über die Bewohner des Wedding

»Nur das Aufgeschriebene lebt fort« bemerkt Theodor Fontane und fordert somit auf, Ereignisse und Erlebnisse des Jahrhunderts nach ihm festzuhalten.

Ich halte mich dabei an die im 20. Jahrhundert gültigen Rechtschreibregeln und beginne mit den Aufzeichnungen im Winter des Jahres 1998. Es ist ein historisches Datum – der 30. Januar. Die sommerliche Wärme, die man im Süden Teneriffas auch im kalendarischen Winter erleben kann, scheint das Erinnerungsvermögen zu fördern. Die Ereignisse vom 30. Januar 1933 wirkten sich auf das Leben von Hunderten Millionen Menschen weltweit negativ aus. Bei etwa 55 Millionen führten sie zum gewaltsamen Tod. Daß ich nicht zu letzteren gehörte, war einige Male glücklichen Umständen zu verdanken.

An dem besagten Tag vor 65 Jahren kann ich mich nicht erinnern, obwohl ich damals schon sechs Jahre und drei Monate alt war. Mir sind aber noch blutbespritzte Häuserwände in Erinnerung, die in der Hochstraße am Humboldthain im Berliner Norden nach Auseinandersetzungen zwischen den im sogenannten Roten Wedding wählermehrheitlich wohnenden Linken und den Nazis zu sehen waren. Das fand ängstliche Würdigung, denn Gewalttätigkeiten untereinander und gar mit Blut verbunden, gehörten nach den Erziehungsprinzipien meiner Eltern nicht zu den Umgangsformen normaler Menschen. (Der Begriff »zwischenmenschliche Beziehungen« erlangte erst etwa 40 Jahre später die vieles ausdrückende Bedeutung.)

Ich erinnere mich aber noch an manche Auswirkungen von sozialen Verwerfungen der damaligen Zeit: Arbeitslose, die auf den Bänken im Humboldthain saßen und sich mit Schach- oder Kartenspielen die Zeit vertrieben – 6,5 Millionen gab es von ihnen damals in Deutschland.

Otto Nagel, der das alte Berlin malte, bevor es im Feuer des 2. Weltkrieges unterging, hatte sein Atelier am Gesundbrunnen in der Badstraße. Seine Pastelle von Menschen, Parkbänken und Buddelplätzen im Humboldthain rufen frühe Kindheitserinnerungen in mir wach.

Zum Nordhafen, in den sich der Hauptarm der Panke wasserfallartig ergießt – ein kleiner, manchmal versickernder Nebenarm mündet am Schiffbauerdamm unweit des Berliner Ensembles in die Spree –, führten mich oft Spaziergänge mit dem Vater. Dort standen immer Arbeitswillige, die darauf warteten, einen Lastkahn entladen zu können. Täglich klingelte es wiederholt an der Wohnungstür meiner Großmutter, bei der ich oft weilte. Menschen boten sich an, für 20 Pfennige einen Teppich zu klopfen, oder sie baten um 5 Pfennige, den Gegenwert von zwei Schrippen, da sie Hunger hatten.

Meine Großmutter Ida Heim (1871-1947), eine selten gütige Frau, wohnte im Nebenhaus und hatte eine herrlich große Wohnung mit einem Berliner Zimmer von acht mal vier Meter. Dessen Dimensionen forderten den Spieltrieb eines jeden Kindes heraus: Zehn Stühle hintereinander gestellt – das war in diesem

Zimmer möglich – ergaben einen Eisenbahnzug. Und natürlich erhielt der Enkelsohn auch dann eine schöne Portion Nachspeise – meist Kompott aus den Früchten des Blankenburger Gartens –, wenn er der Hauptmahlzeit nicht so zugesprochen hatte, wie es die Erwachsenen forderten.

Ein Erlebnis, das meine Großmutter bald nach der Jahrhundertwende hatte, erscheint berichtenswert:

Einer ihrer drei Brüder war offensichtlich den geistigen Ansprüchen selbst der kaiserlich-deutschen Armee nicht gewachsen. Er schaffte nicht die sogenannte »Majorsecke«, wurde als Hauptmann der Reserve entlassen und in den zivilen Staatsdienst überführt. Nachdem Gustav Schmiedigen (1866-1947) einige Jahre Bürgermeister in Oppeln (heute Opole) war, wurde er nach Britz am damals noch südlichen Stadtrand von Berlin versetzt.

Von dort rief er am 17. Oktober 1906 seine Schwester an: »Mensch, Ida, hab ick ein Schwein gehabt! Meinem Amtsbruder in Köpenick hamse die Kasse jeklaut. Aber wenn der zu mir jekomm wär – ick hätt' sie ihm ooch jejeben.«

Wir Nachfahren, denen diese Mitteilung zur Kenntnis gelangte, bedauern heute noch, daß Zuckmayers Theaterstück nicht dem »Hauptmann von Britz« gilt – das Entree für die Familienerinnerungen wäre sicher lesewirksamer geworden.

Offensichtlich genügte Gustav Schmiedigen aber den Ansprüchen der Auswahlkommission für Straßennamen im damaligen Berlin (West) – jedenfalls gibt es am U-Bahnhof Lipschitzallee in Britz einen Schmiedigenpfad.

Damit wurde sicher auch sein regierungstreues Verhalten in den Hungerzeiten des 1.Weltkrieges honoriert, das als Detail aus einer zeitgenössischen Schilderung ersichtlich wird: »Anfang Februar 1917 kommt es bei Schwartzkopff, bei Loewe, im Turbinenwerk der AEG in der Huttenstraße und in der Firma Stock & Co. zu kurzfristigen Arbeitsniederlegungen. Aus Britz berichtet Martha Balzer: In der Chemischen Fabrik Riedel, bei Mühsam, in der Kistenfabrik Erdmann, bei der Schuhfabrik Reh und Predel und im Nährmittelwerk Florin waren sehr viele Frauen beschäftigt. Ein kleiner Kreis klassenbewußter Frauen leistete revolu-

11

tionäre Arbeit und organisierte geschickt die Verbreitung illegalen Materials.

Trotz des Belagerungszustandes demonstrierten wir mit mehr als fünfhundert Frauen zum Britzer Gemeindeamt. Die Polizisten wurden beiseite gedrängt. Bürgermeister Schmiedigen und die Brotkommission konnten nicht ausweichen. Der Gemeinderat mußte Stellung nehmen. Die Frauenkommission versäumte es auch nicht, bei den Verhandlungen auf die wahren Ursachen der Not hinzuweisen. Sie protestierten gegen ihre politische Rechtlosigkeit und verlangten, daß ihre Vorstellungen den Behörden mitgeteilt werden. Als mich der Bürgermeister, der Junker Schmiedigen, mit den Worten verspotten wollte: ›Sie werden noch eine Volksrednerin!‹, antworteten zahlreiche Frauen zugleich: ›Wir alle sind Volksrednerinnen.‹

Die Demonstration der Britzer Frauen war so wirksam, daß nicht allein das Neuköllner Tageblatt und das Mitteilungsblatt der Wahlvereine, sondern sogar Der Volksfreund in Braunschweig, der in Berlin als Extrablatt für den Vorwärts vertrieben wurde, darüber berichteten. Wir erreichten zusätzlich halbe Brotkarten, Schrippenkarten und Graupen als Ersatz für Kartoffeln.«

Gustav Schmiedigen festigte seine deutschnationale Gesinnung weiterhin. Er war das einzige Mitglied der Familie, das nach meiner Erinnerung die »runde Hundemarke der NSDAP« trug, obwohl er als pensionierter Staatsbeamter dazu nicht gezwungen gewesen wäre.

Die Eltern meiner Großmutter Ida Heim, geborene Schmiedigen, betrieben ein Fuhrgeschäft, das ihnen durch Erdtransporte beim Bau der Nordbahn zwischen Stettiner Bahnhof und Gesundbrunnen soviel Geld einbrachte, daß sie – zwar mit Bankhypotheken, aber immerhin – zwei Mietshäuser in der Hochstraße (Nr. 44 und 45) bauen lassen konnten.

50 Jahre zuvor, um 1840, lag diese Gegend noch so weit vor der Stadt, daß hier der Galgen stand, das Hochgericht. Daher kommt also der Name für die Hochstraße, die im Süden an der Gerichtstraße beginnt und, parallel zur S-Bahn laufend, an der Badstraße endet. Dieser Name kommt vom Luisenbad im Umfeld einer Quelle, also einem Gesundbrunnen.

Zeitweise standen vor dem 1. Weltkrieg 45 Pferde in den Ställen des Fuhrgeschäftes, und ich habe als Kind noch Misttransporte zum Grundstück in Blankenburg auf dem Kutschbock begleitet. Eine Fahrt dauerte ziemlich lange – ich schätze zwei bis drei Stunden, aber langweilig war es nie. Daß wir damals zur Umgehung des Berges am S-Bahnhof Heinersdorf durch den Stiftsweg und die Galenusstraße fuhren, kam mir erst dreißig Jahre später wieder in Erinnerung, als ich am Krankenhaus Pankow arbeitete und die Galenusstraße mir aus anderer Perspektive vertraut erschien.

Der Heuboden über den Stallungen war idealer Spielplatz. Hier lernte ich auch einen Salto vorwärts zu springen. Von den Eltern weniger akzeptiert wurde das Herumturnen auf den großen Plattenwagen, weil deren bewegliche Teile soviel Wagenschmiere enthielten, daß davon auch immer etwas an der Kleidung hängenblieb. Der Hufbeschlag in eigener Schmiede war für uns Kinder besonders eindrucksvoll. Manchmal durften wir am Blasebalg ziehen, so mithelfend, die Hufeisen zum Glühen zu bringen, damit sie vom Schmied paßgerecht geformt werden konnten.

Diese halb dörfliche Idylle inmitten der Großstadt verschwand langsam, weil sich Theodor Schmiedigen (1881-1945) nicht entschließen wollte, sein Fuhrgeschäft von zweimal 1 PS auf die 30 oder 40 PS eines Treckers oder Lkw umzustellen. Zudem waren mit Kriegsbeginn 1939 aus den Pferdeställen schon Garagen und Lagerflächen geworden.

Die Spielgefährten meiner Kindheit und der ersten Schuljahre lebten im Seitenflügel und im Quergebäude des Hauses in der Hochstraße. Aus dem Vorderhaus kamen nur meine Schwester und ich. Da man in jungen Jahren linguistisch am aufnahmefähigsten ist, ließ sich nicht vermeiden, daß meine Umgangssprache durch eine von Berlinismen geprägte Phonetik – grammatikalisch allerdings einwandfrei – gekennzeichnet ist. Daran konnten auch fortgesetzte Bemühungen meiner Eltern und zweier Tanten, die Lehrerinnen waren, nichts ändern. Allerdings lernte ich, gewissermaßen als erste Fremdsprache, auch Hochdeutsch. Das erwies sich für später zu haltende Vorträge und für die Konversation mit denjenigen, die mir zunächst noch nicht näher bekannt sind, als vorteilhaft.

Die Hochstraße lag und liegt nicht in den Vierteln der Reichen. So fand sich hinter dem Vorderhaus mitunter Zille-ähnliches Milieu: Im geöffneten Fenster einer Seitenflügel-Parterrewohnung stand ein Käfig mit Kanarienvögeln. Ein mir gleichaltriger Junge aus dem 4. Stockwerk betrachtete diese neugierig. »Habt ihr auch Vögel?« fragte die kontaktfreudige Frau aus dem Erdgeschoß und erhielt die lakonische Antwort: »Nee, bloß Wanzen!«

Kindheitserinnerungen gelten auch einer anderen Form ländlicher Idylle mitten in der Großstadt, nämlich Kuhställen auf dem Hof mit Direktverkauf der Milch. In der Hochstraße gab es davon zwei – nach heutigem Lebensmittelrecht sicher zwei zuviel, aber viele kleine Leute, die diese Gegend bewohnten, konnten dort etwas billiger kaufen und mal anschreiben lassen. Man konnte im Kuhstall »Brennholz für Kartoffelschalen« eintauschen, was das Ofenanheizen erleichterte. Zum Alltagsleben jener Jahre gehörte die Hofmusik der Drehorgelspieler, die in Berlin Leierkastenmänner hießen. Frauen drehten nämlich nicht die Kurbel, sondern hoben die eingewickelten Münzen auf, die heruntergeworfen wurden. Optisch und akustisch aufgewertet wurde die Darbietung, wenn der Akteur auf dem Rücken eine Pauke nebst Schlagzeug trug und diese durch Fußbewegungen über Seilzüge bediente. Ein kleiner Schellenbaum, nach Art der Pickelhaube auf einem Helm montiert, gehörte zur Ausstattung der gehobenen Art wie auch ein kleiner Affe, der anstelle einer begleitenden Frau die Münzen aufhob. Ältere Hausbewohner spendeten diese wohl in Erinnerung an die Ohrwürmer ihrer Jugendzeit, die um die Wende des 19. zum 20. Jahrhundert lag. Oft waren diese Berliner Lieder von Paul Lincke (1866-1946) und Walter Kollo (1878-1940) für sie der einzige musikalische Eindruck. Radios gab es nämlich bis zur Mitte der 30er Jahre nur in wenigen Haushalten des Berliner Nordens.

An fast allen Leierkästen fand sich das Schild der Herstellerfirma Bacigalupo in der Schönhauser Allee. Ein Sproß dieser Familie ist ärztlicher Kollege von mir und war zeitweilig als Internist in der Robert-Rössle-Geschwulstklinik Berlin-Buch tätig.

Mein Großvater mütterlicherseits, Adam Friedrich Heim (1859-1930), mußte das Jurastudium abbrechen, weil sein Vater eine Bürgschaft zu begleichen hatte und danach mittellos dastand. Friedrich Heim wurde also Gerichtssekretär. Er erwarb 1906 am nördlichen Berliner Stadtrand in Blankenburg 1600 Quadratmeter parzellierten Ackerlandes und schuf damit für sich, seine Kinder und Enkel einen Garten mit aller Freude und allen Lasten.

Während der Hungerzeiten im 1. und nach dem 2.Weltkrieg war das mehr als reichliche Obstaufkommen und der Gemüseanbau in Blankenburg eine echte Überlebenshilfe. Während der Bombenangriffe auf Berlin erschien die winterfest gemachte Laube am Stadtrand mit einem im Garten angelegten Splittergraben sicherer als die sogenannten Luftschutzkeller unter Wohnhäusern. Wenn diese einstürzten, brachen unter der Trümmerlast auch sehr oft die Kellerdecken ein. Nach 1945 verhalfen die im Garten angebauten Bohnen, Kohlrabi und Kartoffeln zu manch sättigender Mahlzeit, und der an den Wegrändern sprießende Löwenzahn wurde als Futter für die Kaninchen auf dem Balkon der Stadtwohnung in der Hochstraße geerntet. Im Garten der Familie von Nichtrauchern standen auch Tabakpflanzen. Deren Blätter waren, selbst unfermentiert, in den ersten Nachkriegsjahren bis zur Währungsreform ein allseits akzeptierter Katalysator für manche Dienstleistung durch Dritte. Für Nikotinsüchtige bestand damals eine psychisch ähnliche Situation, wie sie heute wohl manchen veranlaßt, auf dem Balkon oder anderswo Hanf anzubauen.

Etwa 20 Hochstämme mit Birnen, Äpfeln und Pflaumen verschiedener Sorten sicherten der Familie und ihren Freunden stets ein reiches Obstangebot, allerdings in oben umrissener Variationsbreite. Das Ernten in der Höhe war Aufgabe der Jüngeren, die aber nach 50 bis 100 kg pro Baum etwas verkrampft wirkten. Das Verteilen des Obstes, das über den eigenen Bedarf hinaus geerntet worden war, wurde dann zum weiteren Problem, als sich die Ernährungssituation gebessert hatte. Abnehmer wurden aber immer wieder gefunden. Der Garten in Blankenburg, damals noch am Rande der Großstadt, brachte für fünf Generationen der

Familie körperliche Arbeit und Erholung an frischer Luft, dazu vielfältige Erlebnisse mit der Natur. Eines ist uns in besonders schöner Erinnerung, erschien es den erfreuten Eltern doch schon damals als Hinweis auf sich gut entwickelnde intellektuelle Fähigkeiten ihres Sohnes. Nach dem ersten bemannten Weltraumflug von Juri Gagarin am 12. April 1961 unterhielt sich nahezu jeder darüber. Wenig später, an einem Mai-Nachmittag, sah unser Karl-Peter über sich einen Schwarm Mücken, die sich leichtflügelig-tänzelnd und umeinander kreisend bewegten. Seine phantasievolle Assoziation ließ ihn ernsthaft fragen: »Kommen Mücken eigentlich auch in die Schwerelosigkeit?«

Auf dem Kleingarten von damals steht seit 1983 das Haus des Urenkels von Friedrich und Ida Heim, in dem unser Sohn mit seiner Familie wohnt und sich am Lehmboden genauso schweißtreibend und kräftezehrend schafft wie seine Altvorderen.

Ein altes Foto des Gartengründerpaares hält die Erinnerung an sie wach, noch steht allerdings auch ein Birnbaum (»Köstliche von Charneux«), der nunmehr 95 Jahre alt sein dürfte, also etwa dem des von Ribbeck auf Ribbeck im Havelland gleichend, weil er immer noch Birnen spendet.

Wie kamen nun die Familien Heim und Franke zusammen?

Das hängt ohne Zweifel mit den sportlichen Ambitionen meiner beiden Eltern zusammen. Sie begegneten sich erstmals 1921 auf einem Vergnügen des Turnvereins »Friedrich Friesen« im großen Saal des Restaurants Strauchwiese in Pankow-Niederschönhausen.

Dorthin wurde die junge Charlotte Heim (1905-2000) von ihrem drei Jahre älteren Bruder Kurt Werner mitgenommen, der sie dann wohl mit seinem Vorturner Karl Franke bekanntmachte. Nach dem Sittenkodex der damaligen Zeit mußte sich aber Charlotte bis zur Vollendung des 21. Lebensjahres gedulden, ehe sie den zehn Jahre älteren Karl heiraten durfte – de facto wartete sie auch keinen Tag länger, sondern nur bis zu ihrem 21. Geburtstag am 9. Januar 1926. Hätte mein Großvater seiner jüngsten Tochter die Genehmigung erteilt, bereits an ihrem 18. Geburtstag, nämlich 1923, zu heiraten, wäre ich mit größter Wahrscheinlichkeit im gleichen Jahr geboren worden. Das aber hätte meine

Überlebenschancen im 2. Weltkrieg um wenigstens 50 Prozent reduziert.

Dank großväterlicher Prinzipienfestigkeit erfolgte meine Geburt also erst am 27. Oktober 1926, einem ziemlich kalten Mittwoch, im Rudolf-Virchow-Krankenhaus. Ich zog somit genau 120 Jahre nach Napoleon, wenn auch mit wesentlich geringerer Öffentlichkeit, in Berlin ein.

Genau 20 Jahre vor meiner Geburt, am 27. Oktober 1906, war das Krankenhaus Pankow eröffnet worden, in dem ich dann von 1964 bis 1991 Chefarzt sein sollte und zu dessen Territorium in jener Zeit die Strauchwiese geschlagen wurde, wo sich meine Eltern kennenlernten.

Karl Friedrich Wilhelm Otto Franke (1895-1971) stammte aus kleinen Verhältnissen, die sich wohl auch darin widerspiegelten, daß seine Mutter mit zwei Kindern nach dem frühen Tod des Vaters in zehn Jahren fünfzehnmal umzog. Ich begriff erst später: Familie Franke mußte so häufig umziehen, um aus ökonomischen Zwängen heraus die Möglichkeit des sogenannten mietpreisgeminderten »Trockenwohnens« neu erbauter Wohnungen wahrzunehmen.

Trotz intellektueller Voraussetzungen konnte mein Vater keine bessere Bildung als die der achtklassigen Volksschule erwerben. Er wäre gern Lehrer geworden, mußte aber Handlungsgehilfe lernen. Daß sein Halbbruder dagegen die Mittelschule besuchen durfte, hat ihn als Benachteiligung schwer getroffen. Er hat aber stets für seine Mutter gesorgt, was ihm als kleinem kaufmännischen Angestellten mit wiederholter Arbeitslosigkeit nicht leicht fiel.

Mein Vater, der den Wert einer guten Schulbildung aus eigener Erfahrung schätzte, weil er sie selber nicht erhalten konnte, tat alles, damit seinen beiden Kindern Bildungsmangel nicht zum Nachteil gereichen würde. Er selbst lernte autodidaktisch drei Fremdsprachen und fand eine Erfüllung seiner pädagogischen Talente im Turnverein. Meine Schwester und ich empfanden sein penetrantes Drängen nach ständigem Üben zwecks geistiger und körperlicher Vervollkommnung sicher mitunter als lästig – aber positive Auswirkungen hatte es schon.

Karl Franke war ein gutmütiger Mensch, dem es ein Bedürfnis war, anderen Menschen zu helfen und stets das Gute im anderen zu sehen. Dieses humane Prinzip ersparte ihm und – dank seiner Erziehung – auch uns nicht die Nackenschläge, die aus der Diskrepanz zwischen moralischen Normen und dem davon abweichenden Verhalten vieler erwuchsen.

Aus dem 1. Weltkrieg brachte er neben einem Lungendurchschuß, 1915 an der Westfront erlitten, auch zwei Lebenserfahrungen mit, die er bei der nächsten diesbezüglichen Gelegenheit seinem Sohn mitteilte: »Wenn Du liegst im Massengrab, ist es völlig schnuppe,/ ob Du einen Zug geführt oder eine Gruppe.« Und »Lieber fünf Minuten feige, als ein ganzes Leben tot«.

Beides war nach dem 30. Januar 1933 nicht mehr öffentlich zu verkünden und blieb als Überlebensweisheit auf den Familienkreis beschränkt.

Aus dem 1. Weltkrieg datierte auch die Freundschaft zwischen Karl Franke und Alfred Wertheimer. In dessen Pianofabrik »Lubitz und Hartmann« im Berliner Südosten fand mein Vater in schlimmen Zeiten der Wirtschaftskrise Arbeit – jedenfalls bis zum ersten Judenboykott am 1. April 1933.

Das Integrationsbemühen vieler deutscher Juden in eine Gesellschaft, die voller Vorurteile gegen sie war, kam auch darin zum Ausdruck, daß sie sich allgemeinen Stimmungen anpaßten oder sie vielleicht sogar mittrugen. Als jedenfalls der Abgeordnete Dr. Karl Liebknecht sich bei der Abstimmung über die ersten Kriegskredite im Reichstag am 4. August 1914 der Stimme enthalten hatte (erst im November 1914 stimmte er als einziger Abgeordneter dagegen), gab der Kriegsfreiwillige Alfred Wertheimer seinem am Tage der Eroberung der Festung Lüttich (Liège) durch kaiserlich-deutsche Truppen geborenen Sohn die Namen Leonhard Lüttich Wertheimer. Das war am 6. August 1914.

Alfred Wertheimer zog später aus seinen Erlebnissen im Krieg die Schlußfolgerung, aktives Mitglied der Deutschen Friedensgesellschaft zu werden. Er verließ Deutschland 1937 in Richtung Südafrika, wo sein Sohn, der die Bücherverbrennung am 10. Mai 1933 als Jurastudent in Berlin erlebt hatte, inzwischen eine Schaffarm betrieb. Cecilia Wertheimer, Alfreds Frau und Leonhards Mutter, glaubte immer noch an eine Besserung der Umstände und blieb – sie konnte jedoch mit Hilfe meines Vaters und anderer Freunde Ende August 1939 das Land verlassen und somit der Vernichtung entgehen, die viele Verwandte von ihr ereilte.

Die freundschaftliche Beziehung zu einem Juden war neben einer Denunziation wohl der Grund für eine Haussuchung bei uns durch die Gestapo. Die bei uns von Wertheimers deponierten Bücher wurden aber nicht gefunden.

Meine Eltern gehörten nie einer politischen Partei an, wenngleich mein Vater durch sein soziales Engagement wohl der SPD nahestand und sie auch wählte. Mutter tendierte aus familiären Traditionen heraus eher zu konservativem Wahlverhalten. Auch dafür war ja die Auswahl in der Weimarer Republik reichlich vorhanden.

Nach dem 2. Weltkrieg fragte ich meinen Vater einmal, warum er mit seinen Vorbehalten gegen die Nazis eigentlich in Deutschland geblieben sei. Seine Antwort lautete: »Was sollte ich mit zwei kleinen Kindern und meiner Berufsausbildung in einem fremden Land für den Lebensunterhalt tun können?« Das schien mir einleuchtend, zumal ja keinerlei physische Bedrohung wie bei politisch Aktiven gegeben war. Diese trat erst später für alle als Folge des von den Nazis entfesselten Krieges ein.

Karl Franke traf es zuerst in der Familie, als er nämlich 1940, also noch mit 45 Jahren, zu den sogenannten Landesschützen einberufen wurde. Dort gerieten ihm seine Freizeitsport-Aktivitäten mit Paddelboot und Kanu zum Nachteil. Er meldete sich auf die Frage, wer Wassersportler sei. Als ihm das die Abkommandierung zur Marine eintrug, wurde auch meinem Vater klar, ein Opfer jener militärtypischen, von Heimtücke geprägten Fragen geworden zu sein, die noch jedem entsprechend gebrannten Kind zur einprägsamen Lehre wurden.

»Aburenten (= Phonetik chargierter Ignoranten für Abiturienten) rechts raus!« ließ leider kein Ausweichen zu, denn man war ja bekannt. Bei »Klavierspieler rechts raus!« sollte man sich aber zurückhalten. Beide Befehle, wie auch ähnliche andere, zogen stets eine lästige Zusatzarbeit nach sich. Diese konnte sich vom

Kartoffelschälen bis zum Latrinensäubern erstrecken. Karl Franke kam jedenfalls dank seiner Meldung als Wassersportler in Marine-Uniform in das im Mai 1940 von der Luftwaffe zerbombte Rotterdam. Die dort gesehenen Zerstörungen machten ihn tief betroffen, zumal die Aussicht auf eine Teilnahme am »Unternehmen Seelöwe«, der geplanten Landung in England, ebenfalls keinen Anlaß zu Lebensmut gab. Er und später auch wir waren froh, daß diese Aktion unterblieb.

Dem Volkssturm mit noch geringeren Überlebenschancen konnte mein Vater dadurch entgehen, daß er mit meiner Mutter und meiner Schwester im März 1945 in ein kleines Dorf bei Rheinsberg auswich, wo sie das Kriegsende erlebten und überlebten.

Schule und Militär

So bildet sich der Mensch indem er sich ändert.
Bertolt Brecht

Die Zahl der deutschen Kriegerdenkmäler
zur Zahl der deutschen Heine-Denkmäler
verhält sich hierzulande wie die Macht zum Geist.
Kurt Tucholsky

Die Einflüsse in meiner Kindheit und Jugendzeit auf das, was man nach 1945 gesellschaftliches Bewußtsein nannte, waren von keiner politischen Richtung geprägt.

Meine Eltern versuchten, ihren Kindern Freundlichkeit, Hilfsbereitschaft, Bildungsstreben und Toleranz zu vermitteln und dazu die Freude an sportlicher Betätigung. Die Freundschaft mit jüdischen Mitbürgern vertiefte zwar ihre Vorbehalte gegen Hitlers braune Herrschaft, aber an irgendwelchen Aktivitäten gegen die Nazis beteiligten sie sich nicht.

Das Verschwinden der Arbeitslosen nahmen sie positiv auf, an dem Spektakel der Olympischen Spiele 1936 in Berlin erbauten sie sich – schon aus Begeisterung für den Sport –, Ruhe und Ordnung auf den Straßen schätzten sie. Die Fahrt auf dem KdF-Schiff »Monte Sarmiento« durch Norwegens Fjorde war bis 1953 die einzige weite Reise im Leben meiner Eltern.

Meinem Eintritt in das Jungvolk stimmten sie zu, als das von der Oberschule als erforderlich angemahnt wurde – ich selbst fand die dort üblichen Geländespiele sowie die Box- und Ringkämpfe wenig erbaulich und die geforderten Mutproben noch weniger attraktiv. Ausgesprochen widerwärtig und dem mir anerzogenen Reinlichkeitsbedürfnis entgegenstehend war es, sich auf Befehl in Pfützen zu werfen oder in der Kolonne zu marschieren, umweht von den Ausdünstungen der Mitmarschierer oder dem aufgewirbelten Staub.

Im Vergleich damit war etwas anderes relativ angenehm: Im Wohnzimmer meiner Großmutter stand ein Klavier, das allerdings nur zweimal im Jahr bei Familientreffen von entsprechenden Könnern aktiviert wurde. Wer die Idee hatte, ich sollte Klavierspielen lernen, weiß ich nicht mehr. Jedenfalls erhielt ich für einige Jahre von einem sehr entfernten Verwandten Unterricht. Obwohl ich bestimmt nicht sein eifrigster und schon gar nicht talentiertester Schüler war, wurde mein Interesse für Musik geweckt. Es ist erhalten geblieben, wird allerdings seit 1945 nur passiv gepflegt. Meine damaligen Versuche, den Czerny-Etüden oder den Noten des »Jungen Pianisten« einen erträglichen Klang zu verleihen, müssen wohl den ein Stockwerk tiefer wohnenden Dentisten erheblich gestört haben. Ich hatte jedenfalls den Eindruck, daß er sich für meine dissonanten Tonfolgen beim Bohren (damals noch mittels Tretrad-Antrieb) an mir rächte.

Das Klavier überstand den Krieg. Es wurde 1946 gegen zwei Zentner Kartoffeln eingetauscht, zumal mein Erfolgsstück »Lili Marleen« zu damaliger Zeit auf dem Index stand.

Von 1937 bis 1944 besuchte ich die Lessing-Oberschule in der Pankstraße im Wedding. Das Fundament der Schule bildete auf fast 100 Meter Länge das linke Pankeufer.

Das war eine Zeit, in welcher der »Nathan« des Namensgebers unserer Schule im Deutschunterricht nicht behandelt werden durfte, die »Lorelei« des getauften Juden Heinrich Heine ein »Volkslied – Dichter unbekannt« war und man sich im Sportunterricht und mehr noch außerschulisch bemühte, die Forderung des Anstreichers aus Braunau zu realisieren, daß die deutsche Jugend zäh wie Leder, hart wie Kruppstahl und flink wie Windhunde sein müsse. Unser Mathe-Lehrer Dr. Peters ging in seiner Einschätzung dieses Postulates wohl hart an die Grenze des damals Möglichen: »Was schadet's, wenn der Geist verdorrt – wir treiben Sport, wir treiben Sport!«

Ohne daß mein Geist verdorrte, fand ich aber, auch durch elterlichen Einfluß, viel Freude an körperlicher Betätigung.

Anfangs geschah das in einem klassisch-deutschen Turnverein, der den Namen unserer Schule trug (TV Lessing), wobei das im Winter vorherrschende Geräteturnen weder meiner körperlichen Konstitution noch meinen Neigungen entsprach. Das war eher im Deutschen Sportclub Berlin (DSC) der Fall, wo ich seit 1940 Leichtathletik betrieb und Feldhandball sowie Hockey spielte. Mit vielen Gleichaltrigen erlebte ich, daß physisches Leistungsvermögen, Selbstüberwindung und auch soziales Verhalten auf dem Sportplatz menschenwürdiger erworben wurden als auf dem Kasernenhof.

Der Geist des preußischen Exerzierreglements war bei einigen unserer Lehrer sehr gegenwärtig. Dr. Zepke, bei dem wir in der Sexta mit Englisch begannen, versuchte uns mit Linealschlägen auf die Fingerkuppen nichtgelernte Vokabeln zu entlocken. Sehr effektiv war diese Methode aber nicht, denn 1945 in englischer Gefangenschaft hatte ich anfangs doch erhebliche Verständigungsschwierigkeiten mit unseren Bewachern.

Non scholae, sed vitae discimus: ab Quarta hatten wir Latein: nicht für die Schule, sondern für das Leben lernen wir … Das wurde also damals nicht sehr erfolgreich von Lehrern und Schülern praktiziert.

Manche Lehrer wurden durchaus von uns respektiert, was sich im Lernverhalten reflektierte – andere aber nicht. Den Lehrkörper hatte man nach 1933 von nicht völkisch Denkenden gesäubert, und er hatte sich der neuen Lage angepaßt. Jedenfalls sind mir keine kritischen Bemerkungen unserer Lehrer zu den Ausschreitungen gegen jüdische Mitbürger im November 1938 in Erinnerung, obwohl geplünderte Geschäfte in unmittelbarer Nähe der Lessingschule deutlich zu sehen waren.

Im Kollegium gab es eigentlich nur einen fanatischen Nazi – den Zeichenlehrer Schütze. Sein intellektuelles Unvermögen war jedoch eine gute Prophylaxe gegen den Versuch der geistigen Einflußnahme auf junge Menschen.

Das Lessing-Gymnasium (seit 1937 Lessing-Oberschule) genoß im Berliner Norden einen guten Ruf. So kamen die Schüler unserer Klasse nicht nur vom Wedding, sondern auch aus Pankow, Waidmannslust und Frohnau. Die meisten unserer Eltern gehörten zur unteren Mittelschicht, waren wohl auch Kleinbürger. Die höhere Schulbildung ihrer Kinder als erhoffte Chance für einen sozialen Aufstieg war für sie mit deutlichen finanziellen Opfern verbunden.

Diese Feststellung galt aber auch für den Arztsohn Klaus Mühlfelder, dessen Vater wie allen jüdischen Ärzten 1938 die Approbation entzogen wurde und der nun als Hilfsarbeiter tätig sein mußte. Die »arische« Ehefrau rettete ihn später vor Deportation und physischer Vernichtung. (Ein anatomisches Besteck, das ich 1946 von Dr. Simon Mühlfelder erhielt, befindet sich noch heute in meinem Besitz.) Unser Mitschüler Klaus M. mußte 1942 die Schule verlassen, überlebte den Krieg und emigrierte um 1947 in die USA. Ich erinnere mich seiner auch deshalb, weil ich mit ihm, etwa fünfzehnjährig, die erste Opernaufführung meines Lebens besuchte. Es war »Figaros Hochzeit«, und wir saßen in der letzten Reihe des obersten Ranges, also im Olymp.

An den Besuch einer Wagner-Oper hätten wir keinesfalls gedacht. Um seinen Schülern die Tiefen germanischen Wesens nahezubringen, hatte nämlich Dr. Erich von Voß, der aus dem Baltikum stammende Deutschlehrer, gerade den Ring der Nibelungen mit uns im wahrsten Sinne des Wortes durchgekaut. Hierfür benutzte er die Texte des Meisters vom Grünen Hügel in Bayreuth. Die entsprechenden Reclam-Hefte fielen mir kürzlich wieder in die Hände. Das waren äußerst langweilige Unterrichtsstunden, von denen nichts im Gedächtnis verblieben ist. Das Verständnis für diesen Teil der Sagenwelt wurde in mir erst etwa 50 Jahre nach Erich von Voß durch einen anderen Adligen geweckt. Es waren die scharfzüngig-pointierten Deutungsversuche des Vicco von Bülow, besser bekannt als Loriot, auf seiner CD »Erklärung des Ringes der Nibelungen«.

Mit dem 1941 gehörten »Figaro« begann die bis heute anhaltende Freude an Opernaufführungen. Bei den so häufig auf der Bühne vorkommenden Todesfällen – fast immer standen dabei Tuberkulose (Schwindsucht), Mord oder Selbstmord zur Auswahl – drängten sich später die Diagnosen im Mediziner-Jargon förmlich auf, etwa »Motten-Mimi« in der »Boheme«. In Sofia hatten wir darüber hinaus einmal beim Anhören der »Traviata« den Eindruck, daß Violetta ihren erst nach zwei Stunden schönsten Gesanges vorgegebenen Schwindsuchtstod schon vor drei Tagen erlitten habe. Bereits beim Betreten des Saales umfing uns ein verwesungsähnlicher Geruch. Nach näherem Differenzieren war dieser aber auf die Vorliebe der meisten Zuhörer für Zwiebeln und Knoblauch zurückzuführen. Der musikalische Genuß war hierdurch etwas beeinträchtigt, obwohl, wie in osteuropäischen Opernhäusern üblich, die Qualität der Stimmen bemerkenswert war.

Natürlich war unsere Schulzeit nicht nur vom Ernst des Lebens geprägt. Der Abstand der Jahre läßt einen beispielsweise über Stilblüten noch herzlicher lachen, als es damals der Fall war. Aus dem Aufsatz eines Mitschülers sei folgende bedeutende musikwissenschaftliche Erkenntnis zitiert: »Papst Gregor war der Erfinder der Posaunen von Jericho.« Und das Ergebnis des Reichstages von Worms (1521) umriß ein anderer mit den Worten: »Luther flüchtete aus Worms und der Bannbulle hinter ihm her.« Die Bedeutung der in der Familie Franke-Heim üblichen Wortspiele hatte ich noch nicht begriffen, als ich in der Sexta voller Freude die Frage des Deutschlehrers nach einem Theaterstück von Lessing mit dem zu Hause aufgeschnappten »Natron der Weise« beantwortete. Sein wegen dieser Antwort leicht verwirrter Blick ist mir noch heute gegenwärtig.

Klassenprimus hätte ohne Zweifel Heinz Acker sein können – wenn er nicht so fürchterlich faul gewesen wäre. So hatte auch ich zeitweise meine Chance. Heinz war durch sein intellektuell geprägtes und recht begütertes Elternhaus in gewissem Vorteil, schon daß ihm damit bereits in der Familie alle Bildungsmöglichkeiten offenstanden, einschließlich des problemlosen Kaufs von Lehrmaterialien. Seine Mutter war praktische Ärztin am Nettelbeckplatz und sicherte damit wohl den für Weddinger Verhältnisse hohen Lebensstandard der Familie. Dr. Heinrich Acker war nämlich 1933 als Landrat in Ostpreußen entlassen worden – aus jenem Amt, das er als Nachfolger von Dr. Karl Steinhoff (später erster DDR-Innenminister) übernommen hatte. Dr. Acker wurde nach der Eroberung Berlins 1945 als Bürgermeister im Stadtbezirk Wedding eingesetzt und war von 1946 bis 1948 Stellvertreter des Berliner Oberbürgermeisters. Die Streiche des Sohnes dieser beiden seriösen Persönlichkeiten entsprangen sicher dem, was man heute antiautoritäre Erziehung nennen würde. Wir 13- bis 15jährigen fanden sie aber oft originell und machten sie mit. Im Chemieunterricht hatten wir mit Natrium experimentiert. Der Lehrer zeigte uns, wie ein erbsgroßes Stück auf dem Wasser hin und her schoß und dann mit lautem Knall zerplatzte. Wenig später (1942) wurden wir zum Aufräumen der Schulzimmer eingesetzt, welche in der Nacht zuvor durch Druckwellen von Bomben, die in der Nähe explodiert waren, ziemlich dmoliert worden waren. Dabei fanden wir im Chemieraum das Gefäß mit den in Petroleum aufbewahrten Natriumbarren. Das im Unterricht Gesehene und Gehörte regte uns zum Großversuch an. Wir warfen die Natriumbarren in die Panke, welche ja unmittelbar an der Lessingschule entlangfloß. Das Experiment gelang zum großen Gaudi aller – nach etwa 20 Meter Fließstrecke explodierte das Natrium mit großen Wasserfontänen direkt unter der Brücke der S-Bahn, welche neben der Schule die Panke überquerte.

Der Initiator dieser und weiterer Aktionen studierte nach dem Krieg Volkswirtschaft, promovierte bei Prof. K. Mellerowicz, verstarb aber mit knapp fünfzig Jahren an einem seltenen bösartigen Tumor.

Das Ende unserer Kindheit begann mit der Proklamation des Totalen Krieges nach der Niederlage der Wehrmacht bei Stalingrad.

Am 15. Februar 1943 wurden wir Luftwaffenhelfer und kamen zur schweren Flakbatterie 1/154 nach Berlin-Lübars auf jenen Hügel, wo sich heute ein Freizeitpark befindet. Dort endete für uns Sechzehnjährige faktisch auch die Schulzeit, selbst wenn wir noch 18 Wochenstunden Unterricht erhielten, um wenigstens für ein Notabitur gut zu sein, bevor 1944 die Wehrmacht mit uns aufgefüllt wurde.

Von Lübars aus sahen wir nach den Luftangriffen den brandroten Himmel über dem Berliner Norden, wo unsere Eltern und Geschwister wohnten. Diese Gegend wurde Mitte November

1943 besonders schwer getroffen. Mein Vater schrieb mir dazu einen Brief und berichtete über den Feuersturm, der die Hochstraße hinauffegte. Er erinnerte sich darin auch des Trümmerfeldes, als das er Rotterdam 1940 erlebt hatte.

Unser Mitschüler Claus (Harry) Hubalek hat das Erlebte in Lübars literarisch bearbeitet und später daraus auch einen Fernsehfilm gestaltet (»Luftwaffenhelfer«, 1980). Dabei half ihm Egon Monk, der mit uns die Lessingschule und Lübars durchlebte, später bei Bertolt Brecht Regie erlernte, es zu nationalem Ansehen brachte, als Mitglied in die beiden deutschsprachigen Akademien der Künste berufen wurde und heute in Hamburg lebt.

Anstelle der geistigen Ausbildung, die für diese Altersstufe angemessen gewesen wäre, traten der Drill an Flakgeschütz und Kommandogerät, das Säubern von Geräten und Latrinen und das persönlichkeitsverachtende Exerzieren mit Hineinwerfen in den Schmutz auf ein Trillerpfeifensignal oder das Grüßenlernen drei Schritte vor und zwei Schritte nach einem Zaunpfahl.

Das Auswendiglernen hirnrissig erscheinender Formulierungen der HDV (Heeres-Dienst-Vorschrift) veranlaßte uns biologisch informierte Pennäler in Uniform zu Texterweiterungen, beispielsweise wurde das Original (»In der Grundhaltung steht der Mann still, die Füße bilden nicht ganz einen rechten Winkel, der Mittelfinger liegt längs der Hosennaht«) ergänzt durch »das Skrotum hängt zwanglos herunter!«, was alles aussagte. In dieser saloppen Formulierung drückte sich auch aus, daß individuelle Pubertätsprobleme nunmehr kollektiv nach den Gepflogenheiten in Männergesellschaften bewältigt wurden.

Da ich weder die Kinderlandverschickung noch ein Wehrertüchtigungslager mitgemacht hatte und im Hause Franke-Heim zwar einfach, aber gut gekocht wurde, waren mir die kulinarischen Besonderheiten einer Gemeinschaftsverpflegung, außer bei Eintopfgerichten, völlig fremd. Dank der nun folgenden ersten und sich daran anschließender weiterer Erfahrungen blieben sie es ein Leben lang. Zunächst konnte und kann ich keine heißen Speisen essen. Das führte dazu, daß in Lübars und bei späteren Gelegenheiten manche schon ihren zweiten Nachschlag im Kochgeschirr hatten, während ich immer noch in der ersten Füllung herumstocherte und nicht satt wurde. Ausgesprochen lange Zähne machte ich, wenn es küchenseitig gelungen war, ursprünglich normal aussehende Nudeln in einen dicken Brei zu transformieren. Meine damalige Bezeichnung »Zementnudeln« kennzeichnet nicht nur das Endprodukt, sondern auch das Eßerlebnis. Die Spezialität der Lübarser *haute cuisine* war Dillsauce zu allen Gerichten. Pudding wurde aus dieser kulinarischen Verfeinerungsmöglichkeit gerade noch ausgeklammert. Nach etwa sechs Monaten in Lübars konnten wir Dillsauce nicht mehr riechen, drangen nachts in die Küche ein und entsorgten die Vorräte in die Latrine. Der Einbruchdiebstahl erregte Aufsehen, aber alle Beteiligten hielten dicht. Von ihren Eßgewohnheiten her waren wohl auch die Chargierten über die finale Lösung des Problems froh.

Erst nach dem Ende des Krieges begriffen wir die Problematik der russischen Kriegsgefangenen, die als sogenannte Hiwis (Hilfswillige) auch in den Flakbatterien eingesetzt worden waren. Die allermeisten von ihnen entgingen durch diese Verpflichtung schlimmster Behandlung und dem langsamen Verhungern. Dafür hatten sie schwere und unangenehme Arbeiten zu verrichten und im Gefecht Granaten zu schleppen. Sie taten uns leid, und wir steckten ihnen mitunter etwas Brot oder den nicht sonderlich gelittenen Kunsthonig zu – aber die von ihnen gesäuberten Latrinen brauchten nicht von uns in den von den Vorgesetzten erwarteten Zustand gebracht zu werden. Man spielte, wie so oft im Leben, Schwache gegen noch Schwächere aus. Man zeigte aber auch »Stärke«: Für ein entwendetes Brot wurde der betreffende russische Hiwi vom Wachtmeister Naumann erschossen. Dem weitergehenden Werben zum Eintritt in die Wlassow-Armee erlag nur einer der Russen unserer Batterie. Alle hatten aber nach dem Mai 1945 in der Heimat gewiß erhebliche Schwierigkeiten wegen ihrer Verpflichtung als Hiwi – selbst Kriegsgefangene kamen in die Stalinschen Gulags.

Wir waren noch zu jung, um vom Krieg dezimiert zu werden, aber schon alt genug, um die eigenen Erlebnisse in dieser Zeit als erste wichtige Lehre für das spätere Leben zu begreifen. Als des

Dritten Reiches Wehrmacht die von den Alliierten bereits arg gestutzten Krallen nach mir ausstreckte, folgte ich den Lebenserfahrungen meines Vaters: Da der Sanitätsdienst bei der Marine wahrscheinlich die besten Überlebenschancen bot, hatte ich mich hierfür gemeldet, zumal die Medizin meinen beruflichen Interessen für das Leben nach dem Krieg entsprach.

An Goethes Geburtstag, am 28. August 1944, meldete ich mich in Stralsund in der Frankenkaserne. Ich war keine 18 – nach heutigen Begriffen also ein Kindersoldat. Aus mir heute nicht mehr erinnerlichen Gründen begann aber im September 1944 für die Marine-Sanitätsoffiziers-Anwärter der Ernst des Lebens zunächst sehr wenig militärisch. Nach einigen Tagen in der Kaserne wurden wir als Erntehelfer auf große Güter in Vorpommern verteilt. Mit etwa 20 anderen landete ich in Lüdershagen bei Barth.

Sechs Wochen lebten wir in sogenannten Schnitterkasernen und schliefen auf Strohsäcken, nachdem wir tagsüber etwa 10 Stunden schwere, ungewohnte Arbeit zu verrichten hatten. Anfangs waren Kartoffeln aufzulesen, die eine Rodemaschine zutage förderte. Später, im September, ging es in die Rüben: Als erstes wurden per Hand mit einer Art Stechbeitel an langem Stiel die Blätter zur weiteren Verwendung als Viehfutter abgestochen. Danach kamen die eigentlichen Feldfrüchte an die Reihe. Abends schmerzten uns alle Gräten. Dazu kam noch ein permanentes Hungergefühl, denn der Gutsverwalter ließ uns nicht das dieser Schwerarbeit adäquate Essen zukommen. Wir waren daher für die Solidarität der einfachen Gutsarbeiter dankbar, die manchen von uns am Wochenende zum Abendessen einluden – wohl auch, um etwas Unterhaltung zu haben. In Selbsthilfe fingen wir aber manches Huhn aus dem Bestand des Gutes. Das war Zusatznahrung. Die Zubereitung der Jagdbeute bereitete allerdings Schwierigkeiten.

Als zwei Jahre später, nämlich 1946, die Notwendigkeit der Bodenreform in der sowjetischen Besatzungszone auch damit begründet wurde, halbfeudale Strukturen auf dem Lande zu beseitigen, hatte ich aus eigenem Erleben dafür volles Verständnis.

Etwa 30 Kilometer westlich von Stralsund auf dem Feld arbeitend, sahen wir nach dem Luftangriff am 6. Oktober 1944 eine große Rauchwolke am Horizont. Wir hatten somit das Bombardement, dem große Teile der alten Hansestadt zum Opfer fielen und das auch die Frankenkaserne zur Hälfte zerstörte, erfreulicherweise nicht hautnah erleben müssen. Nach dem Einsatz bei Aufräumarbeiten begann dann aber der Ernst des militärischen Lebens, denn drei weitere Kasernen und das Marinelazarett in Stralsund waren nicht beschädigt worden.

Die Grundausbildungs-Prinzipien kannten wir aus unserer Flakhelferzeit. Eigenes Denken sollte mit bewährten Methoden ausgetrieben werden. Dazu dienten Psychoterror wie Latrinenscheuern mit der Zahnbürste, das Anempfehlen von »Erziehungsmaßnahmen« durch Vorgesetzte bei auffällig Gewordenen und das »Schleifen« bis zur physischen Erschöpfung. Unser Schindanger lag in Klein-Kedingshagen, wo wir den Marine-Buschkrieg übten.

Dagegen erholsam waren Versuche, uns, da wir nun einmal bei der Marine waren, auch seemännisch notwendige Fertigkeiten zu vermitteln. Dazu gehörten das Winken mit Signalflaggen, das Blinken nach dem Morsealphabet und das Verknoten von Tauenden mittels verschiedener Techniken. Das Kutterpullen auf dem herbstlich-kalten Strelasund war zwar anstrengend, wurde aber von der sportlichen Seite gesehen und daher subjektiv bei weitem als nicht so unangenehm empfunden wie das Erdkampftraining im Gelände.

Die Tradition seemännischer Bräuche und Ausdrücke erfuhr auch an Land ihre Pflege. Das war für Rekruten aus dem Binnenland gewöhnungsbedürftig. Die großen Fenster und Türen in den Marinekasernen waren eben genauso Bulleyes und Schotten wie an Bord. Taue hießen Tampen, das Gesäß war der Achtersteven und so fort. Der von Pfeifsignalen eingeleitete Weckruf des Maates vom Dienst ließ einen fast den Ernst des Daseins bei der Deutschen Wehrmacht vergessen, nämlich: »Legt die Socken klar! Recket Eure müden Leiber – die Pier steht voller nackter Weiber! Ein jeder weckt den Nebenmann, der letzte stößt sich selber an! Reise, Reise!« (vom englischen *arise*: aufstehn). Dieser Singsang-Aufforderung konnte und durfte man sich keinesfalls entziehen.

Die vorletzte Offensive der Roten Armee ließ im Januar 1945 die Oder zur Frontlinie werden. Die Sanitätsausbildung wurde unterbrochen, weil in Swinemünde Flüchtlinge aus Ostpreußen von Schiffen geholt werden mußten. Danach wurden wir zur Weiterverwendung aufgeteilt. Zum wiederholten Male in meinem noch jungen Leben hatte ich Glück. Wenige Tage vor dem Angriff von 670 US-Bombern am 12. März 1945 auf Swinemünde, der mehr als 20.000 Menschen das Leben kostete, kam ich wegen meiner militärischen Vorgeschichte zur Marineflak und erlebte so das Kriegsende an der Nordspitze Dänemarks in Frederikshavn.

Sehr viele derjenigen, die zur Marineinfanterie abkommandiert worden waren, verloren im Kampf um Berlin ihr Leben.

In einem Alter, wo wir normalerweise das Abitur abgelegt hätten, waren bereits mehr als zwei Jahre unseres Lebens durch zwangsweisen Kriegsdienst sinnlos vergangen. Trotz guter Vorsätze wurden geistige Interessen vernachlässigt.

Das erlebte Elend in den zerbombten Städten, auf den Flüchtlingstransporten und in den Lazarettzügen ließ das Zitat vom Krieg als Vater aller Dinge immer fragwürdiger erscheinen. Nichts paßte mehr in das Gefüge moralischer und geistiger Werte, die mir durch die Eltern und in der Schule vermittelt worden waren.

Das Schlüsselerlebnis zum Überdenken meiner Position in der Zukunft hatte ich, als uns in englischer Gefangenschaft der Film über die Befreiung des Konzentrationslagers Bergen-Belsen gezeigt wurde. Wir sahen, wie von Haut umhüllte Skelette mit Bulldozern zusammengeschoben wurden. Wir mußten zur Kenntnis nehmen, daß Landsleute von uns andere Menschen derartig gequält, geschunden und schließlich umgebracht hatten.

Als wir 1943 in unserer Flakstellung englische Flugblätter fanden, die über Massenmorde an Juden in Polen berichteten, hatten wir 16/17jährigen das nicht geglaubt. Erst in den Monaten, die dem Kriegsende am 8. Mai 1945 folgten, begann ein Prozeß geistiger Auseinandersetzung mit der neueren deutschen Geschichte und ihren Folgen für Millionen Menschen. Trotz intensiver Beschäftigung mit den praktischen und wissenschaftlichen Problemen meines Berufes haben später die Schlußfolgerungen aus den Erfahrungen der jungen Jahre immer meine Haltung zu gesellschaftlichen Problemen mitbestimmt.

In der DDR wurden Erfahrungen meiner Generation in dieser Zeit literarisch und filmisch gestaltet. Dabei bestätigten mir etwa der Roman »Die Abenteuer des Werner Holt« von Dieter Noll und die Fernsehserie »Rottenknechte«, welche Unsäglichkeiten Millionen Menschen in der Blüte ihrer Jahre im eingeredeten Glauben an eine gute Sache erleiden mußten.

Als ich dann den Roman des gleichaltrigen Hermann Kant »Der Aufenthalt« las, wurde mir neuerlich bewußt, daß ich auch mit dem Ort meiner Kriegsgefangenschaft Glück gehabt hatte. Dieser Eindruck bestätigte sich auch später immer wieder beim Blick in die Erinnerungen anderer Opfer dieser Zeit.

Auf der Insel Fehmarn wurde ein Lager für etwa 50.000 Angehörige der Kriegsmarine eingerichtet, was sich auf Flora und Fauna beeinträchtigend auswirkte. Katzen und Hunde gab es bald keine mehr, auch Löwenzahn und Brennesseln waren vom Aussterben bedroht. Jeder Bauer hatte von den überlebenden U-Boot-Leuten Lederkleidung gegen Kartoffeln eingetauscht.

Die umgebende Ostsee ersetzte den Stacheldraht, und auf die Insel wurden wir schubweise per Fährprahm verbracht, nachdem man uns mit fünf Schüben aus der Spritze mit DDT-Pulver vorsorglich entlaust hatte (je eine von vorne und hinten durch die aufgeknöpfte Kleidung in Brust-, Nacken-, Bauch- und Rücken-/ Gesäßregion sowie in die Kopfbedeckung).

Im Läusesuch-Kommando war ich erst- und letztmals bei der Wehrmacht mit einer eigenverantwortlich zu lösenden medizinischen Aufgabe betraut. Jeder mußte bei mir vorbei, auch die Offiziere und Maate der Stralsunder Schiffsstammabteilung. Jeder mußte das Kommando »Hosen klar zum Fall« und »Hosen laßt fallen« befolgen, damit ich ungehindert mittels zweier Holzspatel nach sogenannten Filzbienen suchen konnte. Es freute des geschundenen ehemaligen Rekruten Herz durchaus, wenn er den höher Chargierten eine gefundene Kleider- oder Filzlaus präsentieren konnte, um sie danach desinfektorischen Maßnahmen zuzuführen.

Nach der Entlausung kehrte aber wieder preußische Zucht auf der Gefangeneninsel ein. Ich erlebte dort noch im Mai 1945 Beförderungen und Degradierungen von Kriegsmarine-Angehörigen, ohne daß die Engländer dagegen einschritten. Der durch die kaiserliche Marine geprägte Geist der Marine-Offiziere hatte auch die NS-Zeit überdauert.

»Für die Marine bedeutete es viel, daß sie ihre Verbände bis zur Kapitulation und über diesen Tag hinaus intakt erhalten konnte; anders als 1918, als Kieler Matrosen die rote Revolution zu entfachen versuchten«, schrieb einer, der als Marinerichter mit Todesurteilen seinen Beitrag zum Geist der Truppe geleistet hatte. Dieser Filbinger blieb unbestraft und war für die CDU von 1966 bis 1978 Ministerpräsident von Baden-Württemberg. So bewältigte die Bundesrepublik, der Nachfolgestaat des Deutschen Reiches, ihre Vergangenheit.

Immer wieder fanden wir damals am Strand der Insel Fehmarn angeschwemmte Leichen, die längsgestreifte Sträflingskleidung trugen.

Erst viele Jahre später erfuhr ich, daß zahlreiche Häftlinge aus Konzentrationslagern gegen Ende des Krieges auf Schiffe verbracht worden waren, um sie durch Versenken umzubringen. Diese Arbeit besorgten am 3. Mai 1945 britische Jagdbomber, indem sie die »Cap Arcona« und die »Thielbeck« versenkten. Unter den wenigen Überlebenden dieser Tragödie befand sich der Schauspieler Erwin Geschonneck (Jahrgang 1906), der sich am Berliner Ensemble und in vielen DEFA-Filmen einen Namen machte. Einige Male konnte ich ihn ärztlich beraten.

Mein Entlassungsschein in die britisch besetzte Zone trug das Datum vom 15. Juli 1945. Ich hatte also im Vergleich zu vielen Leidensgefährten das Glück einer nur zwei Monate währenden Gefangenschaft unter relativ guten Bedingungen. Da die Logistik bei keiner der Siegermächte zur Versorgung von Millionen Soldaten ausreichte, war auch in Fehmarn das Essen knapp, aber es verhungerte niemand, und es gab keine Epidemien.

Nach höherem Belieben wurden wir mittels Lkw ins Zivilleben entsorgt und landeten in Nordhorn, einer Stadt an der holländischen Grenze, inmitten eines von Entwässerungskanälen durchzogenen Moorgebietes. Alles schien unwirklich intakt und ohne Zerstörungen. Wir entlassenen PW (Prisoners of War) wurden vom Arbeitsamt zur Torfgewinnung bei Georgsdorf vermittelt. Der soziale Aufstieg konnte also beginnen, die Barackenunterkunft im Moor war schon besser als das Zelt im Lager auf der Insel. Die nächste Stufe auf dem Weg nach oben führte in einen Soldatenclub der britischen 107. AA (Anti-Aircraft)-Brigade. Ich war also wieder bei der Flak gelandet, dieses Mal als Zivilist. Mein Schulenglisch war sicherlich förderlich für die Einstellung, in den Morgenstunden aber nicht vonnöten. Da hatte ich das Lokal einschließlich der Toiletten zu säubern – ein Arbeitsprofil, das mir aus der Rekrutenzeit noch geläufig war. Sprachpraxis war am Abend nützlich, wenn die Kundschaft mit Sandwiches und Getränken zu versorgen war.

Auch dabei bestätigte sich die allgemeine Erfahrung, daß in der Schule erworbenes Wissen sehr oft nicht den Erfordernissen des täglichen Lebens entspricht. In Englisch hatte ich immer eine »1« – hier im Club hätte ich mir anfangs für das Verstehen des Alltagsenglisch meist ein »mangelhaft« erteilt, zumal es auch noch im Cockney der Londoner oder in Dialekten von Wales bis Schottland auf einen einwirkte. Ich nutzte aber jede Gelegenheit zur Verbesserung meiner Sprachpraxis und konnte nach drei Monaten Tätigkeit im Soldatenclub sagen, daß vorhandene Kenntnisse in »Oxford english« vertieft und um solche in »soldiers and lavatory english« wesentlich erweitert worden waren.

Erstmals lernte ich den trockenen Humor der Engländer kennen und war angetan von den zivilen Umgangsformen der militärischen Club-Verantwortlichen mit ihren deutschen Angestellten. Wir erhielten – außergewöhnlich für diese Zeit – ausreichend zu essen und gewöhnten uns auch schnell an die Weißbrot-Sandwiches als Dauerkost. Bei einem älteren Ehepaar wohnend, erließen diese mir die Mietzahlung, weil ich sie mit noch verwertbaren Resten aus dem Club versorgte. So erhielten sie täglich ein großes Glas voller Teeblätter vom ersten Aufguß, die sich nach dem Trocknen noch ein zweites Mal verwenden ließen. Da fast jeder Club-Besucher rauchte, fielen große Mengen »Kippen« an, die, wie die Teeblätter, abends vom Personal aufgeteilt wurden. Der Tabakanteil der Zigarettenreste wurde nach Abschneiden von Mundstück und Glimmzone für süchtige Raucher zum Objekt der Begierde und erlangte somit Tauschwert. Hygienische Bedenken gegen diese Art von Tabak-Recycling kamen mir als Nichtraucher nicht – schon gar nicht in jenen Mangelzeiten.

In Schwarzmarkt-Transaktionen von Soldaten und Personal wurde ich wegen Talentmangels nicht einbezogen. Meinen bescheidenen Ansprüchen genügten die »kleinen Brötchen« mit den Teeblättern und dem regenerierten Tabak.

Da ich im September 1945 Nachricht von meinen Eltern erhielt, daß sie und fast alle Familienangehörigen das Kriegsende relativ gut überstanden hatten, zog es mich wieder nach Hause. Nach einer in damaliger Zeit üblichen langen Fahrt mit vielen Unterbrechungen und in überfüllten Zügen, dem Überwinden der Grenze zwischen den Besatzungszonen bei Helmstedt und einer letzten Übernachtung auf dem Bahnhof Zoo (wegen der Sperrstunde) traf ich am 30. November 1945 morgens um 6 Uhr in der Wohnung meiner Eltern ein.

Körperlich war ich im Kriege unversehrt geblieben – Erlebnisse und Erfahrungen hatten aber ausreichend Denkanstöße geliefert.

Nachkrieg in Berlin

Ihr, die ihr überlebtet in gestorbenen Städten,
habt doch nun endlich mit euch selbst Erbarmen.

Bertolt Brecht

Im Dezember 1945 war das Leben für die Bewohner Berlins genauso kompliziert wie in anderen kriegszerstörten Städten Europas. Die von früher gewohnte Bürokratie war aber erhalten geblieben: Man mußte sich bei der Polizei anmelden, um ein Anrecht auf Lebensmittelkarten zu haben. Deren Quantitäten wiederum richteten sich nach der Art der Tätigkeit. Körperliche Arbeit, wie das Beseitigen der Trümmer, wurde dabei höher bewertet als Tätigkeit im Büro. Schüler und Studenten zählten zur zweiten Kategorie. Nichtberufstätige und Rentner erhielten die geringsten Rationen, die sie gerade vor dem Verhungern bewahrten. Wer aber seine Lebensmittelkarten verlor oder wem sie gestohlen wurden, der war tatsächlich dem Hungertod nahe, wenn er nicht über die Kriegswirren etwas gerettet hatte, das auf dem Schwarzen Markt zu verkaufen oder gegen Lebensmittel einzutauschen war. Die dort tätigen Händler hatten alles und sahen nicht sonderlich hungrig aus.

Ich hatte diesbezüglichen Talentmangel schon an mir erkannt, als ich in Nordhorn vergeblich versuchte, Brosamen, die von den Tischen des Soldatenclubs fielen, mit ökonomischem Nutzen für mich umzusetzen. So beschränkte sich mein Beitrag zum Überleben der Familie für zwei Jahre darauf, wöchentlich eine Hamsterfahrt zu unternehmen. Diese führte meist in die Gegend von Prenzlau, wo man Dinge, welche die Bauern real oder vermeintlich gebrauchen konnten, gegen Eßbares eintauschte.

Da 10 Kilo Kartoffeln hinsichtlich ihres Nährwertes weniger wert waren als 10 Kilo Getreide, war letzteres schon wegen der kilometerlangen Fußwege zum Bahnhof das bevorzugte Tauschobjekt. Das alle bewegende Problem waren weniger die völlig überfüllten Züge mit besetzten Trittbrettern und Dächern, sondern die Kontrollen, bei denen einem alles Eingetauschte abgenommen wurde. Ich saß aber immer im richtigen Zug. So konnte meine Mutter aus den mittels Kaffeemühle zerkleinerten Körnern und etlichen Kräutern Brotaufstrich und anderes Eßbares bereiten.

Als kulinarisch besonderes Ereignis dieser Tage ist mir der 9. Januar 1946 in Erinnerung, der 41. Geburtstag meiner Mutter. Sie hatte anstatt Blumen von ihrem Bruder Pferdefleisch und zwei Flaschen Sekt erhalten. Ersteres wurde nach Berliner Art »verlängert«, und so gab es ein wohlschmeckendes Bouletten-Menü zum Festtag.

Das Alltagsleben in Berlin war damals geprägt von der Notwendigkeit, ein Dach über dem Kopf, Brennbares für den Ofen und etwas zum Essen zu haben. Das glückte bei weitem nicht allen. Daß soziales Elend eine Ursache für Kriminalität ist, bewiesen auch die Nachkriegsjahre in Berlin. Gewaltverbrechen wegen eines Brotes oder einer Schachtel Zigaretten waren an der Tagesordnung. Es waren nicht nur heimgekehrte Soldaten, die im Kriegsgeschehen Hemmschwellen gegen Brutalitäten verloren hatten, sondern auch Kinder und Jugendliche.

Die Gewalttaten der Gladow-Bande, einer Gruppe Halbwüchsiger, in Berlin 1946/48 sind geschichtsnotorisches Beispiel geworden.

Ich wollte Medizin studieren. Eine Voraussetzung dafür war, das Notabitur durch einen entsprechenden Kurs aufzuwerten. Dabei merkte ich schon, daß zwei Jahre ohne Schule mich der Technik des Lernens entwöhnt hatten. Mir machte das auch noch im ersten Jahr an der Universität zu schaffen, was sich 1947 am zunächst negativen Prüfungsergebnis in Botanik zeigte.

Zweimal in der Woche begleitete ich damals einen praktischen Arzt im Wedding auf seinen Besuchen in ein Aufnahmelager für jüdische Flüchtlinge, die im Winter 1945/46 aus Polen nach Berlin gekommen waren. Ich konnte mir seinerzeit nicht erklären, warum nach Kriegsende Polen jüdischen Glaubens aus ihrer Heimat flüchten mußten. Heute weiß ich, daß dort 1945/46 und auch später antisemitische Ausschreitungen stattfanden.

Zu meinen Bemühungen um einen Studienplatz gehörte es, im Januar 1946 mitzuhelfen, im Hauptgebäude der Universität Unter den Linden Trümmer zu beseitigen. Dafür gab es eine warme Suppe, in der etwa fünf Mohrrübenstücke schwammen.

Diskussionen mit Gleichaltrigen und meinem Vater über die Ursachen des Krieges führten dazu, daß ich mich am 1. Februar 1946 der SPD anschloß. Ich war beeindruckt vom sozialen Programm und der demokratischen Komponente, wohl auch von den Wahlerfolgen der Linksparteien in Nord- und Westeuropa und wußte nichts von den politischen Tiefen der SPD zwischen 1914 und 1933. Das ergab sich erst aus einem Lernprozeß, der parallel zur Beschäftigung mit der Medizin verlief.

Erste Studienjahre

Der Geist der Medizin ist leicht zu fassen;
Ihr durchstudiert die groß' und kleine Welt,
Um es am Ende geh'n zu lassen
Wie's Gott gefällt.
J. W. v. Goethe: Faust, Schülerszene

Im Frühling 1946 nahm die Berliner Universität den Lehrbetrieb wieder auf und erhielt etwas später anstelle des früheren Herrschernamens Friedrich Wilhelm den Namen der Gebrüder Humboldt, von denen Wilhelm 1810 die Alma mater gegründet hatte.

Ende April erhielt ich als einer der letzten Bewerber die Zulassung zum Studium im ersten Nachkriegssemester – da hatten die meisten schon zwei Monate Vorlesungen hinter sich. Diese, sportlich gesprochen, Kurvenvorgabe aufzuholen, benötigte ich mehr als ein Jahr. Eine von vier Hürden des Vorphysikums, nämlich Botanik, wurde gerissen, konnte aber im zweiten Anlauf genommen werden. Vielleicht war dieser Fehlversuch auch der Tatsache geschuldet, daß andere geistige Anregungen vom Studium dessen ablenkten, was in unseren Augen eigentlich noch keine richtige Medizin war.

Das Informationsbedürfnis auf nahezu allen Feldern war in der ersten studentischen Nachkriegsgeneration besonders ausgeprägt. Hatten wir doch alle mehrere Jahre des besten Lernalters bei der Wehrmacht verbringen müssen oder waren aus politischen Gründen am Studium gehindert worden. Vor diesem Hintergrund erhielt die Bemerkung des Philosophen Ludwig Feuerbach (1804-1872) über die Berliner Universität, nämlich »Wahre Kneipen sind andere Universitäten gegen das hiesige Arbeitshaus«, eine aktuelle Bedeutung.

Dennoch boten sich Gelegenheiten, die Arbeitshaus-Atmosphäre zu vergessen, zum Beispiel anläßlich von Studentenbällen. Dabei waren die von den Kunsthochschülern in der »Taberna academica« am Steinplatz veranstalteten wegen des originellen äußeren Rahmens besonders beliebt. Man war gut beraten, Damen aus den Labors der Chemie oder Anatomie dorthin zu begleiten, weil in diesen Institutionen die nachkriegsbedingte Alkoholknappheit weniger ausgeprägt war. Auch in der Gesellschaft von Zahnmedizinern saß man nicht völlig auf dem Trockenen.

1947 trat der in Zürich geborene »Prophet der Liebe« Jacob Kuny (1893-1977) mit Vorträgen in Berlin auf. Als Studenten dort die Möglichkeit entdeckten, dem damaligen Ernst des Lebens ein paar fröhliche Akzente zu vermitteln, strömten Hörer aller Fakultäten und jeglicher politischer Ansicht zu diesen Veranstaltungen. »Mit Kuny für die freie Liebe« wurde skandiert, und Tausende Studenten blockierten den Verkehr um den Bahnhof Zoo und am Kurfürstendamm. Noch heute lachen die Zeitzeugen-Akteure von damals über das einem Karnevalsumzug ähnliche Geschehen. Das waren aber nur Intermezzi in jenen Jahren.

Da die »Universitas litterarum« damals noch in des Wortes Sinne begriffen wurde, standen uns auch die Vorlesungen in anderen Fakultäten offen. Ich besuchte regelmäßig die des Kunsthistorikers Prof. Hamann – die des Botanikers Prof. Noack dagegen nur dreimal. Beides waren international bekannte Gelehrte, aber eben mit unterschiedlichen rhetorisch-didaktischen Fähigkeiten. Der Botaniker nuschelte in einem schwer verständlichen Dialekt, so daß man als Anfänger nichts von der Vorlesung hatte. Ich gab jedenfalls dem Kunsthistoriker den Vorzug und bekam die Eigenheiten des Botanikers nicht mit.

Prof. Noack war bei der Prüfung mit dem aus einem Skriptum Gelernten nicht zufriedenzustellen. Daß etwa 30 Prozent der Prüflinge erneut anzutreten hatten – im Jargon »einen Schwanz in Botanik machten« – tröstete mich kaum. Ich setzte mich also ein Semester lang zu Prof. Noack in die erste Reihe des Hörsaales, so daß er mich gut wahrnehmen konnte, und bestand mit gleichem Wissen die Wiederholungsprüfung. Allerdings hatte ich wegen ungünstiger Prüfungstermine, die ohne Zweifel auch meinen vielfältigen anderen Interessen geschuldet waren, auf dem Papier ein Semester verloren, konnte somit das Physikum erst nach dem 5. und das Staatsexamen erst nach dem 11. Semester ablegen.

Für die heutigen Langzeitstudenten wären das sicher Traumvorgaben.

Im zweiten Teil der Vorklinik kam man mit den Fächern Anatomie, Physiologie und physiologische Chemie der Medizin schon etwas näher.

Matador im Anatomischen Theater war Prof. Dr. Hermann Stieve (1886-1952), ein rhetorisch eindrucksvoller Bajuware, dessen Äußeres durch einen schwarzglänzenden Kittel geprägt wurde, den er in der Vorlesung trug und im Bedarfsfall auch mit bunter Kreide bemalte, um die Topographie von Organen an sich zu demonstrieren. Im Präpariersaal galt es, den Verlauf von Muskeln, Blutgefäßen und Nerven darzustellen. Da die Leichen in Formalin konserviert waren, führten die Nachmittage im Präpariersaal zu einem nachhaltigen Eigengeruch der Hände und Kleider, welcher in der S-Bahn schon manchen zum Abrücken veranlaßte.

Diese Art des Anatomieunterrichts für Medizinstudenten entstand in einer jahrhundertealten Tradition und entsprach eigentlich schon lange nicht mehr den praktischen Bedürfnissen der Ausbildung. Heute ist die Lehre nicht nur in Anatomie mit Hilfe virtueller Methoden anders gestaltet.

1947, als ich Anatomie hörte, strebte der kalte Krieg einem ersten Höhepunkt entgegen. Im Westteil der Stadt erschienen Zeitungsberichte, daß Handlungen des Anatomen Stieve in der NS-Zeit als gegen ethische Normen verstoßend zu bezeichnen seien. Man nahm das zum Anlaß, die sowjetischen Besatzungsbehörden zu kritisieren, daß sie in ihrem Verantwortungsbereich NS-Belastete als Hochschullehrer einsetzten. Heute ist aktenkundig, daß Stieve anatomische Untersuchungen an Frauen vornahm, die in Plötzensee und Brandenburg hingerichtet worden waren, weil sein Interesse Problemen der Eierstockfunktion in Streßsituationen galt. Er wurde in den 90er Jahren von E. Klee zu Recht als derjenige bezeichnet, der den zum Tode verurteilten »deutschen Widerstand zu Gewebeschnitten verarbeitete«.

Die »Affäre Stieve« bewegte damals viele Studenten, die aus der jüngsten deutschen Geschichte Schlußfolgerungen für ihr weiteres Leben ziehen wollten. Wir verstanden darum die Haltung der Hochschuloffiziere der Sowjets nicht, die sich vor Stieve stellten. Später erfuhr ich von Walter Florath, einem Zeitgenossen, daß damals ein hochqualifizierter Anatomieunterricht für dringend benötigte Ärzte als vorrangig angesehen wurde. Der Anatom, der Ermordete »beforschte«, kam überdies in der Bewertung besser weg als seine Kollegen, die Versuche an lebenden Häftlingen durchgeführt hatten.

Ein bemerkenswertes Detail am Rande dieses Geschehens: Stieve war zur Zeit des Mitteldeutschen Aufstandes 1923 Anatom in Halle und stand als engagierter Deutschnationaler sicher auf der rechten Seite der Barrikade. Der Kommunist und Vizepräsident der Verwaltung für Volksbildung der SBZ, Paul Wandel, nunmehr Dienstvorgesetzter von Stieve, stand damals auf der anderen Seite der Barrikade. Er hielt jetzt zu Stieve, weil er den Angriff auf ihn als Angriff auf die Hochschulpolitik der sowjetischen Besatzungsbehörden begriff.

Zweifellos lieferten diese mitunter selber Argumente, wenn das KGB willkürlich Personen verhaftete, die nie wieder auftauchten.

Aus persönlicher, das heißt: aus Sicht der Studenten hatte die Hochschulpolitik der SBZ erkennbare Vorzüge – sie gab all denen eine Chance, die in der NS-Zeit aus politischen oder rassischen Gründen nicht studieren durften. Wer während des Krieges bereits studiert hatte, wurde ebenso bevorzugt zugelassen wie auch junge Menschen, die durch Mitgliedschaft in einer der vier 1945 gegründeten Parteien (KPD, SPD, CDU, LDP) ihre Bereitschaft bekundeten, sich aktiv an der politischen Neugestaltung ihres Landes zu beteiligen.

Der wichtige Schritt zum Aufheben des Bildungsmonopols – die Gründung der Arbeiter- und Bauernfakultäten – erfolgte erst 1948. Die literarische Gestaltung dieses Themas durch Hermann Kant in »Die Aula« erscheint mir heute noch als lesenswerte Aussage zum Anliegen, die soziale Benachteiligung infolge nicht möglicher Bildung abzuschaffen.

Für den Versuch einer relativ objektiven Zulassungspolitik im Jahre 1946 sprach auch der Umstand, daß etwa die Hälfte der etwa 800 Medizinstudenten im ersten Nachkriegssemester in den Westsektoren der Stadt wohnte. Jedenfalls halbierte sich nach Gründung der Freien Universität in Dahlem 1948 die Zahl der Medizinstudenten.

Bei Versammlungen zur Vorbereitung von Studentenratswahlen kam es 1947 zu Ausfällen, die wohl der noch nicht überwundenen braunen Ideologie der Redner zuzuschreiben waren. Aus dieser Zeit besitze ich noch eine Resolution. Sie ist von Studenten unterzeichnet, die später unterschiedliche Wege gingen, damals aber im Auftreten gegen den deutschen Chauvinismus einig waren:

Resolution

Ein Vorfall bei der Wahlversammlung der Vorkliniker der medizinischen Fakultät der Universität Berlin am 24. Januar 1947 im Hörsaal des anatomischen Instituts hat dazu geführt, daß die Öffentlichkeit den Eindruck gewonnen hat, daß es sich um Kundgebungen antidemokratischer Kreise gehandelt hat.

Die Unterzeichneten erklären hiermit, daß sie sich ihrer Verantwortung beim Neuaufbau unseres geistigen Lebens voll bewußt sind und jederzeit alle Kräfte einsetzen werden, um irgendwelchen reaktionären, den Zielen der Demokratie entgegenarbeitenden Elementen schärfstens entgegenzutreten, und daß sie sich von allen Kundgebungen distanzieren, die einer reaktionären, nationalsozialistischen oder militaristischen Gesinnung entspringen. Wir sind nicht gewillt, derartige Umtriebe an der Universität zu dulden, und wir werden in Zukunft von uns aus aktiv gegen Kommilitonen Stellung nehmen, die Kundgebungen der oben genannten Art inszenieren oder daran teilnehmen. Außerdem halten wir die Durchführung folgender Maß-

nahmen zur Vermeidung weiterer Zwischenfälle für dringend erforderlich: die genaue politische Überprüfung sämtlicher ehemaliger Mitglieder der NSDAP, der höheren HJ-Führer, Offiziere und sonstwie politisch Belasteten.

Berlin, den 29.Januar 1947

gez. Helmut Coper, Fritz Oberdörster, Burkhard Wiegershausen, Ingeborg Lemmer, Hans-Georg Heinrich, Gerhard Löwenthal, H. J. Matthies, Peter Großmann, St. Kubicki, Ulrich Weber, Kurt Franke, Sonja Wurm, Klaus Flöricke, Hanna Schroeder, Charlotte Kegel, Ulrich Bork, Irma Walter, Hannelore Pieper, Johannes Fligge

Coper wurde Professor für Pharmakologie an der Freien Universität Berlin (West), Oberdörster Professor für Hygiene in Berlin (DDR), Wiegershausen Professor für Pharmakologie in Rostock, Ingeborg Lemmer, Tochter des CDU-Politikers Ernst Lemmer, heiratete Gerhard Löwenthal. Heinrich wurde Professor für innere Medizin und Chefarzt im Oskar-Ziethen-Krankenhaus in Berlin-Lichtenberg (DDR). Löwenthal beendete nach einigen Semestern das Medizin-Studium und wurde Mitarbeiter des RIAS, später des ZDF, nach eigenem Bekunden »ein kalter Krieger«. Matthies wurde Professor für Pharmakologie in Madgeburg, Großmann Professor für Kinderheilkunde und Direktor der Charité-Kinderklinik, Kubicki Professor für Neurologie in Berlin (West). Sonja Wurm heiratete H. J. Matthies und wurde Kinderärztin in Berlin-Friedrichshain (DDR).

Was aus den anderen Unterzeichnern der Resolution wurde, entzieht sich meiner Kenntnis.

Jenes Jahr 1947 ist mir mit damals widersprüchlich erscheinenden Turbulenzen in Erinnerung. Manches fing an, sich zu normalisieren. Die S-Bahn fuhr vom Norden her schon bis zum Stettiner Bahnhof, der bald in Nordbahnhof umbenannt wurde – Stettin lag jetzt in Polen und hieß anders. Außerdem hielten an diesem Bahnhof keine Reisezüge mehr.

Die politischen Differenzen zwischen den Siegermächten schlugen sich in Reden und Zeitungsartikeln nieder, später auch in gegeneinander gerichteten Maßnahmen. Die Schlacht um die

Köpfe der Menschen hatte begonnen, und dabei schien mir die politische Propaganda im Westen sich immer mehr des Goebbels'schen Repertoires zu bedienen.

Die eifernde Demagogie des SPD-Vorsitzenden Kurt Schumacher bleibt aus dieser Zeit für mich in besonders unangenehmer Erinnerung – mögen seine damaligen Vorwürfe sachlich auch mitunter berechtigt gewesen sein. Bei Versammlungen der SPD-Studentengruppe in der Ziethenstraße trafen wir immer wieder auf Menschen, die, aus der »Zone« kommend, zum Ostbüro wollten. Ich erlebte die Einbindung einer politischen Partei in Spionage- und Diversionspraktiken, ohne es damals so begriffen zu haben.

Das Elend der Mehrheit der Menschen im kriegszerstörten Europa und auch das eigene Erleben ließen mich nach den Ursachen der gesellschaftlichen Misere suchen. Ich fand sie verständlich und einleuchtend erklärt in einer Schrift, die 100 Jahre zuvor erstmals publiziert worden war und nunmehr Interessierten wieder zur Verfügung stand. Es war das »Kommunistische Manifest«, dessen Kernaussagen bis heute wohl nichts von ihrer Aktualität verloren haben. Damals bedurften die Marx-Worte, daß bei entsprechend hoher Profitrate das Kapital alle Hemmungen ablege, keiner näheren Erläuterungen. Das deutsche Industrie- und Finanzkapital hatte die Nationalsozialisten an die Macht gebracht, weil diese eine noch bessere Kapitalverwertung in Aussicht stellten. Krieg ist die denkbar höchste Form der Profitmacherei. Kapitalvermehrung durch Kapitalvernichtung, heißt die Formel. Und unzählige Firmen – wir haben es erst jetzt wieder durch das würdelose Gezerre um die Entschädigung der Zwangsarbeiter erfahren – prosperierten durch die Ausbeutung der vornehmlich osteuropäischen Arbeitssklaven. In den Kriegsjahren wurde, so absurd es klingt, in Deutschland die Voraussetzungen für das »Wirtschaftswunder« der Bundesrepublik in den 50er Jahren gelegt. Die Marshallplan-Hilfe war allenfalls Katalysator. Doch ich eile der Zeit bereits voraus.

Meine Sicht auf gesellschaftliche Probleme veranlaßte mich jedenfalls, im Herbst 1948 aus der SPD auszutreten.

Am Wahlsonntag, dem 5. Dezember 1948, führten viele Studenten der Humboldt-Universität einen Arbeitseinsatz auf dem

Gelände des späteren VEB Bergmann-Borsig in Wilhelmsruh durch. Aus Bombentrichtern bargen wir Geschützrohlinge. Es herrschte eine gute Stimmung unter Gleichgesinnten.

Aus den vorklinischen Semestern 1947/48 erinnere ich mich an den ehrwürdigen Anatomen Friedrich Kopsch (1867-1955), den Verfasser einer dreibändigen Monographie, deren 17. Auflage 1950 erschien. Er gehörte zu den politisch Unbelasteten, die man als Hochschullehrer reaktiviert hatte. Aus seiner Vorlesung sind mir weniger fachliche Einzelheiten im Gedächtnis geblieben, als vielmehr der Aphorismus: »Es gibt drei Laster: Alkohol, Nikotin und Frauen. Wenn Sie nur zwei davon haben, können Sie so alt werden wie ich.« Der kleine, schmächtige 80jährige erntete dafür lachenden Beifall, denn Alkohol und Nikotin waren knapp und nur auf dem Schwarzmarkt zu haben.

Mit meinem wachsenden Interesse an der Geschichte Berlins erhielt eine en-passant-Bemerkung von Kopsch auch Memoirenwert, daß er sich nämlich noch erinnern könne, wie in seiner Jugendzeit am Nollendorfplatz die Frösche quakten.

Um Frösche ging es mitunter auch beim Physiologen Fischer, zumindest im Praktikum. Zum Nachweis einer eigenständigen Erregbarkeit des Muskels mußten das Gehirn der Tiere durch Kopfabtrennen und das Rückenmark durch Ausbohren ausgeschaltet werden. Vor dieser Aufgabe habe ich mich stets gedrückt und überließ die tierquälerische Prozedur, die inzwischen abgeschafft ist, immer denjenigen, die weniger zartbesaitet waren.

Die Physiologische Chemie (heute Biochemie) lehrte uns Prof. Karl Lohmann (1898-1978), international renommiert durch Entdeckungen auf dem Gebiet des Muskelstoffwechsels und als Erfinder des Waschmittels FEWA auch jeder Hausfrau bekannt. Ich habe aber niemals wieder Vorträge in so monotoner Sprechweise gehört wie seine im Hörsaal in der Hessischen Straße. Prof. Lohmann leitete später das Institut für Biochemie der Akademie der Wissenschaften der DDR, und ich konnte ihm ärztlich beistehen, als er nach einem Unfall das Krankenhaus Pankow aufsuchen mußte.

Nach dem Sommersemester 1948 begannen für mich die Prüfungen zum Physikum. Die Technik des Lernens wieder beherrschend, wurde keine Hürde gerissen. In Anatomie erhielt ich sogar ein »Sehr gut«, obwohl dem Institutsdirektor meine Beteiligung an der öffentlichen Kritik seines Verhaltens in der NS-Zeit zweifellos in Erinnerung geblieben war. Dafür gab es zu viele Informanten.

Um den sicher negativen Folgen der Opposition eines Studenten gegen den Hochschullehrer zu entgehen, wählte ich den opportunistischen Weg und wurde studentische Hilfskraft, ein sogenannter Vorpräparant im Histologie-Kurs am Anatomischen Institut. In diesem Kurs lernte man, unter dem Mikroskop die normalen Strukturen der verschiedenen Organe zu erkennen. Das ist eine wichtige Voraussetzung für die im zweiten Studienabschnitt – der Klinik – folgende mikroskopische Pathologie, wo krankhafte Gewebsveränderungen diagnostiziert werden. Neben einer erheblichen Vertiefung meines Wissens konnte ich diesen Eindruck wohl auch dem Prüfer vermitteln, so daß seine Bewertung erkennbar objektiv erfolgte.

In diesen Monaten spitzte sich infolge der durch die Westmächte am 20. Juni 1948 separat vorgenommenen Währungsreform die politische Lage weiter zu. Der darauf folgenden Abriegelung Westberlins durch die Sowjetische Besatzungsmacht wurde von den Westmächten mit einer Luftbrücke entgegengewirkt. Diese Blockade hatte mehrere Folgen. Die Amerikaner hatten die Steilvorlage der Sowjets erkannt und organisierten die Versorgung Westberlins aus der Luft. Sie flogen auch noch weiter, als längst die Blockade aufgehoben war, denn mit entsprechender propagandistischer Begleitung wurde auf der einen Seite der Mythos der Schutzmacht Amerika begründet – auf der anderen Seite verlor die Sowjetunion als Befreier und Hauptkraft der Antihitlerkoalition im Westen sehr viel Sympathie. Die USA erprobten überdies Logistik und gegen Kriegsende entwickelte Funkmeßtechnik, die wenig später im Korea-Krieg zum Einsatz kommen sollte. Und, dialektischer Treppenwitz der Weltgeschichte: Die Amerikaner mußten weltweit ihre Transportflugzeuge für diese Luftbrücke abziehen – auch aus China, wo sie die Front Tschang Kai-scheks unterstützten. Die aber brach nun, und der Lange Marsch Mao Tse-tungs endete siegreich mit der Proklamation der Volksrepublik. Die »Freiheit Westberlins« war also mit der Preisgabe Chinas erkauft worden …

Die Spaltung Berlins führte auch zur Gründung der Freien Universität im vornehmsten Berliner Stadtteil, dem Sitz der US-Besatzungsbehörde. Einige Professoren, darunter prominente, wechselten von der Humboldt-Uni im Ostteil der Stadt dorthin. Die bis dahin überfüllten Hörsäle in der Medizin wurden etwas leerer, da viele Studenten mitzogen.

Auf der Suche nach Möglichkeiten, etwas Geld zu verdienen, sprach ich in jenen Tagen bei der Kulturredaktion der Berliner Zeitung vor und bot Berichte über medizinische Probleme an, aber nicht im Sinne von ärztlichen Ratschlägen, die ich damals vom Wissen her auch gar nicht hätte geben können. So schrieb ich anläßlich runder Geburts- oder Todestage berühmter Ärzte, besuchte Tagungen und verfaßte themenbezogene Reportagen und Porträts von Medizinern und ihren Instituten. Ebenso wichtig wie der ökonomische Aspekt erschien mir das Erlernen der Fähigkeit, fachliche Probleme auch allgemeinverständlich auszudrücken. Beim Lesen von Heinz Knoblochs Erinnerungen an sein Wirken im Berliner Verlag in den späten vierziger Jahren fallen auch mir wieder die Namen von bemerkenswerten Persönlichkeiten im Feuilleton der Berliner Zeitung ein. Ich erinnere mich an Susanne Kerckhoff, Autorin der »Berliner Briefe«. Ihr Selbstmord wegen nicht bewältigter privater Probleme bewegte damals viele Intellektuelle in der Stadt. Ich erinnere mich gern an Friedrich Gäbel, der mit skurrilen Zeichnungen manche Artikel illustrierte, und an Dr. Friedrich Schindler. Er war für Wissenschaft zuständig. Ich hatte in ihm auch nach seinem Wechsel zur »Wochenpost« einen verständnisvollen Partner für meine populärwissenschaftlich-journalistischen Ambitionen. Daß der Redakteur Jürgen Rühle mir meine damalige Partnerin Sabine Brandt ausspannte und sie heiratete, hat mich 1950 schon betroffen gemacht. Das ist jedoch nur Erinnerung, denn mein späterer familiärer Lebensweg hätte nicht harmonischer verlaufen können.

Das vielfältige kulturelle Angebot jener Jahre erschloß für junge Menschen meines Alters geistige Werte, die uns nach der Bücherverbrennung 1933, durch antisemitische Diskriminierungen oder infolge einer Feindbild-Ideologie in der für die Persönlichkeitsentwicklung prägenden Zeit vorenthalten worden waren.

Woher ich die Zeit nahm, um Konzerte, Theater- und Opernaufführungen zu besuchen und neuerschienene, ehemals verbotene Bücher zu lesen, weiß ich heute nicht mehr zu sagen. Die geschwänzten Botanik-Vorlesungen hatten an dem Zeitfonds hierfür sicher den kleinsten Anteil.

Für das erste Nachkriegskonzert von Yehudi Menuhin – 1947 im Steglitzer Titania-Palast – hatte ich eine Karte ergattert, und seither erfreut mich Beethovens D-Dur Violinkonzert stets aufs neue. Für ein Konzert am 9. März 1999 in der Philharmonie mit ihm als Dirigenten hatten wir ebenfalls Karten. Es fiel wegen seiner plötzlichen Erkrankung aus. Drei Tage später starb Sir Yehudi Menuhin in Berlin. So schließen sich oft Kreise in der Erinnerung.

In der Kulturoffensive um die Köpfe der Deutschen spielte die Sowjetische Besatzungsmacht ihre beeindruckenden Möglichkeiten aus. Das Deutsche Theater und die Staatsoper im Admiralspalast waren schon im Juni 1945 wieder geöffnet worden. David Oistrach trat als Violinsolist auf, und das Alexandrow-Ensemble spielte auf einer Bühne vor dem zerstörten Schauspielhaus am Gendarmenmarkt. Zehntausende – darunter auch ich – waren begeistert.

Im Deutschen Theater sah ich als früherer Schüler des Lessing-Gymnasiums erstmals »Nathan der Weise«. Paul Wegener spielte die Titelrolle und Eduard von Winterstein den Klosterbruder. Gustaf Gründgens, von dem die Älteren schwärmten, trat im »Snob« von Sternheim auf. Thornton Wilders »Wir sind noch einmal davongekommen« lief im Hebbel-Theater und Zuckmayers »Des Teufels General« im Schloßparktheater. Hans Albers spielte in »Liliom« – dafür habe ich aber nie eine Eintrittskarte erwerben können.

Etwas vom alten Flair der Kulturmetropole Berlin hatte also überlebt oder wurde wiederbelebt.

Damals führte man im Hebbel-Theater auch »Professor Mamlock« von Friedrich Wolf auf. 1947 hatte uns in einer Gastvorlesung der westdeutsche Physiologe Hans Schäfer, später

Ordinarius in Heidelberg, auf die soeben erschienene Dokumentation zum Nürnberger Ärzteprozeß hingewiesen. Nun sahen wir angehenden Mediziner im Theaterstück die sprachlich und künstlerisch überzeugende Gestaltung von Vorgängen, die am Anfang der verhängnisvollen zwölf Jahre standen und unmittelbaren Bezug zu dem Beruf hatten, den wir einmal ausüben wollten. Zwischen der Eliminierung jüdischer und nicht völkisch denkender Ärzte aus dem Gesundheitswesen, der Vorteilsnahme ihrer Nachfolger und der Beteiligung einiger Mediziner an inhumanen Handlungen (Menschenversuche, Euthanasie, Selektionen für die Gaskammern) gab es einen Zusammenhang. Der wurde uns auf der Bühne bewußt gemacht.

Immerhin waren etwa 80 Prozent der deutschen Ärzte zwischen 1933 und 1945 in der NSDAP und deren Gliederungen – deutlich mehr als in anderen Berufsgruppen in Deutschland.

Aus den bekanntwerdenden Fakten ergab sich für uns eine deutliche Diskrepanz. Viele akademische Lehrer betonten mit Nachdruck, die Medizin sei unpolitisch. Aber wie erklärte sich dann das politische Engagement nicht weniger Ärzte für dieses verbrecherische System?

Klinisches Studium, Staatsexamen, Promotion

Die Kunst der Medizin besteht darin,
den Kranken solange bei Stimmung zu halten
bis die Natur die Krankheit geheilt hat.
Voltaire

Mit bestandenem Physikum durfte man sich cand. med. nennen und fühlte sich dem eigentlichen Anliegen des Studiums näher, weil man nun mit kranken Menschen zu tun hatte, über Symptome von Krankheiten und Möglichkeiten zur Behandlung unterrichtet wurde. Es gab Hauptvorlesungen, in denen Kranke im Hörsaal vorgestellt wurden und nach einer Liste aufgerufene Studenten ihre vorhandenen Kenntnisse zeigen konnten.

Dazu kamen Kurse und fakultative Vorlesungen. Wir wurden nach Methoden unterrichtet, die sich in 100 Jahren entwickelt und wahrscheinlich in den letzten 50 Jahren nicht geändert hatten. Es wurde viel Wissenschaft geboten, und die Praxis kam zu kurz. Der Unterricht am Krankenbett in kleinen Gruppen, der in anderen Ländern mit Vorteil für Studenten und ihre späteren Patienten üblich ist, sollte erst in den 60er Jahren Eingang in den Lehrbetrieb der Universitäten beider deutscher Staaten finden.

Die Koryphäen der Berliner Universitätsmedizin waren der Pathologe Robert Rössle (1876-1956), der Pharmakologe Wolfgang Heubner (1877-1957), der Chirurg Ferdinand Sauerbruch (1875-1951), der Gynäkologe und Geburtshelfer Walter Stoeckel (1871-1961), der Hals-Nasen-Ohren-Arzt Carl von Eicken (1873-1960) und der Dermatologe Heinrich Löhe (1877-1961). Alle hatten ihre früheren Lehrstühle behalten, repräsentierten als national und international renommierte Ärzte ihr jeweiliges Fachgebiet wie nach 1933 und in der Zeit des 2. Weltkrieges. Wir hörten es von anderen und merkten an Gesten und Äußerungen, daß viele auch hohe militärische Ränge bekleidet hatten. Ihre Teilnahme an Beratungen über die medizinischen Auswirkungen von Versuchen an Menschen hatten sie offensichtlich verdrängt. Sie unterrichteten weiter junge angehende Ärzte in Berlin und anderswo an deutschen Universitäten.

Im Mai 1943 rief die Heeres-Sanitäts-Inspektion 200 beratende Ärzte zum Thema »Besondere Versuche über Sulfonamid-Wirkung« zusammen. Berichtet wurde über die Ergebnisse von Versuchen an KZ-Insassen, ob und wie sich künstlich gesetzte bakterielle Infektionen durch die 1938 entdeckten Sulfonamide behandeln lassen. Der Historiker Klee schrieb dazu in den 90er Jahren: »Die Ravensbrück-Versuche wurden der Elite der deutschen Medizin am 24. Mai 1943 zur Kenntnis gebracht. Wer Rang und Namen hat, ist dabei. Die Spitzenvertreter der deutschen Medizin finden die Versuche unnötig und grausam. Aber: keiner protestiert, keiner tritt von seinem Posten zurück!«

Die Anwesenden jener Beratungen repräsentierten die Crème der deutschen Medizin aller Universitäten in jenen Jahren. Sie prägten das wissenschaftliche Leben der Nachkriegszeit. Die meisten von ihnen lebten und lehrten zwar im Westen Deutschlands – einige aber auch im Osten.

Einige Berliner Lehrstühle wurden im Mai 1945 vakant, so der für Neurologie und Psychiatrie. Als Nachfolger Karl Bonhoeffers (1868-1948) hatte ihn der SS-Oberstarzt Max de Crinis seit 1938 inne. Da er prominent in das NS-Euthanasie-Programm eingebunden war, entging er wohl nur durch Selbstmord bei Kriegsende der Anklage und Verurteilung im Nürnberger Ärzteprozeß.

Auch der Internist Gustav von Bergmann verließ seinen Lehrstuhl. Auf diesen wurde Theodor Brugsch (1878-1963) berufen, der nach 1933 aus rassischen Gründen von seinem Lehramt in Halle entfernt worden war. Als wir seine Vorlesungen hörten, war er bereits 70 Jahre alt und hatte schon aus biologischen Gründen den Zenit als akademischer Lehrer überschritten.

Die Sorgen und Ängste ehemaliger Emigranten oder im NS-System rassisch Verfolgter artikulierte der Chirurg und ehemalige

Oberarzt von Sauerbruch, Rudolf Nissen (1896-1981), als er 1946 auf den Lehrstuhl in Hamburg berufen werden sollte: »Ungefähr ein Jahr nach dem Waffenstillstand auf dem europäischen Kriegsschauplatz traf durch Vermittlung der Abteilung für Erziehungswesen der Britischen Militärregierung in Hamburg ein Schreiben des Hamburgischen Erziehungssenators ein. Es lautete: ›Rektor und Senat der Universität Hamburg haben mich gebeten, Ihre Berufung auf den freigewordenen Lehrstuhl für Chirurgie zu erwirken. Ich komme dieser Bitte mit besonderer Freude nach und würde es aufrichtig begrüßen, wenn Sie sich entschließen würden, dem Ruf Folge zu leisten und den Lehrstuhl für Chirurgie in Hamburg zu übernehmen. Ich wäre Ihnen besonders verbunden, wenn Sie mir Ihre Entscheidung recht bald mitteilen könnten.‹

Nach längerer und sorgfältiger Überlegung habe ich an die Hochschulbehörde die folgende Antwort geschickt: ›Ich bin Rektor und Senat der Universität Hamburg aufrichtig verbunden für die freundliche Gesinnung, die in der Berufung zum Ausdruck kommt. Sie mögen mir glauben, daß ich mein inneres Verhältnis zur alten Heimat nicht erst jetzt, sondern in all den dreizehn vergangenen Jahren, die seit meinem Verlassen Deutschlands vergangen sind, immer wieder geprüft habe. Ich habe nicht aufgehört, mich als einen Vertreter chirurgischer Schulen des alten Deutschland zu fühlen und nie gezögert, mich dazu zu bekennen.

Ich kenne auch die tiefgreifende moralische Unsicherheit, die das Naziregime innerhalb des deutschen Ärztestandes bis hinein in die Reihen der Universitätslehrer verschuldet hat. Die Aufgabe, zu der Sie mich berufen, ist darum bei der jetzigen Lage der Dinge eine sehr große. Um sie zu leisten, ist die rückhaltlose Mitarbeit von Assistenten und Studenten notwendig. Es ist aber auch von meiner Seite aus eine unvoreingenommene und ungehemmte Hingabe notwendig. Wahrscheinlich würde es möglich sein, den Kreis der Mitarbeiter so auszusuchen, daß ein vertrauensvolles und fruchtbares Zusammenspiel zustande kommt. Ich zweifle, ob bei den Studenten, die über ein Jahrzehnt in ihrer aufnahmefähigsten Entwicklungszeit dem Gift des Nazismus ausgesetzt waren, das gleiche vorausgesetzt werden darf. Ich bin aber sicher, daß ich selbst den Zustand innerer Ausgeglichenheit noch nicht erreicht habe, der es mir möglich macht, den zahlreichen Personen eines großen Arbeitskreises in Deutschland unbefangen und gerecht gegenüberzutreten. Ich hoffe auf Ihr Verständnis, wenn ich Ihnen antworte, daß ich mich nicht in der Lage sehe, Ihnen eine Zusage zu geben.‹«

Solange die alten Eliten an den Hochschulen lehrten, war sicher mit vorurteilsfreien Aussagen zu den neuen gesellschaftlichen Verhältnissen nicht zu rechnen. Offensichtlich sahen aber die Besatzungsmächte, daß die Vermittlung von Fachwissen in der Medizin eine vorrangige Aufgabe sei und auch durch sich neutral verhaltende Spezialisten erfolgen könne – selbst wenn diese sich für das alte Regime engagiert hatten. Im Gegensatz zu der Zeit nach der Implosion der DDR fand nach 1945 in der Medizin kein politisch motivierter Elitenwechsel größeren Stils statt. Man versuchte im Gegenteil, die fachlichen Erfahrungen der Älteren für wichtige Aufgaben des Gesundheitswesens jener Jahre zu nutzen.

Wir hörten somit die großen alten Männer der Berliner medizinischen Fakultät in ihren Hauptkollegs. Von ihrem Vortrag aus den Höhen der Wissenschaft verstanden wir anfangs meist sehr wenig. Dazu kam, daß ein sicher berechtigter Ruf als international renommierter Fachmann keinesfalls gleichbedeutend mit beeindruckenden didaktischen und rhetorischen Fähigkeiten war. Man hörte sich also die großen Alten einige Male an, wartete ab, ob man vor dem Kolleg zum Praktizieren aufgerufen wurde und zog dann lieber in eine andere Vorlesung mit lebendiger dargebotener Thematik.

Die nüchterne Nachkriegsgeneration der Studenten schätzte den traditionell-autoritären Stil mancher Klinikchefs wenig. Typische Beispiele hierfür waren in Berlin die Chirurgie unter Prof. Sauerbruch und die Frauenklinik, die Geheimrat Prof. Stoeckel leitete. Daß seine Büste schon zu Lebzeiten vor dem Hörsaaleingang stand, fanden einige von uns nicht zeitgemäß und befestigten einen Lorbeerkranz mit dem medizinischen Klebstoff Mastix auf dem Marmorkopf. Das führte zu einigen Turbulenzen. Unsere erfahrungsgeprägte Definition zum Leitungsstil der Universitäts-Frauenklinik in der Ziegelstraße lautete: »Hier geht es zu wie beim preußischen Militär: Prof. Stoeckel ist der Kompaniechef, sein Oberarzt Kraatz ist der Spieß, und alles andere liegt flach.«

Daß dieser Stil auch an anderen Kliniken üblich war, bemerkten wir bald, und für viele war das ein Grund, ihren Ausbildungsweg nach dem Staatsexamen nicht an einer Universitätsklinik fortzusetzen. Dazu gehörte auch ich. Wir fanden sehr schnell heraus, daß die Kollegs an den jeweiligen zweiten oder dritten Uni-Kliniken besser gestaltet wurden als unsere bei den alten Meistern. Schon deren jüngere Oberärzte sprachen uns in der Art ihrer Vortrages mehr an als ihre Chefs.

In positiver Erinnerung sind mir bezüglich didaktischer Qualität und damit fachlichem Wert für die Studenten die Vorlesungen beim Internisten Prof. Krautwald, beim Gynäkologen Prof. Schopohl und beim Chirurgen Prof. Gohrbandt im Krankenhaus Moabit. Gohrbandt wurde 1950 vom Berliner Senat untersagt, weiterhin für Studenten der Humboldt-Universität im Osten Vorlesungen zu halten.

Bessere Gehälter und, vielleicht, auch weniger politischer Druck veranlaßte immer mehr Hochschullehrer, Berufungen an Universitäten oder Krankenhäuser in der Bundesrepublik oder im Westteil der Stadt anzunehmen. Die Kontinuität des Lehrbetriebs litt aber nicht, und wir waren erfreut, wenn ein jüngerer Dozent oder Professor daran ging, ausgetretene didaktische und rhetorische Pfade zu verlassen.

So empfanden wir den 1949 aus Würzburg berufenen Pharmakologen Prof. Friedrich Jung (1915-1997) als eine solche Bereicherung für unser Informationsbedürfnis in einem wichtigen Fach. Sein international renommierter Vorgänger und Lehrer Prof. Heubner verstand es nämlich überhaupt nicht, sein großes Wissen zu vermitteln. Jung brachte uns die Notwendigkeit eines wissenschaftlich begründeten Arzneimitteleinsatzes nahe und wies immer wieder auf die Rolle der Pharma-Industrie im großen Geschäft mit der Krankheit hin. Bis zum Ende der DDR leitete er den Prüfungsausschuß für Arzneimittel, ohne dessen Zustimmung kein Medikament produziert oder importiert werden durfte.

Die Haltung des Pharmakologen Friedrich Jung zur Wirksamkeit der Homöopathie war mit wissenschaftlich einleuchtender Begründung negativ. Er prägte damit das Therapieverhalten vieler Ärzte in der DDR für die Zeit bis 1990, in der die Behandlung mit Arzneimitteln nach naturwissenschaftlichen Erkenntnissen und frei von Aberglauben und ökonomischen Vorteilen für Hersteller und Verordnende betrieben werden konnte. Prof. Inge Rapoport hat in ihren Memoiren ein warmherziges Bild des Menschen Friedrich Jung gezeichnet.

Ein Hochschullehrer, der sein Fach rhetorisch eindrucksvoll darzustellen verstand, war der Arbeitsmediziner Prof. Ernst Holstein (1901-1985). In jungen Jahren als Schiffsarzt in der Welt herumgekommen, hatte möglicherweise das Gegen-den-Wind-Reden einen ziemlich durchdringenden Tonfall verursacht. Der Inhalt seiner Vorträge, der den medizinischen Problemen bei Produktionsprozessen galt, war aber einleuchtend. Jedenfalls fragte ich bei ihm wegen eines Promotionsthemas an und erhielt als Aufgabe, »Die Auswirkungen der Kupferverarbeitung« zu untersuchen.

Es galt, die einschlägige Literatur zu finden, was viele Such- und Lesestunden in Bibliotheken erforderte. Im Vergleich zu den heutigen Möglichkeiten, Literaturrecherchen aus Datenbanken über das Internet abzurufen, war der Zeitaufwand ohne Zweifel überdimensioniert – aber vor 50 Jahren mußte das jeder wissenschaftlich Arbeitende so machen. In den Kabelwerken Oberspree und Köpenick untersuchte ich die in der Drahtfabrik Beschäftigten und fand, daß diese Tätigkeit keinen erkennbaren gesundheitlichen Nachteil in sich barg. Dieses Ergebnis hatte für mich den Vorteil, daß die Promotionsschrift gedruckt vorlag, als unser Staatsexamen begann.

Im Rückblick auf die klinischen Studienjahre von 1948 bis 1951 läßt sich feststellen, daß ich im späteren Berufsleben nie wieder soviel Zeit für andere Dinge hatte wie damals. Das Berliner Ensemble begann 1949 im Deutschen Theater zu spielen, Picassos Friedenstaube auf dem Vorhang stand für ein künstlerisches Programm mit gesellschaftlichem Anliegen, das viele junge und alte Menschen überzeugte. Die Worte Brechts vom großen Karthago, das drei Kriege führte und danach nicht mehr auffindbar war, sprachen aus meiner Sicht drei Generationen an: jene, die den 1. und 2. Weltkrieg erlebt und überlebt hatten und bereit waren, aus diesen Erfahrungen Lehren zu ziehen. Das Brecht-Gedicht »Greift zur Kelle – nicht zum Messer« hatte angesichts der Trümmer in Berlin einen hohen Überzeugungswert.

Helene Weigel war als »Mutter Courage« auf der Bühne zu sehen, als eine Marketenderin im Dreißigjährigen Krieg, deren Drang nach kleinem Kriegsgewinn ihre drei Kinder das Leben kostet. Ich sah das Stück mehrmals, anfangs mit Paul Bildt als Koch und Werner Hinz als Feldprediger – später spielten Ernst Busch und Erwin Geschonneck diese Rollen noch mitreißender.

Mein Schulfreund Egon Monk, damals Regie-Assistent bei Brecht, nahm mich manchmal mit zu Gesprächen im Künstlerkreis, in eine ganz andere Atmosphäre als die des Hörsaals und des Krankenhauses.

Im September 1950 begann die Sprengung des zu großen Teilen ausgebrannten Berliner Stadtschlosses. Da auch Medizinstudenten manchmal im Hauptgebäude der Universität etwas zu erledigen hatten, waren von dort aus die Staubwolken gut zu sehen, welche die niederbrechenden Mauern verursachten. Uns Jüngeren schien die Entscheidung berechtigt, die Berliner Zwingburg der Hohenzollern zu beseitigen. Heute glaube ich, daß dies falsch war. Die politisch dafür Verantwortlichen hätten sich bei ihren polnischen und sowjetischen Genossen orientieren können. Das Warschauer Schloß, von dem nur noch ein Kamin zahnstocherartig die Trümmerberge überragte, und die zerstörten Zarenschlösser um Leningrad wurden in ursprünglicher Form wiederhergestellt. Es war die nachträgliche Korrektur eines irreparablen Fehlers, als beschlossen wurde, das nicht weniger zerstörte Lindenforum mit Zeughaus, Neuer Wache, Staatsoper und Universitätbibliothek wieder aufzubauen.

Die Verwüstung des Palastes der Republik unter dem scheinheiligen Vorwand der Asbestsanierung ist durchaus mit der vor

50 Jahren an gleicher Stelle erfolgten Aktion vergleichbar – nämlich die Vergangenheit durch Abriß zu beseitigen.

Das gesellschaftliche Engagement jener Jahre galt auch seitens vieler Studenten dem Stockholmer Appell zur Ächtung der Atomwaffen, der Verurteilung des Korea-Krieges und den Weltfestspielen der Jugend und Studenten, die im August 1951 in Berlin stattfanden. Zwar hatten wir gerade mit dem Staatsexamen begonnen, nahmen uns aber trotzdem Zeit zum Besuch einiger der vielen kulturellen und politischen Veranstaltungen.

Das medizinische Staatsexamen begann damals in den klinischen Fächern mit der Untersuchung von Patienten, dem Aufschreiben von Krankengeschichte und Untersuchungsbefunden sowie einem abschließenden Vorschlag zur Behandlung. Mit dem Vorgang vertraute »Langliegerpatienten« gaben, besonders wenn sie seltene Krankheiten hatten, dem seine Kenntnisse zusammenkratzenden Kandidaten schon öfter mal einen kundigen Hinweis auf Diagnose und Therapie. Diesem Präludium schloß sich dann die mündliche Prüfung an, in der die Zensur nicht nur vom eigenen Wissen oder der Laune des Prüfenden abhing, sondern manchmal auch vom Zufall. Der spielte bei mir positiv mit, denn ich wurde viermal (Pathologie, Chirurgie und zweimal in der Inneren Medizin) nach dem Magengeschwür gefragt, worüber ich schon beim ersten Mal zufriedenstellend Bescheid wußte.

Insgesamt war in 13 Fächern entsprechendes Wissen nachzuweisen. Da die Hauptfächer Innere Medizin, Chirurgie und Gynäkologie doppelt geprüft wurden, hatte man also innerhalb von fünf Monaten 16 Mal im dunklen Anzug anzutreten. Und zwar in Vierergruppen. In unserem Fall waren das Hansjürgen Matthies, später Ordinarius für Pharmakologie in Magdeburg, Peter Großmann, später Ordinarius für Kinderheilkunde an der Charité, Burkhard Wiegershausen, später Ordinarius für Pharmakologie in Rostock, und ich. Als Taktik überlegten wir uns, aus den Erfahrungen älterer Semester schöpfend, die ersten Prüfungen möglichst mit »Sehr gut« zu absolvieren, damit beim Nachlassen der Kräfte eine größere Anzahl vorher erreichter guter Noten den späteren Prüfer vielleicht zu einem etwas milderen Bewerten der gezeigten Leistung veranlassen könnte.

Unsere diesbezüglichen Überlegungen, das gezeigte Wissen und etwas Glück führten zum erwarteten Ergebnis. Am 13. Dezember 1951 beendeten wir das medizinische Staatsexamen mit der Gesamtnote »Sehr gut«.

Das Magna cum laude (höchstes Lob für eine »1« in allen Prüfungen) war für mich schon nach dem 7. Versuch (Augenheilkunde) nicht mehr zu erreichen. Meine Partner traf es viel härter: In der allerletzten Prüfung gab ihnen der Internist Prof. Krautwald eine »2«, verdarb ihnen somit das bestmögliche Gesamtergebnis und gratulierte ihnen und mir zu dem nunmehr mit Sehr gut bestandenen Examen. Wir empfanden das als persönlichkeitsbedingten blanken Zynismus.

Krautwald konvertierte nach 1945 vom Arzt einer SA-Gruppierung zum SED-Mitglied, um einen Charité-Lehrstuhl zu bekommen, den er vom fachlichen Vermögen her wohl auch gut ausfüllte. Sein opportunistischer Charakter schimmerte selbst bei der Prüfung durch und offenbarte sich nach 1961, als er zu einem der vielen Leibärzte eines Ölscheichs mutierte. Ein buntes Blatt der BRD bezeichnete ihn damals als Ibn Sauds fünften Suppenkoch.

Stefan Heym beschrieb in seinem Buch »Nachruf« als lebenserfahrener Patient seine Sicht auf die die beiden konkurrierenden Ordinarien für innere Medizin: »Also raschestens auf in die Charité … Nur um Gottes willen nicht dorthin, wo sie Brecht versorgten; da gehen wir lieber zu Herrn Krautwald, Brugschens Rivalen, in die Zweite Medizinische … Herr Krautwald, so ein Kleiner mit flinken Händen und flinkem Blick … veranlaßt das Notwendige.«

Acht Tage nach dem Staatsexamen, am 21. Dezember 1951, hatte ich die drei Kolloquien zur Promotionsschrift absolviert und konnte mit etwas gestärktem Selbstbewußtsein den weiteren Lebensweg als Doktor der Medizin antreten. Der führte aus dem Elternhaus zunächst nach Meißen.

Zwei Jahre später erhielt das Datum meines Promotionstages eine familienhistorische Bedeutung – es wurde unser Hochzeitstag und blieb in beidseitig anhaltender Übereinstimmung der einzige.

Chirurgie – erste Impulse

Die Menschen können in
drei Gruppen eingeteilt werden:
die die Dinge anpacken,
die dabei zusehen
und die, welche sich wundern,
daß dabei etwas geschieht.
G. B. Shaw

Die Chirurgie fand mein Interesse, weil mich beeindruckte, wie durch schnelles aktives Handeln viele Gesundheitsstörungen beseitigt werden konnten – manche leider auch nicht. Daß man durch eigener Hände Arbeit Wunden nähen, gebrochene Knochen richten oder in Körperhöhlen Krankheitsherde beseitigen konnte, faszinierte mich. Manuelles Geschick glaubte ich, beim Präparieren in der Anatomie bewiesen zu haben, und erste praktische chirurgische Erfahrungen sammelte ich beim Kastrieren von Kaninchen. Die Technik zeigte mir ein Mitstudent, den ich deshalb bei einem Wiedersehen nach 30 Jahren als meinen ersten chirurgischen Lehrer begrüßte. Da aus Versorgungsgründen während der ersten Nachkriegsjahre auf unserem Balkon der Wohnung in der Hochstraße 15 bis maximal 25 Kaninchen ein zeitlich befristetes Dasein führten, war die chirurgische Transformation vom Maskulinum zum Neutrum Vorbedingung für ein optimales Nutzen der Stallkapazität.

Die Chirurgie-Vorlesungen beim weithin bekannten Geheimrat Prof. Ferdinand Sauerbruch wirkten eher demotivierend auf meine Vorstellungen über eine spätere Spezialisierung in der Medizin. Der Inhalt war unsystematisch und auf Selbstdarstellung bezogen, Worte und Handlungen, auch beim Operieren im Hörsaal, schienen uns jungen Studenten die Zerebralsklerose zu beweisen, die sein Lebensende bestimmte.

Diese Eindrücke entstanden aber unabhängig voneinander auch bei Studenten früherer Jahrgänge. Der spätere Psychiater Prof. Hanns Schwarz (1898-1980) berichtet aus seiner Münchner Studentenzeit (1921/23) über die Vorlesungen in der damals von Sauerbruch geleiteten Chirurgischen Klinik: »Von seinen Großtaten hörten wir im Kolleg kaum etwas. Alles verschwand hinter der gigantischen Inszenierung des Hörsaal-Schauspiels.« 1928 wurde Sauerbruch nach Berlin berufen, die Vorlesungsrituale änderten sich damit aber nicht. Das erzählten mir einer meiner chirurgischen Lehrer, nämlich Dr. H. Weber, und auch Prof. A. K. Schmauss. Letzterer kam 1938 von München nach Berlin, um nach Besuch einiger Vorlesungen über ein weiteres Studium in der Reichshauptstadt zu befinden. Nach dem Erleben einiger Sauerbruch-Kollegs fuhr er schnell wieder nach München, wo die Chirurgie-Vorlesungen von Magnus (1883-1942) für ihn mehr Anziehungskraft besaßen.

Selbst die von hoher Wertschätzung für ihren Chef geprägten Memoiren der ehemaligen Sauerbruch-Oberärzte Frey und Nissen enthalten Hinweise auf wenig beeindruckende Kollegs: »Von der Größe Sauerbruchs erfaßte ich nur wenig, wenn ich seinen Vorlesungen, besonders denen der allgemeinen Chirurgie, lauschte«, schrieb Nissen 1921.

Beide verehrten ihren Lehrer, verwiesen jedoch auf charakterliche Besonderheiten, die man mit erhaltener Selbstachtung auch nicht bei Vorgesetzten tolerierte – etwa »linguistische Exzesse«. Die Antwort des Münchener Psychiaters Bumke (1877-1950) auf die Frage, wie er Sauerbruch fände, erscheint ebenfalls charakterisierend: »Ich bin nicht seine Frau und nicht sein Assistent – ich finde ihn reizend!«

So unterschiedlich diese generationsbedingten Erfahrungen und Ansichten auch sein mögen, die Widersprüche in vielen Handlungen Sauerbruchs weisen ihn als eine differenziert zu beurteilende Persönlichkeit aus. Er war einer der ganz wenigen, die den Maler Max Liebermann 1935 auf den letzten Weg zum

Jüdischen Friedhof in der Schönhauser Allee begleiteten und bewies damit Mut. Andererseits verbarg er 1919 den Eisner-Mörder Graf Arco in der damals von ihm geleiteten Münchner Klinik. Er war Staatsrat des Dritten Reiches und schwieg zu Menschenversuchen an KZ-Häftlingen.

Die Zerebralsklerose erklärt zwar den Abbau auch einer berühmten Persönlichkeit, entschuldigt aber nicht seine Fehlleistungen als Chirurg. Sauerbruch operierte 1946 den 39jährigen Schauspieler Heinrich Greif. Dieser verblutete nach einer Leistenbruch-Operation, weil Sauerbruch eine in jeder Operationslehre beschriebene Arterie durchtrennte und die Blutung nicht zu stillen vermochte. Darüber breitete man den Mantel des Schweigens, und ein für Schauspielleistungen gestifteter Preis wurde nach Heinrich Greif benannt ...

Die ausschlaggebenden Impulse, eine Ausbildung in der Chirurgie anzustreben, erhielt ich im Städtischen Krankenhaus im Friedrichshain, wo ich 1949 zum ersten Mal als Student arbeitete, also famulierte. Diese Gesundheitseinrichtung war auf Initiative des Stadtverordneten Prof. Dr. Rudolf Virchow (1821-1902) zwischen 1868 und 1874 erbaut worden. Eine Stiftung von 50.000 Thalern durch den Hugenotten-Nachfahren Jean-Jacques Fasquel im Jahre 1864 diente dafür als ökonomische Grundlage. Die Klinik verbesserte die medizinische Betreuung im dichtbesiedelten Arbeiterbezirk nachhaltig. Eine Reihe bekannter Ärzte bestimmten im Laufe der Jahrzehnte das fachliche und wissenschaftliche Niveau des Krankenhauses im Friedrichshain, wo sich, wie anderenorts, die Miseren der deutschen Geschichte ebenfalls widerspiegelten. Jüdische Ärzte wurden 1933 entfernt, neben anderen der Pathologe Ludwig Pick. Da dort der Student und Nazi-Aktivist Horst Wessel – von der Propaganda zum Märtyrer stilisiert – in eben dieser Klinik 1930 an den Folgen einer Auseinandersetzung mit einem Kommunisten gestorben war, hieß die Einrichtung von 1933 bis 1945 Horst-Wessel-Krankenhaus.

Die Unfallchirurgie leitete übrigens zu jener Zeit Prof. Moritz Katzenstein (1872-1932).

Die SA-Führung verfügte jedoch, daß ein Jude den verletzten Wessel nicht behandeln dürfe.

Zwei während des 2. Weltkrieges im angrenzenden Park errichtete Flaktürme waren wohl einer der Gründe für erhebliche Zerstörungen des Krankenhauses, wie sie heute noch am Eingangsgebäude zu erkennen sind. Als ich erstmals dorthin kam, waren einige Gebäude bereits instandgesetzt, so die 1927 gebaute Frauenklinik, wo auch zwei chirurgische Stationen untergebracht waren. Der zur Gründerzeit übliche Pavillonstil, der die Ausbreitung von Infektionen eindämmen sollte, war trotz der Zerstörungen noch erkennbar, und man begann gerade den Neuaufbau eines großen Bettenhauses.

Ärztlicher Direktor und Chefarzt der Chirurgischen Klinik war seit 1947 Prof. Dr. Heinrich Klose, damals bereits fast 70 Jahre alt. Er hatte seine Ausbildung in Frankfurt am Main bei Ludwig Rehn erhalten, der 1896 erstmals in der Welt eine Stichverletzung des Herzens durch Operation heilte. 1927 wurde Klose nach Danzig an die Medizinische Akademie auf den Lehrstuhl für Chirurgie berufen und festigte dort seinen Ruf als Kapazität für Operationen bei Schilddrüsenerkrankungen. Das in Danzig Erlebte ließ ihn zum Gegner kriegerischer Gewalt werden, und er unterstützte – ohne einer Partei anzugehören – den Stockholmer Appell zur Ächtung der Atomwaffen.

Getragen vom tiefen Humanismus, sah er das soziale Anliegen der Medizin im Osten Deutschlands besser realisiert als in seiner eigentlichen Heimat Westfalen. Den Hang zur Selbstdarstellung, der die Vorlesungen Sauerbruchs prägte, erlebten wir bei Heinrich Klose nie, und uns junge Studenten beeindruckte schon, wenn er uns vorlebte, was er unter dem sozialen Auftrag des Arztseins verstand. In seiner Sprechstunde für Schilddrüsenleiden, in die Kranke von weither kamen, gab es keine Privatpatienten. Ohne Ansehen der Person hatte er für alle Zeit, die ihn um Rat angingen. Dieses Zeit füreinander haben ist sicher eine wichtige Vorbedingung für ein optimales Beziehungsgefüge zwischen dem Arzt und seinem Patienten.

Doch wie wenig Zeit läßt einem der Patientenandrang in der Ambulanz, die Notwendigkeit zum schnellen Handeln in der Rettungsstelle oder der zwischen Station und Operationssaal aufgeteilte Tagesablauf?

Bis zu seinem 80. Geburtstag am 31. August 1959 repräsentierte »Papa Klose«, wie er achtungsvoll bei den Mitarbeitern hieß, als Ärztlicher Direktor das Krankenhaus im Friedrichshain. Von 1953 bis 1958 absolvierte ich dort meine Ausbildung zum Facharzt für Chirurgie.

Klose erkannte frühzeitig die sich abzeichnenden Tendenzen zur Spezialisierung und Entwicklung neuer Fachgebiete. Die erste leitungsmäßig selbständige Unfallchirurgische Klinik der DDR gab es seit 1956 im Friedrichshain, und auch Anästhesie, Gefäßchirurgie und Urologie wurden eigene Abteilungen.

Daß Heinrich Klose (1879-1968) bis in sein hohes Alter berufstätig war, hatte wohl wesentlich den Grund, daß man in Zeiten erheblicher personeller Fluktuation eine repräsentive Persönlichkeit als Direktor des größten Ostberliner städtischen Krankenhauses benötigte. Vielleicht fehlte auch ein geeigneter und allseits akzeptierter Nachfolger.

Die praktische Arbeit in der Klinik gestalteten mehrere Oberärzte mit unterschiedlichen fachlichen Interessen und Fähigkeiten, aber auch mit sehr unterschiedlichen Charakteren – von leise bis laut, von freundlich-exakt bis zynisch-kalt.

Wir Jungen merkten bald, daß manche unter Medizinern umlaufenden Sprüche zutrafen, etwa der: »In der Friedrichshainer Chirurgie gibt es vier Oberärzte: einer kennt alle Nerven und Gefäße und schneidet nie etwas durch (das war Dr. Herbert Weber, seit 1961 Chefarzt in Pankow und seit 1963 in Buch), einer kennt kaum Nerven und Gefäße und schneidet auch nie etwas durch (das war der Unfallchirurg Dr. Bernhard Janik, der 1957 in die BRD ging, als er Professor geworden war), und zwei kennen alle Nerven und Gefäße und schneiden davon fast immer etwas durch.« (Ihre Namen nenne ich nicht).

Bei meiner ersten chirurgischen Famulatur wurden jedenfalls die Weichen dafür gestellt, daß ich im Krankenhaus Friedrichshain nach dem Staatsexamen tätig werden wollte, um die Chirurgie als Spezialfach zu erlernen. Daß damit ein lebenslanger Lernprozeß mit Höhen und Tiefen verbunden sein sollte, erahnte ich damals noch nicht in seiner ganzen Dimension.

In Meißen – das erste Jahr als Arzt

*Fünf Stunden von Dresden liegt
in dem fruchtbaren Elbtale
das alte malerische Meißen.*
Ludwig Richter

*Der Dom ... aber ist inwendig
das schlankeste, schönste aller Gebäude jener Zeit,
die ich kenne.*
J. W. Goethe

Am 1. Februar 1952 begann meine erste ärztliche Tätigkeit nach dem Staatsexamen, nämlich als Pflichtassistent in der chirurgischen Abteilung des Stadtkrankenhauses in Meißen. Dorthin gelangte ich infolge einiger Zufälle. Im Berliner Krankenhaus Friedrichshain, wo ich ziemlich oft famuliert hatte und das mir wegen der Persönlichkeit einiger Chefärzte schon als Ausbildungsstätte zugesagt hätte, war der Neubau des Bettenhauses an der Stelle der kriegszerstörten Pavillons noch nicht abgeschlossen. Damit waren dort zunächst keine Stellen frei. Im Virchow-Krankenhaus (Stadtbezirk Wedding, im Westen also), wo ich noch bei meinen Eltern wohnte, hätte ich nur eine unbezahlte Stelle bekommen können. Das war für mich ein gutes Argument den Eltern gegenüber, daß ich einerseits nach fast sechs Jahren Studium nicht ohne Bezahlung arbeiten wollte und mich andererseits verpflichtet fühlte, dort tätig zu werden, wo ich ausgebildet worden war und wo man auch dringend Ärzte benötigte – nämlich in der DDR.

Etwa ein halbes Jahr vorher hatte mich eine Kommilitonin, die aus Meißen stammte, angesprochen, ob ich nicht an ihrer Stelle dorthin gehen wollte. Sie könne wegen Heiratsabsichten eine Zusage nicht einhalten. Sie machte mir den Mund auch etwas wäßrig, indem sie auf die fachlichen Qualitäten des dortigen Chefs und die Sehenswürdigkeiten der Stadt verwies.

Ich traf am 29. Januar 1952 mit einem Koffer voller persönlicher Habe und einem zweiten Koffer voller Bücher, über Dresden fahrend, in Meißen ein. Vom Bahnhof hatte ich die beiden Gepäckstücke den Ratsweinberg hinauf zu schleppen (Taxen gab es damals praktisch keine, und Geld dafür hätte ich auch nicht ausgegeben). Der damalige Schlager »Verzeihen Sie, mein Herr, fährt dieser Zug nach Kötzschenbroda?« (so hieß Radebeul früher) beschrieb die Umstände einer seinerzeitigen Bahnfahrt in die Provinz ziemlich genau. In dieser Adaption des »Chattanooga Choo-Choo« wurden musikalisch eingängig die äußeren Bedingungen für Bahnreisende in den ersten Nachkriegsjahren persifliert. Die im Titel anklingende Frage wurde zunächst lapidar beantwortet: »Ja vielleicht, wenn's mit der Kohle noch reicht.« Über den Streckenverlauf gab es noch die Zusatzinformation »und in Wusterhausen läßt man sich entlausen und verliert die Koffer leider dabei«. Geblieben waren davon 1952 die langsame Fahrt und der Staub aus den kohlebeheizten Lokomotiven.

Die Oberschwester wies mir ein Zimmer im Hochparterre des Krankenhauses zu – vier Türen weiter begann schon der OP-Trakt, was sich als vorteilhaft für das schnelle Bereitsein erweisen sollte, aber den Nachteil eines relativen Bewegungsmangels hatte.

Der Chef der Chirurgie schien angetan zu sein, einen Anfänger zu bekommen, dem man niedere Arbeiten übertragen konnte. Dr. Wilhelm Krohn war lange Jahre als Oberarzt im Krankenhaus Dresden-Friedrichstadt tätig gewesen, dessen Chirurgische Klinik der über Dresden hinaus hochangesehene Prof. Dr. Albert Fromme (1881-1966) leitete.

1946 hatte der damals 41jährige Krohn die Klinik in Meißen übernommen, als sein Vorgänger »in den Westen gegangen war«, wie es damals hieß. Er war von nicht sehr großer Statur und schon damals etwas rundlich, stammte aus einer Dresdner Arztfamilie, war vielseitig künstlerisch interessiert, was sich auch im

Kreis seiner Freunde widerspiegelte. Dazu gehörten zum Beispiel der Schauspieler und Regisseur Martin Hellberg, der Musikhistoriker Karl Laux und der Maler Rudolf Bergander. Er war ein gründlich Arbeitender, auch in prekären Situationen wurde er nicht laut. Im OP habe ich nie erlebt, daß Instrumente flogen oder die Schuld am nicht zügigen Ablauf des Eingriffs unberechtigterweise dem Assistenten oder der Schwester gegeben wurde. Die sächsische Gemütlichkeit seines Wesens war auch den Patienten angenehm, die bei der Visite immer ein freundliches Wort zu hören bekamen, das den Genesungsprozeß sicher förderte. Er war eine Arztpersönlichkeit im besten Sinne des Wortes.

Wilhelm Krohn hat mir die ersten wichtigen Schritte auf dem Weg zum Chirurgen beigebracht. Als er 1960 im Alter von 55 Jahren an einer Hirnblutung starb, hat uns das sehr betroffen gemacht – immer noch anhaltende Kontakte zu seiner Ehefrau und anderen Familienmitgliedern gründen sich auch auf die Dankbarkeit für das, was mir mein erster chirurgischer Lehrer vermittelte.

Oberarzt der Klinik war Dr. Hans Clauß, der aus einfachen Verhältnissen in Siebenlehn kam (an der Autobahnbrücke über die Freiberger Mulde gelegen). Er hatte die Tochter eines Molkereibesitzers geheiratet, wohnte dort in Nossen und fuhr, wenn er nicht Nachtdienst im Krankenhaus hatte, mit einem alten Motorrad bei Wind und Wetter die etwa 30 km zwischen Meißen und Nossen. Sein ärztliches Können, von dem ich profitierte, hatte er als Kriegschirurg erworben.

Mit Hans Clauß schloß ich bald ein Abkommen, das sich als nützlich für meine Ausbildung erweisen sollte. Mit dem Nachweis handwerklichen Geschicks, erworben beim Nähen von Zufallswunden und beim Assistieren bei Operationen, darf man früher oder später auch mit dem selbständigen Gebrauch der Instrumente beginnen. Dabei ist ein Facharzt anwesend, der einem im Bedarfsfall helfend zur Seite steht. Er hat aber natürlich auch zu heftigen Tatendrang rechtzeitig zu bremsen, um den vom Patienten erwarteten Erfolg des Eingriffs nicht zu gefährden. Am Anfang des chirurgischen Weges steht planmäßig die Appendektomie, d. h. das operative Entfernen des entzündeten Wurmfortsatzes. Das ist die häufigste chirurgische Erkrankung mit einer Reihe von Komplikationsmöglichkeiten – bis hin zur tödlich verlaufenden Bauchfellentzündung. Der Wurmfortsatz (Appendix vermicularis) kann sich meist leicht im Bauchraum an typischer Stelle finden und entfernen lassen. Das wäre dann eine schöne Anfänger-Operation, vor allem bei schlanken Patienten.Nicht selten ist die Anatomie aber nicht wie im Lehrbuch, was mitunter dann auch dem erfahrenen Chirurgen einiges abverlangt. Ich vereinbarte also mit dem Oberarzt, daß ich für jeweils zwei Appendektomien, die ich unter seiner Anleitung ausführen durfte, mit ihm eine Flasche Meißner Wein trinke. Nach etwa dreißig solcherart honorierter Eingriffe wurde aus ökonomischen Erwägungen meinerseits, aber im beiderseitigen Einverständnis, die Quote auf eine Flasche für fünf Operationen heraufgesetzt.

Ich lernte bereits damals, daß vor dem Praktizieren des Handwerks die richtige Indikation für den operativen Eingriff gegeben sein muß. Diese Feststellung trifft natürlich für alle ärztlichen Maßnahmen zu. Ohne richtige Diagnose ist keine erfolgverprechende Therapie möglich. Zu Beginn meiner ärztlichen Tätigkeit gab es die heute einsetzbaren diagnostischen Hilfsmittel noch nicht (Ultraschall, CT, MRT, Endoskopie), so daß die sich summierende Erfahrung auch die Trefferquote der richtigen Diagnose erhöhte.

Hans Clauß durfte ich ebenfalls bei einem wichtigen Eingriff außerhalb des Programms assistieren, als wir nämlich bei fünf Airdaile-Welpen aus dem Hause Krohn die Schwänze auf das vorgeschriebene Maß zu coupieren hatten. Die Wahl fiel auf mich als Assistenten, weil ich mich als Autodidakt veterinärchirurgisch vorgebildet hatte.

Auf der Albrechtsburg erinnerte mich an diese Kombinationsmöglichkeit ein Schild:

> ### Joh. Hamalcik
> ### Kastrierer
> -----------------------
> ### Unfall-Meldestelle

Als Facharzt war noch Dr. Wolfgang Pusinelli im Ärzteteam, der aus einer alten Dresdner Arztfamilie stammte. Er ging später als Urologe nach Greifswald. Seine Vorfahren waren mit italienischen Baumeistern nach Dresden gekommen, welche unter August dem Starken die sächsische Residenzstadt mitgestalteten.

Der vierte Arzt der Klinik war ein recht alter Kollege, Dr. N., der aus unerfindlichen Gründen noch Chirurg werden wollte und immer wieder von seiner Tätigkeit bei den Leipziger Chirurgen Maske und Hempel erzählte. Daß seine manuellen Fertigkeiten den Wunschvorstellungen enge Grenzen zogen, merkte selbst ich als Anfänger. Der Chef wußte aber stets durch geschickte Programmgestaltung Schäden für die Patienten zu verhindern, die durch N.'s Tatendrang leicht hätten entstehen können. In den Sommerferien hatten Famuli aus Leipzig ihre Erfahrungen und Eindrücke von ihrem Landsmann in einem Couplet artikuliert: »Papa N. drückt den Stempel/ auf das ganze Hospital,/ operiert nach Maske-Hempel/ jede Struma (Kropf) vaginal.«

Ich war der einzige Berliner in dieser rein sächsisch sprechenden Mannschaft. Trotz meines guten Adaptionsvermögens beim Erfassen von Fremdsprachen hatte ich erhebliche Schwierigkeiten beim Verstehen nicht nur der Feinheiten. Das bezog sich vor allem auf das Sächsisch aus Leipzig und Nossen, kaum dagegen auf das in der ehemaligen Residenzstadt gepflegte. Später formulierte ich nach ergänzenden Erfahrungen: Jemand, der sagt, daß er aus Sachsen stamme, ohne daß man das seiner Aussprache offenkundig anmerkt, kommt mit ziemlicher Sicherheit aus Dresden.

Meine ärztlichen Kollegen machten mich mit der Kunstgeschichte Dresdens und Meißens sowie den landschaftlichen Schönheiten des Elbtales und des Erzgebirgs-Vorlandes bekannt und regten damit Exkursionen an.

In Meißen gab es bei »Vincenz Richter« neben der Frauenkirche für die Ärzte aus dem Krankenhaus immer einen guten Tropfen einheimischen Weines, und auch im Ratskeller konnte man gemütlich beisammen sitzen. Das Besondere der Kleinstadt brachte es aber mit sich, daß der Chef am nächsten Morgen über die Länge der »Sitzung« und die Namen der Teilnehmer informiert war, und das auch zum Anlaß pädagogisch gemeinter

Bemerkungen nahm, wie »Die Folge zu ausgedehnter Aufenthalte im Ratskeller sind am nächsten Tag pensionierte Hände beim Operieren«. Das brauchte nur einmal gesagt zu werden.

Das Krankenhaus war etwa um die Jahrhundertwende gebaut worden. Die Fassade war aus rotem Backstein, und Türmchen ragten über den Treppenhäusern. Sein Standort auf dem Ratsweinberg, direkt gegenüber der Albrechtsburg am rechten Ufer der Elbe, gestattete aus manchem Fenster einen herrlichen Blick auf das Panorama der 1000jährigen Stadt. Noch bessere Aussicht aber bot die sogenannte Kanzel, ein Felsvorsprung, auf dem man sitzen und schauen konnte. Flußabwärts leuchteten die rötlichen Berge bei Diesbar, vis-à-vis lagen der Komplex von Dom und Burg und zu seinen Füßen die Dächer des Renaissance-Ensembles der Altstadt mit Rathaus, Frauenkirche und Speicher.

Ich durchstreifte an jedem freien Tag die Stadt und erkundete ihre Sehenswürdigkeiten. Diese hatten in Flußnähe durch Sprengung der Elbbrücke einigen Schaden genommen, wiesen sonst aber keine Kriegszerstörungen auf, wohl aber die Notwendigkeit der Renovierung.

Der Weg vom Zentrum ins Triebischtal führte zur Staatlichen Porzellanmanufaktur. Ich ging ihn eigentlich vor allem auf Wunsch meiner Mutter, die sich aus dem neuen Arbeitsort ihres Sohnes diesbezügliche Andenken erbat.

Noch geprägt durch Gepflogenheiten der Kriegs- und Nachkriegszeit vertrat ich damals, etwas drastisch ausgedrückt, die Meinung, daß beim Herunterfallen Porzellan entzweigeht, ein Kochgeschirr dagegen allenfalls eine Beule erhält. Nach meinem ersten Besuch in der »Porzelline« mit Führung durch Werkstätten und Schauhalle machte ich aber einen radikalen Sinneswandel durch. Seit meinem ersten Arbeitsjahr in Meißen gehören Erzeugnisse mit gekreuzten blauen Schwertern zu den schönen Dingen des Lebens, die das Herz von uns alten Eheleuten erfreuen. Dabei geht es uns nicht anders als August dem Starken, der am 22. Juni 1726 an den Grafen Flemming schrieb: »Sie wissen nicht, daß es mit den Orangen wie mit dem Porzellan ist. Denn hat man einmal die Krankheit der einen oder der anderen, kann man nie genug davon bekommen und möchte immer mehr haben.«

Mir, der aus dem zerstörten Berlin in diese optisch heile Welt kam, war vieles neu und damit angenehm. Ich hatte eine Arbeit, die meinen Wünschen entsprach und die mich forderte, und wo ich durch Förderung auch Erfolgserlebnisse hatte. Ich stand jetzt auf eigenen Füßen und lernte unter friedlichen Umständen eine Region außerhalb Berlins kennen.

In Dresden weilte ich einmal 1942 mit dem Sportverein zu einem Leichtathletik-Wettkampf. Nun sah ich die Innenstadt wieder, richtiger: was davon übriggeblieben war. Am 13./14. Februar 1945 hatten angloamerikanische Bomber ohne zwingende militärische Notwendigkeit die Stadt nahezu ausgelöscht. Ältere Schwestern im Krankenhaus erzählten, daß die Toten aus Dresden, die sich in die Elbe vor Feuer und Phosphor retten wollten, flußabwärts bis nach Meißen getrieben waren, und Horst Hunger, einer unserer Famuli – später Gerichtsmediziner in Leipzig und Erfurt und Professor – hatte als Schüler das Inferno auf den Elbwiesen erlebt und überstanden. Kriegsverletzungs-Folgen, etwa eiternde Amputationsstümpfe, Schußbrüche, die nicht heilten, und deformierte Füße nach Erfrierungen, gehörten auch sieben Jahre nach Kriegsende zum Alltag auf chirurgischen Stationen.

1952 waren die Aufbauarbeiten am Dresdner Zwinger schon im Gange. Ich fotografierte, wie Steinmetze die Maße von Putten und anderen Figuren mit einem »Storchenschnabel« auf Sandsteinblöcke übertrugen, um so originalgetreue Nachbildungen zu schaffen.

Nach einem Jahr hatte ich in Meißen die ersten Schritte in der Chirurgie gelernt und anfangs unter Assistenz, später aber auch im Nachtdienst selbständig (mit dem Chef in Rufbereitschaft), insgesamt 75 Appendektomien als quantitativ herausragende Einheit ausführen können. Ich hatte die Anfangsgründe des Improvisierens mitbekommen, wie man auch in Situationen materiellen Mangels oder auf sich allein gestellt noch Ordentliches leisten kann, wenn man dazu gewillt ist. Das hat sich in den vierzig Jahren immer wieder bestätigt, in denen ich aktiv chirurgisch tätig war. Somit fühle ich mich heute zu der Aussage berechtigt, daß ich auch in einem Zelt operieren könnte, wenn es erforderlich wäre. Ohne Zweifel hat sich durch Laser, Nähapparate und minimal-invasive Chirurgie (MIC) u. a. das Spektrum aller operativen Fächer erweitert, und die chirurgischen Fertigkeiten, mit denen sich der Ablauf des Eingriff optimieren läßt, haben eine andere Bedeutung erhalten. Die veränderten Wertungen beeinflussen jedoch auch Ausbildungsinhalte und damit das Ziel einer optimalen Patientenbehandlung.

In Leipzig – sechs Monate innere Medizin

Mein Leipzig lob' ich mir,
es ist ein Klein-Paris und bildet seine Leute.
J. W. v. Goethe

Da man damals vor der Facharztausbildung zwei Pflichtassistentenjahre zu absolvieren hatte, wozu sechs Monate in der »inneren Medizin« gehörten, sah ich mich bereits im Sommer nach einer entsprechenden Stelle um. Erfurt gefiel mir als Stadt, der dortige Chef, Prof. Sundermann, besaß einen sehr guten fachlichen Ruf. Er hatte aber keine Planstelle frei. So kam die andere von mir erwogene Möglichkeit zum Tragen, nämlich die Medizinische Universitätsklinik in Leipzig anzusteuern. Deren Chef, Prof. Max Bürger (1885-1966), war international renommiert wegen seiner Forschungen zu Problemen des Alterns.

Ich wollte aber wegen meiner sportmedizinischen Ambitionen bei seinem 1. Oberarzt, Dozent Dr. Nöcker, Entsprechendes lernen. Josef Nöcker, ein Rheinländer, war früher ein erfolgreicher Leichtathlet, und ich hatte 1949 anläßlich eines Sportwettkampfes in Leipzig bei ihm Quartier erhalten. Das war der Grund, der mich in die Messestadt zog, wo ich vom 1. Februar bis zum 31. August 1953 arbeiten sollte. Die Stadt war besonders im Zentrum noch stark zerstört. Ich wohnte in einer Gegend, die in ihrer sozialen Struktur etwa dem Wedding entsprach. Aber im Gegensatz zur Berliner Hochstraße waren in der Leipziger Idastraße auch die Toiletten der Vorderhauswohnungen eine halbe Treppe tiefer. Von der Gegend bekam ich nicht viel mit, denn früh um 7.30 Uhr ging in der Medizinischen Universitätsklinik in der Johannisallee der Betrieb los, und um 18 Uhr war erst Schluß, wenn man keinen Dienst hatte.

Die Jüngsten waren die Letzten, und die bissen auch auf der Aufnahmestation die Hunde: Es war immer etwas los an internistischen Notfällen, und dank des Stationsarztes Dr. Woratz (später habilitiert und Chefarzt im Sächsischen) konnte ich aus den vielen neuen Krankheitsbildern bleibendes fachliches Wissen erwerben. Aber auch Erfahrungen über die Gepflogenheiten an Universitätskliniken waren zu sammeln, die mich in Verbindung mit denen anderen Ortes späterhin zu der Formulierung veranlaßten, daß selbst sozialistische Hochschulen keine Schulen für sozialistische Persönlichkeiten seien. Vierzig Jahre lang prägte nämlich das Wunschdenken pädagogische Absichten, daß man ideale Charaktere nahezu normiert erziehen könne.

Meine zwei diesbezüglichen Erlebnisse mit Max Bürger bleiben mir unvergessen. Einmal fragte er bei der Morgenvisite auf der Aufnahmestation, ob den Patienten – den ich ihm nach gründlicher Untersuchung, wie ich meinte, umfassend vorgestellt hatte –, »denn noch kein richtiger Arzt gesehen habe?« Da fühlte ich mich nach einem Jahr chirurgischer und drei Monaten internistischer Erfahrungen doch erheblich desavouiert.

Damals, 1953, wollte Bürger auch seine Idee ernsthaft testen, ob man Fettsüchtige damit behandeln könne, daß man ihren Stoffwechsel durch Bäder im kalten Wasser aktiviere und solcherart den Kalorienverbrauch steigerte. Als Versuchspersonen für diese Überlegungen dienten Studenten und die jüngsten Mitarbeiter. Man war also gut beraten, dem »Alten« auszuweichen, wenn man ihm im Labortrakt des Hauptgebäudes begegnete. Andernfalls war damit zu rechnen, ein kaltes Vollbad verordnet zu bekommen.

Die Bürgersche Schule öffnete ihren Absolventen aber den Weg zu höheren Weihen. Von den damaligen Oberärzten der Klinik wurde Prof. F. H. Schulz als Nachfolger von Brugsch Direktor der Medizinischen Klinik der Charité und J. Rechenberger erhielt eine Berufung nach Magdeburg. Josef Nöcker verließ 1957 die DDR, nachdem er Professor geworden und 1956 Olympiaarzt der gesamtdeutschen Mannschaft in Melbourne war. Er wurde Chefarzt in Leverkusen. Ich traf ihn später einige Male auf sportmedizinischen Kongressen.

Von Leipzig aus waren Naumburg, Freyburg, die Ruinen an der Saale hellem Strande und Weimar Ziele von Sonntagsausflügen. Natürlich besuchte ich auch den berühmten Leipziger Zoo, wo sich manches Fotomotiv bot. Das warnende »Löwe spritzt durchs Gitter« auf einem Schild am Käfig fand später wegen seiner Anwendbarkeit in vielen Situationen Aufnahme in unseren Zitatenschatz.

Aus wohl verständlicher Abneigung gegen Glorifizierungen militärischen Tuns habe ich damals und auch später nie das Völkerschlachtdenkmal besucht, zumal mir der wilhelminische Charakter des Monuments nicht zusagte. Dabei fuhr ich im Juli täglich mit der Straßenbahn daran vorbei, als ich in einer Abteilung der Universitäts-Kinderklinik arbeitete, die in Leipzig-Dösen auf dem Gelände der Nervenklinik untergebracht war.

In meiner Leipziger Zeit erlebte ich auch den 17. Juni 1953. Im Vorfeld kursierte eine Grußadresse an den Generalsekretär des ZK der SED, Walter Ulbricht, der vom medizinischen Personal unserer Klinik zum 60. Geburtstag beglückwünscht werden sollte. Ich weiß nicht, wer die Adresse in Umlauf gebracht hatte, sah aber die deutliche Reserviertheit, mit der sie zur Kenntnis genommen wurde. Die wachsende Unzufriedenheit über die politische und wirtschaftliche Entwicklung war nicht zu übersehen und wurde nach den Gepflogenheiten im Kalten Krieg von der anderen Seite genutzt und wohl auch forciert. »Ohne den RIAS hätte es den Aufstand so nicht gegeben«, schreibt Egon Bahr heute. Dennoch: Am Tage selbst, als in den Großstädten Menschen auf der Straße waren und ihren Unmut zeigten, war in der Klinik alles ruhig – die Arbeit zur Versorgung Kranker lief ungestört weiter. So war es übrigens in nahezu allen Gesundheitseinrichtungen des Landes.

Am 20. Juli lernte ich bei Studienfreunden die junge Medizinstudentin Anneliese Waldner kennen, die mich so sehr beeindruckte, daß ich alles daran setzte, sie von meinen Qualitäten zu überzeugen. Nach einigem Bemühen gelang mir das mit bis heute anhaltender Wirkung.

Willibald Pschyrembel, Frauenarzt und Geburtshelfer

Man muß in der Geburtshilfe
viel wissen, um wenig zu tun.
Pschyrembel

Sein Geburtstag am 1. Januar 1901 paßte zum Besonderen seiner Persönlichkeit. Prof. Dr. Dr. Pschyrembel hatte unter den Chefärzten des Krankenhauses im Friedrichshain wohl die größte Ausstrahlungskraft und besaß ein selten erlebtes didaktisches Geschick, die Probleme seines Fachgebietes zu vermitteln.

Bevor ich 1950 als Famulus in seiner Klinik arbeitete, kannte ich natürlich sein Buch über »Praktische Geburtshilfe«, das dem Titel entsprechend angelegt war: klare Sprache, überwiegend auf die praktischen Erfordernisse bezogener Text und eingerahmte Merksätze, derer ich mich noch als altgewordener Chirurg erinnere, weil sie so einprägsam waren und oft auch für die Medizin allgemeine Gültigkeit besaßen. Beispielsweise:

Wer weh tut, untersucht schlecht.

Volle Blase: Wehenbremse.

Die oberste Tugend des Geburtshelfers ist die Geduld.

Ruhe bewahren, Ruhe ausströmen.

Schamhaare: übelste Keimträger.

Wer sagt, daß er bei einer Kürettage nie perforiert habe, hat entweder sehr wenig kürettiert oder er lügt ...

Für uns Studenten der Medizin besaßen Pschyrembels Merksätze die Aussagekraft, wie wir es für Adepten der Theologie von Bibelsprüchen annahmen. So formulierten wir eben: »Wir beten jetzt Pschyrembel I, Vers 15.«

Seine Bücher enthielten keineswegs nur auf Examensfragen abgestimmte Basiskenntnisse, sondern hatten eine wissenschaftlich fundierte Grundlage. Nur waren nicht, wie in anderen Lehrbüchern, die Texte langweilig zu lesen und durch viele Seiten kleingedruckter kontroverser wissenschaftlicher Meinungen und Ergebnisse noch unübersichtlicher gemacht. Das von Pschyrembel über viele Auflagen hinweg herausgegebene »Klinische Wörterbuch« fehlte in kaum einer Ärztebibliothek unserer Generation.

Es ist, nicht nur wegen der Farbe des Einbands, ein medizinischer »Evergreen«. – Selbst Entertainer Harald Schmidt zitiert gelegentlich daraus.

Nur einmal hatte ich die Spruchweisheit in einer wichtigen Situation nicht parat, als ich nämlich am Pfingstsonntag, dem 6. Juni 1954, etwa gegen 2 Uhr morgens von einer Sportveranstaltung ins Krankenhaus kam, wo meine nunmehrige Frau und ich im Wirtschaftstrakt ein Zimmer bewohnten. (Seit 1. September 1953 war ich wieder in Berlin, um meine Ausbildung zum Chirurgen im Krankenhaus Friedrichshain fortzusetzen.) Anneliese teilte mir mit, daß sie einen vorzeitigen Blasensprung erlitten habe. Da mußte ich erst einmal im Pschyrembel nachschauen, was zu machen wäre – nämlich sofortige Bettruhe. Dann brachten Pfleger Uhlig und ich sie mit einer Trage in die Frauenklinik, quer über Baugräben. Im Kreißsaal meinte der diensttuende Dr. Moser: »Wir geben erst mal Morphium. Entweder es hilft, oder das Kind ist bald da.«

Morphium half nicht.

Da es damals noch keine Ultraschalluntersuchung gab, wußten wir erst nach 13.30 Uhr, daß unser Pfingstsonntagskind ein Junge war und 2.790 Gramm wog.

Für das Ausbilden von Studenten und jungen Ärzten engagierte sich Pschyrembel stets. Er konnte bei jungen Medizinern auf der Suche nach ihrem späteren Spezialgebiet Begeisterung wecken wie keiner der akademischen Lehrer, die ich während meiner Ausbildung erlebt hatte. Fast wäre ihm das bei mir auch gelungen, wenn das Fach nur aus Geburtshilfe bestanden hätte. Aber die Probleme der Gynäkologie, die ich damals in der Klinik mit dahinsiechenden Krebspatientinnen und anderen Krankheitsbildern erlebte, deckten sich nicht mit meinen Interessen. So blieb es bei meinem Entschluß, Chirurg zu werden.

Vorher absolvierte ich aber noch die vorgeschriebenenen drei Monate Pflichtassistenz in der Frauenklinik.

Pschyrembel entsprach jenen Frauenärzten, die man aus Filmen und Seifenopern im Fernsehen kennt. Er war kontaktfreudig und hatte beim Untersuchen eine leichte Hand, kein waghalsiger Operateur, sondern ein vorsichtiger und daher sicher etwas langsamer als andere. Die Chefvisite in der Frauenklinik war stets von allen in der damaligen Zeit üblichen Wohlgerüchen Arabiens umweht. Für diesen charmanten Könner wurden die besten Nachthemden angelegt, der klinische Blick, der sonst eine anämische Blässe diagnostiziert hätte, wurde durch dezent aufgelegtes Rouge getäuscht. Es duftete in jedem Zimmer anders, je nach persönlichem Geschmack oder finanzieller Potenz der Patientin.

Eine Schwachstelle des Chefs war in der Klinik bekannt: Mit seinen Ehen hatte er zweimal kein Glück. Er nahm mit seinem Ausspruch »Zwei Frauen zu 25 sind mir lieber als eine mit 50« wohl einen Teil der Schuld auf sich – aber welcher Außenstehende kann über das Zusammenleben zweier Menschen ein Werturteil fällen?

Mit seiner dritten Frau, die er 1959 heiratete, lebte Pschyrembel bis zu seinem Tode 1987 zusammen. Ingrid Stiefel war Konsemester meiner Frau und wurde Gynäkologin. Sie operierte als Oberärztin im Virchow-Krankenhaus – wie die Zufälle so spielen – im Dezember 1968 unsere Tante Elisabeth Heim, die älteste Schwester meiner Mutter.

Während der Famulatur (1950) und der Pflichtassistenz bei Pschyrembel (1953) sammelte ich wichtige Erfahrungen über die Verquickung von frauenärztlichen Problemen mit sozialen Gegebenheiten. Damals war noch der § 218 des Strafgesetzbuches gültig. Er wurde erst 1972 in der DDR abgeschafft. Zuvor war der künstliche Abort (Abtreibung) eine strafbare Handlung, die vom erkennenden Arzt als solche gemeldet werden mußte. Nach stillschweigender Übereinkunft der Frauenärzte geschah das aber nur, wenn ein Verdacht auf gewerbsmäßiges kriminelles Handeln durch sogenannte »weise Frauen« bestand.

Um im familiären oder betrieblichen Umfeld nicht aufzufallen, versuchten die jungen Frauen meist am Wochenende, eine Blutung aus der Gebärmutter in Gang zu bringen. So waren damals im Friedrichshain (und wahrscheinlich auch anderswo) die Nächte vom Freitag zum Sonnabend und mehr noch vom Sonnabend zum Sonntag durch ein oft kontinuierliches Programm von ambulanten Kürettagen gekennzeichnet. Das kam auch uns jungen Leuten für die Ausbildung zugute, durften wir doch unter fachkundiger Anleitung und mit dem Nachweis von Geschick und Sorgfalt bei Wohlwollen des Oberarztes eine Reihe dieser Eingriffe selbständig ausführen. Im Normalfall gingen die Frauen anschließend wieder nach Hause und am Montag zur Arbeit, ohne daß der Umgebung etwas auffiel.

Die Gefahren dieses Vorgehens waren allgemein bekannt, und trotzdem entschlossen sich aus unterschiedlichen Gründen viele Schwangere, selber eine Blutung in Gang zu bringen. Sie nahmen damit Entzündungen von Gebärmutter und Eileitern in Kauf, die durch mechanisches Manipulieren, etwa mit Stricknadeln, ausgelöst wurden und sich zu einer Bauchfellentzündung oder gar Sepsis weiterentwickeln konnten. Auch lebensgefährliches Nierenversagen nach Uterus-Spülungen oder Zerfall der roten Blutkörperchen nach Seifenspülungen konnten eintreten. Noch 1971 – also vor Streichung des § 218 – war in der DDR ein Drittel der Todesfälle bei Schwangerschaft eine Folge krimineller Aborte.

Mögliche Folgen waren Sterilität oder Komplikationen bei einer späteren Schwangerschaft als Folge von Verklebungen oder Vernarbungen der Gebärmutterschleimhaut nach der Kürettage. Letztgenannte Komplikation gilt auch in jetziger Zeit als ein medizinisches Argument gegen diese Methode des Schwangerschaftsabbruchs. Mit der Feststellung allein ist jedoch die gesamte Problematik keinesfalls abzuhandeln.

In den 50er Jahren gab es die heute üblichen hormonellen Kontrazeptiva noch nicht. Die sogenannten Spiralen waren wohl schon bekannt, standen aber dafür nicht zur Verfügung. Somit war als Folge persönlicher Entscheidung oder sozialer Umstände der Wunsch nach Schwangerschaftsabbruch durchaus legitim.

Seine Entkriminalisierung, die wir kontinuierlich erlebten, entsprach nicht nur medizinischen Erkenntnissen und individuellen Bedürfnissen der Frauen. Wenn die Verfassung Gleichberechtigung der Geschlechter herstellte, mußten auch die Gesetze dem entsprechen. Was in der Bundesrepublik von der Frauenbewegung auf den Satz gebracht wurde »Mein Bauch gehört mir«, wurde in der DDR Verfassungswirklichkeit. Frauen konnten eigenständig und selbstbewußt darüber entscheiden, ob sie Mutter werden wollten oder nicht. Durch den Beitritt der DDR zum Geltungsbereich des Grundgesetzes kehrten wir – nach einer schamhaften Übergangsfrist für die Ostfrauen – wieder zu einem längst überwundenen Zustand zurück. Auf kaum einem anderen Gebiet war der Rückfall in eine frühere historische Epoche derart sichtbar wie hier.

Allerdings, auch das soll gesagt sein, erlebten wir auch die Kehrseite der Medaille. Der geburtshilfliche Notdienst und das Aufsuchen ambulanter chirurgischer Patienten führten uns oft in Wohnungen und Umstände, welche den sozialen Standard des früheren Arbeiterwohnbezirkes Friedrichshain noch deutlich widerspiegelten. Dazu kamen die kaum oder nur notdürftig behobenen Kriegsschäden an Häusern und Wohnungen. Wir erlebten Hausentbindungen in einem Milieu, das Heinrich Zille als Vorlage für seine Zeichnungen hätte dienen können und allen Regeln der Kreißsaalhygiene zuwiderlief.

Aber trotz des Hundes unter dem Bett der werdenden Mutter und die im Zimmer herumwirbelnden Staubpartikel liefen die normalen Entbindungen fast komplikationslos ab.

Ausbildung zum Chirurgen

Das Schlimmste: sich an Operationen heranzuwagen,
die man nicht voll und ganz beherrscht.
Pschyrembel

Am 22. März 1892 schrieb Theodor Fontane:»Mama dagegen ist noch sehr herunter, wiewohl seit gestern Mittag auch ein besserer Zustand eingetreten ist. Diese Wandlung zum Beßren verdanken wir der Cognacflasche; die Medizin etc. versagte völlig. Es muß in solchen Fällen recht langweilig sein, Arzt zu sein, überhaupt, mit Ausnahme des Chirurgischen.« Diese Zeilen lesend, regt sich sowohl Zustimmung als auch Widerspruch. Zustimmung dazu, daß ich beim aktiven ärztlichen Handeln niemals Langeweile empfunden habe. Diese trat nur ein, wenn man als zweiter oder dritter Assistent Wundhaken halten mußte, dabei nichts sah und statt weiterbildender Informationen nur ständig aufgefordert wurde, ordentlich am Haken zu ziehen, damit der Operateur besser sehen konnte. Das passierte nicht selten.

Eine andere Art der Langeweile trat später fast bei jeder Sitzung auf, wo die eigenen Probleme höchstens ein Zehntel der Zeit beanspruchten, die man höheren Ortes versitzen mußte. Man durfte aber nicht fehlen, wenn es um die Verteilung von Arbeitskräften, Geldern, Materialien oder Räumlichkeiten ging, um sich durch Fernbleiben von derartigen Beratungen nicht Nachteile für die Qualität der eigenen Arbeit einzuhandeln.

Zustimmung auch zu Fontanes Erfahrung, mit der »Cognacflasche« im gegebenen Fall das Befinden bessern zu können.

Das ist aber eine weltweit bekannte und entsprechend zelebrierte Praxis, von der selbst emanzipierte Muslime keine Ausnahme machen sollen. Manche Patienten setzen diese Gewohnheit bei ihren behandelnden Ärzten ebenfalls voraus und überreichen ihnen im Erfolgsfall statt Blumen eine Flasche mit gering- oder höherprozentigem Inhalt. Wenn ich alle derartigen Präsente selbst geleert hätte, wäre bei mir mit absoluter Sicherheit nicht nur eine Lebertransplantation erforderlich gewesen.

In der Chirurgie assoziiert man mit dem Begriff »Cognacflasche« aber vorrangig die für dieses Fachgebiet relevanten Folgen übermäßigen Alkoholgenusses. Das sind akute Verletzungen aller Arten und Schweregrade und diese nicht nur beim Alkoholisierten, sondern auch bei den Opfern seiner enthemmten Handlungen. Und beim chronischen Trinker sind es, nach dem Prinzip »Steter Tropfen höhlt die Leber«, die Folgen eines Leberschadens im Sinne von Blutungen im Speiseröhren- und Magenbereich. Bei Chirurgen und endoskopierenden Internisten kommt also durchaus keine Langeweile auf, wenn andere Menschen zu häufig Cognac- und andere Flaschen leeren.

Wie schon bemerkt: Die Arbeit in der Chirurgie läßt niemals Langeweile aufkommen. Während der Ausbildungszeit brachte jeder Tag neue Kenntnisse und praktische Erfahrungen, die von seelischen Hochs oder Tiefs begleitet wurden, je nachdem, ob man dabei recht gut oder ziemlich blaß aussah.

Jeder Medizinstudent ist gut beraten, das Wissen erfahrener Schwestern zu übernehmen und ihre Hinweise zu akzeptieren.

Ich habe jedenfalls meine ersten Wundversorgungen, Gipsverbände, Blutentnahmen und andere für die Patientenbetreuung wichtigen praktischen Verrichtungen als Famulus mit Hilfe der Schwestern und Pfleger im Krankenhaus Friedrichshain vollbracht und danke ihnen noch heute. Ihre Hilfsbereitschaft war wichtig für die ersten Schritte auf dem Wege zum Chirurgen.

Das »Betriebsklima« in diesem ältesten städtischen Krankenhaus Berlins beeindruckte mich. Die chirurgische Poliklinik hatte 24 Stunden geöffnet. Bis zur Eröffnung der zentralen Rettungsstelle um 1970 wurden dort rund um die Uhr alle Patienten angesehen, bei denen ein chirurgisches Leiden bestand oder vermutet wurde oder die nach einem Unfall körperlichen Schaden erlitten hatten. Diese Arbeit ließ die Diensttuenden nicht zur Ruhe kommen, vermittelte umfassende praktische Erfahrungen und auch immer wieder Einblicke in die Tiefen menschlichen Verhaltens und deren Folgen für die Gesundheit.

Das muß schon in den Gründerjahren des Krankenhauses so gewesen sein, wie aus einem Brief Alfred Kerrs vom 7. März 1897 hervorgeht: »Wer im Osten wohnt, wandelt jetzt entzückt durch den Friedrichshain, wo es bei so sonniger Tageszeit nur selten Messerstiche und Keile gibt.« Vom kriminellen Milieu, das in den 20er und 30er Jahren um den Alexanderplatz herrschte und dessen Auswirkungen auch die Ärzte im Friedrichshain beschäftigte, gibt es Augenzeugenberichte von dort tätigen Medizinern und Schriftstellern, von Alfred Döblin und Peter Bamm.

Das Milieu mit seinen Ringvereinen gab es nach 1945 nicht mehr, wohl aber soziale Umstände, die es begünstigten und unter Alkoholeinfluß zu enthemmten Reaktionen führten. Besonders an den Wochenenden glich die chirurgische Poliklinik einem Hauptverbandsplatz, überfüllt mit Platzwunden im Gesicht oder an der Schlaghand. Das ärztliche Problem dabei war, immer zu erkennen, ob die Benommenheit des Patienten ihre Ursache im übermäßigen Alkoholgenuß hatte oder in einer Blutung im Schädelinneren nach Sturz oder Schlag auf den Kopf. Obwohl die Gefahr der Fehldeutung von Kopfverletzungsfolgen in jedem Lehrbuch stand und wir Jungen in der Chirurgie von den Älteren darauf hingewiesen wurden, kam es vor, daß Betrunkene in Ausnüchterungsräumen starben, weil ihr Rauschzustand überbewertet wurde und die Symptome des Hirndruckes infolge einer Blutung im Schädelinneren zu wenig Beachtung fanden. (Das passiert auch heute noch.)

Tragisch-kurios war das Schicksal eines Pflegers von der Urologischen Klinik des Krankenhauses, der um die Weihnachtszeit stark angeheitert nach Hause kam. Seine Frau begrüßte ihn mit einem Schlag mit der eisernen Bratpfanne auf den Kopf. Er starb an den Folgen dieses Empfangs.

Der Binden- und Gipsverbrauch erhöhte sich an Glatteistagen. Ich erinnere mich an mehr als 50 handgelenknahe Brüche, die einmal innerhalb von zwölf Stunden zur Behandlung kamen, so daß die Gipsbinden knapp wurden.

Ähnliches erlebten wir, als die Rodelbahn im Volkspark Friedrichshain akut vereiste. Die sich dadurch rapide häufenden Einweisungen von Unfallfolgen aller Art führten dazu, daß die Bahn polizeilich gesperrt wurde. Daraufhin kam der Begriff »Knochenbahn« für diesen Parkabschnitt auf. Ich habe einige Röntgenbilder aus jener Zeit (1957) in mein Buch »Traumatologie des Sports« aufgenommen. Darunter auch den Schädel eines Jungen, der – bäuchlings auf dem Schlitten liegend – mit dem Kopf gegen ein Hindernis prallte. Dadurch wurde ihm das Schädeldach eingedrückt.

Ein damals junges Mädchen konsultierte mich 1999 wieder wegen der Folgen einer seinerzeit beim Rodeln erlittenen seltenen Verletzung. Durch Aufprall des gebeugten Kniegelenks an einen Baum war die Kniescheibe aus ihrer Einbettung in Kapsel und Sehnen herausgerissen worden und lag um die Querachse gedreht in der vorderen Gelenkkammer. Eine derartige horizontale Luxation (Verrenkung) habe ich nie wieder gesehen, und auch in der Literatur sind nur Einzelbeobachtungen zu finden.

Selbst ohne Ausnahme-Situationen gab es aber im chirurgisch-ambulanten Alltag genauso wenig Ruhe wie auf den Stationen. 60 bis 80 Patienten von 8 bis 14 Uhr waren ein normales Quantum für jeden Arzt. Montags waren es immer 100 bis 120. Dieses Pensum war nur mittels eingespielter Organisation zu bewältigen, Zeit für notwendige individuelle Gespräche blieb kaum. Jeder Neuzugang, der befragt und ausführlicher untersucht werden mußte, brachte den Zeitplan zum Nachteil anderer durcheinander.

Dienstleistungen für andere Bereiche waren oft nicht weniger zeitaufwendig, so etwa für den Neurologen und Psychiater Prof. Dr. Georg Destunis. Um 1950 hörten wir an der Charité Vorlesungen über Nerven- und Geisteskrankheiten. Vom Geiste des bis 1938 dieses Fach lehrenden Prof. Karl Bonhoeffer drang kaum etwas zu uns Studenten durch. Das lag wohl weniger am Inhalt des Faches, als an der Didaktik und Rhetorik der Vortragenden. Die Ausnahme war eine fakultative Vorlesung, die von einem ehemaligen Mitarbeiter Prof. Bonhoeffers gehalten wurde. Trotz ausländischen Akzents waren die Vorträge des Griechen Dr. Destunis interessant gestaltet und informativ.

1954 begegnete ich ihm wieder. Der etwa 50jährige leitete nun die neurologische Abteilung des Krankenhauses im Friedrichshain. Einer damals verbreiteten Vorstellung aus den USA folgend, versuchte Destunis durch Implantation zerkleinerter Hypophysen (Hirnanhangdrüsen) von Schlachttieren den geistigen und körperlichen Zustand von jungen Menschen zu verbessern, die an damals sogenannter mongoloider Idiotie litten (heute: Down-Syndrom). Wegen dieser »Frischzellentherapie« mußten die jüngsten chirurgischen Assistenten zum nahegelegenen Schlachthof fahren (drei Straßenbahnstationen) oder den knappen Kilometer zu Fuß zurücklegen. Mit sterilen Instrumenten wurden dort die Hypophysen entnommen, in Kochsalzlösung gelegt und schnellstmöglich ins Krankenhaus transportiert. Dort nahm ein Chirurg ambulant die Implantation des gemörserten Hirngewebes unter die Bauchhaut der Patienten des Neurologen und Psychiaters vor. An Infektionen nach diesen kleinen chirurgischen Eingriffen kann ich mich nicht erinnern, an spektakuläre Erfolge unserer »Auftragsarbeit« aber auch nicht.

Allerdings hat OMR Dr. Pfeifer, damals Oberarzt am Pathologischen Institut des Krankenhauses im Friedrichshain, das von Prof. Dr. Erich Bahrmann (1906-1974) geleitet wurde, einen Todesfall nach Frischzellen-Implantation im Sinne einer Lungenembolie im Gedächtnis. Dabei wurden Zellen in einem Lungen-Blutgefäß nachgewiesen. Sie konnten nur infolge Eröffnung einer Vene dorthin gelangt sein.

Das damalige Vorgehen würde heute nicht nur wegen der Methodik zu Recht als Scharlatanerie bezeichnet werden. Es basierte auf wissenschaftlichen Informationen aus dem Ausland und bedeutete Neuland. Mit absoluter Sicherheit standen damals keine merkantilen Absichten dahinter, zudem waren wir Chirurgen nur »Erfüllungsgehilfen«.

Nachmittags und nachts wurde man von den Diensthabenden abgelöst. Diese hatten entweder ihre normale Arbeitszeit auf der Station oder im Operationssaal hinter sich. Oder man selber blieb gleich, wenn man in der Nachtdienstgruppe war, der Einfachheit halber in der Poliklinik/Rettungsstelle. Dort ging die Notfall-Sprechstunde zunächst zügig bis 20 oder 22 Uhr weiter mit Platzwunden infolge »normaler« Ursachen wie Schlägereien oder Schnittwunden beim Brotschneiden. Dazu kamen Bauchschmerzen verschiedener Art, Bluterbrechen oder Blutungen aus dem Enddarm, infizierte Wunden, Prellungen, Quetschungen, Gelenkzerrungen und Knochenbrüche.

Die ganze Palette chirurgischer Erkrankungen und Verletzungen passierte so im Laufe der Zeit Revue, und am späten Abend hatte man durchaus das Bedürfnis nach etwas Schlaf. Mit etwas Glück war das dann für zwei Stunden möglich, bis der nächste »Kunde« kam. Und wenn es dann ein seit zwei Tagen vereiterter Finger war, der zuerst dem Patienten und dann auch dem Arzt die Nachtruhe raubte, fühlte man sich zwar nicht sehr motiviert, machte sich aber an die Arbeit.

Früh um 3 oder 4 Uhr kam wieder einer und so fort, bis um 8 Uhr das normale Tagewerk begann, an dessen Ende man 32 Stunden hintereinander mit vielleicht zweimal zwei Stunden Schlaf tätig gewesen war. Und jeder Patient erwartete zurecht volle Konzentration und bestmögliche Leistung auch dann, wenn an den Wochenenden von Sonnabend bis Montagnachmittag sogar 56 Stunden in der Klinik hinter einem lagen.

Trotz damals gesetzlich verbriefter 48-Stunden-Woche galt diese für Ärzte im Krankenhaus nicht. Die Lebensarbeitszeit im rentenrechtlichen Sinne wurde von unserer Generation sicher schon mit etwa 55 Jahren erbracht.

Ich schreibe das nicht, um Mitleid einzufordern. Jeder, der diese Ausbildung auf sich nahm, wußte, welche Arbeitsanforderungen ihm bevorstanden. Und dennoch haben viele dieses schöne und interessante Gebiet der Medizin als Weiterbildungsziel gewählt und wählen es noch immer. Da durch die jetzigen Arbeitszeitregelungen derartig lange Aktivzeiten im Krankenhaus, wie wir sie hatten, ausgeschlossen sind, wird das Weiterbildungsziel später erreicht, denn der Nachtdienst ist eigentlich die hohe Schule für das Sammeln ärztlicher Erfahrungen. Man ist einem schnellen Wechsel medizinischer Situationen ausgesetzt, lernt das Erkennen wesentlicher Umstände und merkt, daß auch zunächst unwesentlich Erscheinendes für die Diagnose wichtig sein kann.

Die Etüden des chirurgischen Handwerks waren die Wundversorgungen; davon gab es in Poliklinik/Ambulanz und Nachtdienst genug. Außerdem stand hinter einem noch der Facharzt oder der Oberarzt, den man um Rat oder Hilfe bitten konnte. Mit der Bemerkung »Chirurgie ist nichts für laue Temperamente, die ihre Ruhe haben wollen« umriß der französische Chirurg René Lériche (1879-1955) treffend eine persönliche Komponente für die Berufswahl.

Was zum Ende der Berufstätigkeit mitunter resümiert werden muß, faßte Albert Einstein, auch für Ärzte geltend, zusammen: »Erfahrung ist die Summe der Erfahrungen, die man lieber nicht gemacht hätte. Und doch ist es eine gute Sache, wenn man diese Schule hinter sich hat.«

Leider gibt es in jedem Jahr des Älterwerdens noch neue Erfahrungen, die man lieber nicht gemacht hätte.

Heinrich Klose war der erste prominente Chirurg, dem ich hautnah als Famulus im Operationssaal begegnete und mit einer ungeschickten Handlung auffiel. Es gelang mir nicht, eine Klemme schnell genug zu öffnen. Sein ruhiger Hinweis »Chirurgie ist ein Handwerk und Kunst kommt von Können« war Anlaß für mich, Grundzüge des Handwerks zu Hause zu üben.

Eine im OP ausgeliehene Klemme wurde so lange in einem Stück Stoff geschlossen und geöffnet, bis ich es mit der rechten Gebrauchshand konnte und am nächsten Tage deswegen nicht mehr ermahnt werden mußte. Am nächsten Tag begannen dann entsprechende Übungen mit der linken Hand, weil es immer Situationen gab, wo die manuelle Geschicklichkeit beider Hände von Nutzen war. Das schnelle und damit zeitsparende Knüpfen der Nähte mußte ebenfalls geübt werden, wozu sich am besten Türklinken als Widerlager anboten.

Im Operationssaal größerer Krankenhäuser waren die hierarchischen Strukturen, die auch in anderen Berufen jeden eifrigarbeitswilligen Anfänger ärgern, noch am ausgeprägtesten zu spüren. Bis man als 1. Assistent oder gar als Operateur tätig werden durfte, vergingen lange Monate oder mitunter Jahre. Das war oftmals mit dem notwendigen Erwerb von Kenntnissen und

Fertigkeiten zu begründen, ebenso oft aber auch von Sympathie oder Antipathie des Oberarztes abhängig, der den Operationsplan erstellte. Daß Sympathie eines Oberarztes und eigene Initiative förderlich für den Gewinn von Fertigkeiten und Kenntnissen sind, hatte ich während meines ersten Jahres als Arzt in Meißen erlebt. Lehrjahre sind niemals Herrenjahre. Aber der Wind wehte bei uns wesentlich rauher und erinnerte manchmal schon an einen Kasernenhof. Als Jüngster der Mannschaft wurde man zunächst immer dahin gesteckt, wo andere nicht so gerne arbeiten wollten. Meist war es die Ambulanz mit den hohen Patientenzahlen, wo zügiges Arbeiten notwendiges Gebot war, wollte man die Sprechstunde nicht endlos lange ausdehnen. Die Etüden des Handwerks waren aber dort am besten zu praktizieren und eigentlich waren sie die Vorbedingung dafür, späterhin im Operationssaal erforderliche manuelle Fähigkeiten leichter zu erwerben.

Da man die Erfüllung seines fachlichen Wirkens im Operationssaal sah, war die Abstinenz von diesem Ort nicht motivierend für andere Arbeit. Aber: Da mußte man durch!

Der Ausbildungsweg zum Chirurgen ist überwiegend in der Klinik angesiedelt. Während meiner beruflichen Tätigkeit wurden Bildungsinhalte und -ziele formuliert, deren Erreichen ein Qualitätsmerkmal darstellte. Erstmalig im deutschsprachigen Raum wurde in der DDR 1959 die Facharztprüfung verbindlich eingeführt (in der Bundesrepublik erst 1979). In erweiterter Form trat 1967 eine neue Facharztordnung für nunmehr 31 Teilgebiete der Medizin und drei der Zahnmedizin in Kraft. Nur der Facharzt durfte eigenverantwortlich ärztlich tätig sein. Der damals neu geschaffene Facharzt für Allgemeinmedizin verhalf dem altbekannten praktischen Arzt zu einer besseren Ausbildung und damit höheren Wirksamkeit.

Das Beispiel DDR hat möglicherweise ähnlich beabsichtigte, weil zeitgemäße Entwicklungen in der Bundesrepublik vor 1990 katalysiert, so daß sich am Prinzip der Facharztprüfungen zwar nichts änderte, wohl aber grundlegend an der Struktur des Gesundheitswesens im Beitrittsgebiet. Darüber wird noch zu berichten sein.

Die kriegszerstörten Pavillons des alten Krankenhauses im Friedrichshain waren zu Beginn der 50er Jahre durch einen großen Bettenhaus-Neubau ersetzt worden. Bis aber die Verbindungswege zu den anderen Funktionsgebäuden betoniert waren, vergingen weitere Jahre. Das erschwerte besonders bei Regen und Schnee manchen Gang. Viel hemmender als die noch unvollkommene Infrastruktur wirkte sich für die Patientenbetreuung aber die Personalfluktuation aus. Ärzte und Krankenschwestern wanderten in einem Umfang nach Westberlin ab, daß ein normaler Arbeitsablauf oft nicht zu planen war. Am Morgen manchen Tages mußte die Op.-Mannschaft, die am Vortag für den Eingriff festgelegt worden war, ergänzt werden, weil wieder jemand »entwestet«, also in den Westen gegangen war.

Ohne Zweifel gab es bei manchen älteren Ärzten Verärgerungen, weil sie bezüglich des Oberschulbesuches oder eines Studienplatzes für ihre Kinder Schwierigkeiten hatten und sich daher diskriminiert fühlten. Bei den jüngeren Ärzten und Schwestern würde ich noch immer als Hauptmotiv für ihren Weggang ökonomische Erwägungen sehen. Und wenn mit hohem Aufwand gut Ausgebildete weggingen, war nicht nur die Investition der Gesellschaft vergeblich, sondern es fehlte eben auch der Nachwuchs, um biologisch entstandene Lücken zu schließen.

In den Medizinberufen sollte noch ein ethisch-moralisches Moment des Problems bedacht werden, nämlich die auf Hippokrates zurückzuführende Verpflichtung, die man mit Abschluß der Ausbildung übernahm. Darin heißt es unter anderem: »Ärztliche Verordnungen werde ich treffen zum Nutzen der Kranken nach meiner Fähigkeit und nach meinem Urteil; drohen ihnen aber Gefahr und Schaden, so werde ich sie davor bewahren.«

Wenn man aber Gefahr und Schaden für seine Patienten heraufbeschwor, indem man sie unter Bruch des Arbeitsvertrages verließ, konnte man darin durchaus eine Verletzung des hippokratischen Eides sehen. Wie anders sollte man den unangekündigte Weggang werten, wenn übertragene Aufgaben bei der Patientenbetreuung nicht wahrgenommen wurden?

Zweifellos ist es richtig, daß jeder Mensch nur ein Leben hat. Es soll darum jedem freigestellt sein, den Ort zu wählen, wo er leben möchte und auch so zu leben, wie es ihm vorschwebt (das Recht auf Irrtum eingeschlossen). Kein Staat hat das Recht, seine Bürger wie Leibeigene zu behandeln, indem er ihnen vorschreibt, wie sie und wo sie zu leben haben. Daher war es durchaus verständlich, wenn sich DDR-Bürger das ihnen verweigerte Recht einfach nahmen und gingen.

Auf der anderen Seite war jeder Mensch auch Teil des Gemeinwesens DDR. Dieses sicherte ihm existentielle Menschenrechte, finanzierte Ausbildung und soziale Sicherheit. Damit erwarb der Staat auch Ansprüche. Wer die kostenlose Ausbildung und medizinische Betreuung genoß, ging damit eine Art Verpflichtung ein. Er revanchierte sich gewissermaßen mit nützlicher Arbeit für das Gemeinwesen. Es war also moralisch durchaus zwiespältig, wenn man sich dieser Verpflichtung durch Weggang entzog. Die offizielle DDR erfand dafür den Begriff »Republikflucht«, der insofern falsch war, weil sowohl das Land, aus dem man floh, als auch das Land, in das man ging, Republiken waren.

Und einen Aspekt sollte man nicht außer acht lassen: Es war kalter Krieg. Jeder Weggang schwächte die DDR. Und stärkte, wenn es sich denn um einen Fachmann handelte, die ökonomische Basis der Bundesrepublik. Damals brauchte das »Wirtschaftswunder« noch Werktätige. Als die Grenze dichtgemacht wurde und die DDR als Arbeitskräftereservoir ausschied, holte man sich zwangsläufig »Gastarbeiter« aus dem Süden Europas. In die Krankenhäuser kamen Schwestern aus Südostasien und Ärzte aus dem Nahen und Mittleren Osten. (Im übrigen ein bis heute typischer Vorgang in der Welt des Kapitals. Jeder vierte in Indien ausgebildete Arzt arbeitet in den USA.)

Als die DDR-Grenze noch offen war, konnte der Bedarf an Ärzten und Schwestern – die eigenen Absolventenzahlen reichten nicht – durch gut ausgebildete Kräfte aus dem zweiten deutschen Staat gedeckt werden. Der war auch nach Gründung der Bundeswehr und deren Sanitätswesen auf diesem Wege ohne Mühe möglich.

Zwar wiesen einzelne Politiker und kirchliche Institutionen der Bundesrepublik auf die Diskrepanz zwischen hippokratischer Verpflichtung und dem Migrationsverhalten von Ärzten und

Schwestern und auf die daraus entstehenden negativen Folgen für ihre Patienten hin. Diese Appelle an die berufliche Ethik halfen aber so wenig wie Maßnahmen der DDR zum Abbau ökonomischer und anderer Nachteile.

Für die Arbeit in Polikliniken und Krankenhäusern war bis zum 13. August 1961 die Personalfluktuation erheblich hemmender als etwa Mängel im materiell-technischen und pharmazeutischen Bereich. Der akute Ärztemangel in der DDR, der durch die Abwanderung trotz erhöhter Absolventenzahlen entstanden war, konnte durch Kollegen aus dem Ausland etwas gemindert werden. So hatten wir damals im Krankenhaus Friedrichshain mit Dr. Otto Jüngling einen Österreicher, der bereits 1953 mit dem Aufbau einer fachlich selbständigen Anästhesie-Abteilung begonnen hatte. Das war für beide Teile Berlins und die DDR ein Novum. Die Gefäßchirurgie wurde durch zwei tschechische Kollegen (Dr. Hejhal und Dr. Firt) aus vorhandenen Anfängen weiterentwickelt. Anderswo füllten Bulgaren, Ungarn und Polen die entstandenen Lücken.

Die »Mauer« sorgte auch bei uns am Krankenhaus erst einmal für Ruhe und Stabilität in der Personalpolitik. Allerdings wurden durch die Grenzsicherungsmaßnahmen familiäre und freundschaftliche Kontakte unterbrochen. Das berührte auch diejenigen DDR-Bürger, welche vom Prinzip her die Notwendigkeit dieser rigiden Maßnahme akzeptierten. In einer Großstadt wie Berlin hatte fast jede Familie im Ostteil Verwandte oder Freunde im anderen Teil der Stadt. Die echten Berliner – und sicher auch die Bewohner grenznaher Dörfer – traf daher die Abriegelung nachhaltiger als etwa die Neuberliner aus Sachsen oder Thüringen.

Auch meine Eltern lebten noch im Wedding. Ich war 1952 in die DDR emigriert, hatte hier geheiratet und eine Familie gegründet. Doch die meisten meiner Verwandten saßen nun hinter oder vor der Mauer – je nach Betrachtung.

Da Berliner aber in Ost und West ihre Findigkeit nicht verloren hatten, traf man sich, wenn auch nur kurz, auf den Rastplätzen der Autobahn oder zum Urlaub in einem RGW-Land. Mit einem BRD-Paß war der Besuch Ostberlins möglich. So nahmen viele Westberliner ihren zweiten Wohnsitz in der Bundesrepublik. Somit und durch staatliche Abkommen pegelte sich zwar manches bei den persönlichen Kontaktmöglichkeiten ein – es blieb aber dabei, daß DDR-Bürger im arbeitsfähigen Alter nach eigener Entscheidung, also ohne dienstlichen Auftrag, nicht »in den Westen« reisen durften.

Diese Einschränkung der Reisefreiheit wurde von vielen Bürgern als der größte Mangel für das Leben in der DDR angesehen, wurde von Weitsichtigen immer wieder ohne Erfolg moniert und spielte letztlich bei den Argumentationen im Herbst 1989 eine wichtige Rolle. Christa Wolf formulierte damals: »Weltanschauung kommt auch vom Anschauen der Welt« und verfeinerte damit wohl den Ausspruch des Universalgelehrten Alexander von Humboldt (1769-1859): »Die gefährlichste Weltanschauung ist die Weltanschauung der Leute, die die Welt nie angeschaut haben.«

Chirurgische Kuriositäten und Raritäten

Der normale Alltag einer chirurgischen Klinik ist im Operationssaal, auf den Stationen und in der Ambulanz von überwiegend
standardisierten Handlungen bestimmt, die der jeweiligen Situation Rechnung zu tragen haben. Theoretische Erkenntnisse über
die Reaktion von Funktionssystemen auf die jeweilige Krankheit
fließen in die Standards genauso ein wie eigene Erfahrungen und
die vorhergehender Generationen. Im Zeitalter der Naturwissen-
schaften glaubt der junge Arzt, alles exakt messen und den Verlauf vorherbestimmen zu können. Daß manches (noch) unwäg-
bar ist, lernt er mit den Jahren, ohne für positive oder negative
Ausgänge immer schlüssige Deutungen zu erhalten.

Der lateinische Ausspruch medicus curat, natura sanat (der
Arzt kuriert, die Natur heilt) weist weniger den Naturheilverfah-
ren eine Dominanz zu, er kritisiert vielmehr die Behandlung mit
einer Vielzahl von Methoden und Arzneimitteln (Polypragmasie).
Daß die Arbeit für kranke Menschen Wissen, Ernsthaftigkeit,
Mitgefühl und Achtung vor der Würde des Individuums verlangt,
ist eine allgemeine Voraussetzung für den vom Patienten erwarteten Erfolg. Trotzdem gibt es wohl in jedem Fachgebiet der
Medizin Situationen und Vorkommnisse, die wegen ihrer Selt-
samkeit Schmunzeln oder gar Lachen hervorrufen, manchmal
auch an Satire oder einen schlechten Witz denken lassen und
mitunter der Tragikomik nicht entbehren.

In fast 50 Jahren chirurgischer Tätigkeit habe ich einiges erlebt. Mit der Möglichkeit medizinischer Kuriosa wurde ich erstmals als Student 1950 während eines Praktikums in der Frauenklinik der Charité konfrontiert. Eine etwa 30jährige brachte ihr
erstes Kind zur Welt, das ihr wohl nicht sehr gelegen kam. Nach

zunächst glattem Verlauf wartete man auf die Nachgeburt, und die nunmehr junge Mutter erhielt eines der subjektiv unangenehmsten medizinischen Mehrzweckgeräte untergeschoben – die »Bratpfanne«. Nach einigem Pressen lag dann aber nicht die erwartete Nachgeburt darin, sondern ein unerwartetes zweites Kind.

Die Zwillingsschwangerschaft war aus unerfindlichen Gründen nicht diagnostiziert worden. Das Kind wurde nach dem ersten Schrei, noch im Schieber, dann aber sachkundig versorgt und der nunmehr aus doppelter Ursache nicht sehr glücklichen Mutter als Lebendgeburt präsentiert.

In der heutigen Ultraschall-Ära wäre das mit ziemlicher Sicherheit nicht passiert. Auch damals waren die Hinweise für eine Mehrlingsschwangerschaft in jedem Lehrbuch der Geburtshilfe nachzulesen. Aber wenn einige typische Symptome fehlen, denkt man nicht an Zwillinge und erlebt seine Überraschung wie in diesem Falle.

Aus dem chirurgischen Alltag sollen zunächst die aus verschiedenen Motiven verschluckten Fremdkörper erwähnt werden. Aus Gefängnissen ist bekannt, daß Häftlinge Rasierklingen, Messer, Teile von Sprungfedern und anderes schlucken, um ins Haftkrankenhaus zu kommen. 1967 operierten wir einen 27jährigen Mann, der wegen chronischer Magenschleimhautentzündung und Blutarmut mehrfach arbeitsunfähig war und deshalb auch nicht zur Armee mußte. Eine erste Magen-Röntgenuntersuchung wurde abgebrochen, weil er nach ärztlicher Ansicht nicht nüchtern gekommen war. Fünf Jahre nach diesem Fehlversuch stellten sich lamellierte Fremdkörper im Oberbauch dar, die bei einer Endoskopie (Spiegelung), die damals noch nicht routinemäßig vor oder anstelle der Röntgenuntersuchung erfolgte, als im Magen liegende flache Gebilde beschrieben wurden.

Eine Operation förderte mehrere Leibriementeile zutage, die aneinandergelegt die Länge von 5.92 Meter ergaben.

Zunächst gab der Patient an, daß er die Gürtelstücke bei einem Überfall zu schlucken gezwungen wurde. Später kam heraus, daß das Verschlucken im Frühjahr 1961 Bestandteil einer Mutprobe war, um in einen Indianerclub aufgenommen zu werden.

Die Fundstücke wurden Prof. Otto Prokop für die Kuriosa-Sammlung des Gerichtsmedizinischen Instituts der Charité übergeben.

Kleine und auch etwas größere Kinder sind für das Verschlucken von Nicht-Nahrungsmitteln wie programmiert. Jeweils in der ersten Woche nach Emission neuer Münzen brachten besorgte Eltern ihre lieben Kleinen wegen eines verschluckten Geldstückes in die Rettungsstelle. Auf technisch besonders guten Röntgenbildern ließ sich sogar die Zahl des Münzwertes erkennen. Alle Geldstücke gingen auf natürlichem Wege komplikationslos ab.

Gefährlicher waren Nadeln oder Nägel, deren Spitzen die Darmwand durchbohren und somit zu einer Bauchfellentzündung führen konnten. Deshalb war stets eine stationäre Beobachtung erforderlich, um Verlauf und Fremdkörperabgang kontrollieren zu können.

Quellende oder sich zusammenballende Nahrungsmittel können den Darmquerschnitt bis zur völligen Unwegsamkeit verstopfen (Ileus), vorzugsweise nach Veränderung der normalen Speisepassage durch eine Operation, bei welcher der natürliche Magenausgang entfernt und durch einen neu angelegten ersetzt wird (Billroth II).

Werden infolge schlechten Gebisses Speisen unvollkommen gekaut, können ungenügend zerkleinerte und nur angedaute Nahrungsbestandteile ein Konglomerat bilden. Nicht so selten ist beispielsweise der sogenannte Apfelsinenstroh-Ileus bei Magenoperierten mit ungenügendem Kauvermögen.

Eine Rarität beobachteten wir in Pankow bei einem Pilzsucher, der seine reiche Ernte getrocknet hatte. Eine Überdosis Trockenpilze als Suppe zubereitet führte nach einem Tag zu einem Darmverschluß, als dessen Ursache die Operation ein Konglomerat aus zwar gequollenen, aber nicht verdauten Trockenpilzen ergab.

Auch auf anderem Weg als durch den Mund können Fremdkörper in den Darmtrakt gelangen. Selbst als nicht autoerotisch Veranlagter sammelt man in der Chirurgie einschlägige Erfahrungen und wundert sich, wenn als Ursache einer Blutung aus dem Enddarm eine Niveaschachtel beim Darmspiegeln mit dem sogenannten Rektoskop zu sehen ist. Wenn nach Mitternacht jemand in die Rettungsstelle kommt, weil das Darmstechen durch einen dort befindlichen Schraubendreher nicht mehr zu ertragen ist, hält sich die Freude über dieses Aha-Erlebnis des noch nicht Gesehenen in den Grenzen, die durch das Schlafbedürfnis des Arztes vorgegeben sind. Als dem Patienten das Rektoskop zum Entfernen des Schraubendrehers zu gering dimensioniert vorkam und er uns das Verwenden eines dickeren Instrumentes vorschlug, war meine Geduld erschöpft. Ich gab ihm deutlich zu verstehen, daß Elefanten-Rektoskope nur im Tierpark bei Prof. Dathe vorrätig wären. Da wollte er nicht hin und begnügte sich mit dem verfügbaren Gerät. Ohne Darmverletzung konnte das Werkzeug aus dem Enddarm entfernt werden. Zumindest der Chirurg verspürte dabei keinen Lustgewinn – nicht nur wegen der sehr frühen Morgenstunde.

Wenn man den Darmausgang zur Eintrittspforte für Substanzen oder Gegenstände macht, kann das zu erheblichen Gesundheitsstörungen führen. Beim Einführen von Zäpfchen ist das kaum möglich. Bei Fieberthermometern kann es Darmwandverletzungen geben, wenn sie zerbrechen. Bei den früher von Laien häufig verwendeten Klistierspritzen besteht diese Gefahr eher.

Komplikationsträchtig sind Einläufe mit zu schneller Geschwindigkeit, weil durch den plötzlichen Druckanstieg im Darm Schwachstellen in dessen Wand zerreißen können. Dadurch gelangt, je nach anatomischer Lage der Rißstelle, infizierte Flüssigkeit in die freie Bauchhöhle oder in die Beckenweichteile. Es kommt zur Bauchfellentzündung. Dieser folgenschwere, den Darm überdehnende schnelle Druckanstieg mit daraus folgender Wandzerreißung läßt sich fahrlässig oder vorsätzlich auch mit Preßluft erzielen, etwa beim Reinigen stark verstaubter Kleidung (Mehl, Zement). Wird dabei die Düse zu nahe an die Enddarmöffnung gehalten, überwindet die Druckluft den Tonus des Schließmuskels. Das aggressive Handeln von Arbeitskollegen spielt bei diesen seltenen Vorkommnissen ursächlich die gleiche Rolle wie eigene Unachtsamkeit. Ich erinnere mich aus meiner Chirurgenzeit an zwei Preßluftverletzungen des Dickdarms, deren schlimme Folgen durch eine rechtzeitige Operation abgewendet werden konnten. Die Betroffenen verspürten sofort heftigste Leibschmerzen und wurden in die Rettungsstelle gebracht. Ein weiterer Patient erlitt den Darmwandriß durch einen heftigen Wasserstrahl. Er machte sich gelegentlich wegen Verstopfung selber eine Darmspülung, indem er das Handstück der Dusche abschraubte und den Schlauch in den Enddarm steckte. Einmal drehte er dabei den Wasserhahn abrupt zu weit auf. Dem plötzlichen Druckanstieg hielt die Darmwand nicht stand und zerriß. Die sofortige Operation rettete ihn.

Werkzeuge in den Händen von Menschen, die durch Liebeskummer geplagt sind, bringen meist dem Chirurgen, mitunter auch dem Gerichtsmediziner Arbeit. Häufig sind das Probierschnitte an den Handgelenken, die zu oberflächlich und dann auch noch quer verlaufend angebracht sind, um die beabsichtigte Wirkung erzielen zu können.

1961 wurde ein Mann in die Rettungsstelle gebracht, aus dessen Schädeldach eine etwa 15 cm lange Metallspitze ragte. Dieser Anblick erinnerte an einen preußischen Schutzmann mit Pickelhaube und regte mich zu einem Foto an. Was wir außen sahen, war der Griff und im Schädelinnern steckte die Spitze einer Schusterahle, die sich der etwa 60jährige mit der stumpfen Seite eines Beiles in den Kopf getrieben hatte. Dem Geschick meines damaligen Chefs, Dr. Weber, und der sicher nicht beabsichtigten anatomisch günstigen Positionierung des Werkzeuges, war es zu danken, daß das Metall entfernt und die Blutung gestillt werden konnte. Zurück blieb ein etwa fünfmarkstückgroßer Knochendefekt. Der Patient kehrte nach komplikationsloser Heilung an seinen Arbeitsplatz zurück und kam nach drei Monaten mit einem neuen Werkzeug im Kopf wieder. Dieses Mal überragte der Holzgriff eines Schraubendrehers das Schädeldach, der relativ mühelos durch den schon vorhandenen Knochendefekt eingeführt werden konnte.

Ich hospitierte damals gerade in der Neurochirurgie, wohin der Patient verlegt, operiert und erneut als geheilt entlassen wurde – nun in eine psychiatrische Klinik. Ob er dort zur beruflichen Rehabilitation in der Werkzeugausgabe beschäftigt wurde, entzieht sich meiner Kenntnis.

In der Traumatologie führen außergewöhnliche Unfallursachen nicht selten zu schwerwiegenden Folgen, so daß der thematische Rahmen (Raritäten/Kuriositäten) mitunter verfehlt erscheinen mag. Am harmlosesten erscheint da noch das Beispiel eines muskelbepackten Patienten, der angab, nach dem Niesen heftigste Bauchschmerzen bekommen zu haben und damit in die Rettungsstelle eingeliefert wurde. Brettharte Bauchdecken schienen nicht nur mir als jungem Assistenten für einen »akuten Bauch« mit Indikation zur Operation zu sprechen, sondern auch dem sehr erfahrenen diensthabenden Oberarzt. Der fand dann als Ursache der heftigsten Schmerzen einen kompletten Riß des geraden Bauchmuskels, der durch dessen abrupte Kontraktion beim Niesen zustande gekommen war. Ultraschall-Untersuchungen gab es damals noch nicht, sonst wäre die richtige Diagnose vor der Operation sicher zu stellen gewesen.

Achillessehnenrisse im mittleren Lebensalter sind nicht so selten und betreffen dann oft Chefs, die ihren jungen Sekretärinnen beim Betriebssportfest zeigen wollen, wie gut sie früher laufen oder springen konnten. Daß aber ein 45jähriger Mann, der eine Straßenbahn noch erreichen wollte und beim Antritt zum Laufen erst einen Schlag in der rechten Wade und gleich danach einen in der linken verspürte, sich bei einem Anlaß also beide Achillessehnen zerriß, ist schon als Rarität zu bezeichnen.

In meinen 30 Pankower Jahren haben wir über 1.200 Kreuzbandrisse des Kniegelenkes operativ behandelt. Das war für die 70er/80er Jahre von der Quantität her international Spitze, und auch die Qualität der Ergebnisse war beachtenswert.

Die wohl kurioseste Verletzungsursache bot ein junger Soldat, der in die obere Etage eines Doppelstockbettes springen wollte und sich durch die dabei stattfindende forcierte Überstreckung des Gelenkes den isolierten Kreuzbandriß zuzog. Es war der gleiche Mechanismus, wie er beim Fußballspiel erfolgt, wenn das Spielbein den Ball verfehlt, also kraftvoll ins Leere schlägt.

Welche Kräfte sich beim Entfaltungsstoß eines Fallschirmes entwickeln, bekam ein Sportler der internationalen Spitzenklasse zu spüren, dessen Bein sich in jenem Moment zwischen zwei Leinen befand, wodurch der Oberschenkelknochen zerbrach. Er war ausreichend trainiert, um die Landung einbeinig zu bewältigen. Das übrige lag dann in chirurgischer Hand.

Schläge auf Herz- und Lebergegend können beim Boxen genauso zur Kampfunfähigkeit führen (Körper-k.o.) wie Schläge gegen den Kopf mit Bewußtlosigkeit (Kopf-k.o.) oder Benommenheit (groggy). Im Bestreben, die Fährnisse der Gewalteinwirkung besser zu umgehen, kam in den 70er Jahren einmal der Schwergewichtler Bernd A. vom TSC Berlin zu mir. Ihm war, sicher mit viel Schalk im Nacken, von Freunden über die Möglichkeiten von Operationen bei Sportlern erzählt worden. So bat er mich: »Doktor, ich bin so empfindlich gegen Leberhaken und habe gehört, man kann sich die Leber rausnehmen lassen. Können Sie das für mich tun?«

Ich konnte natürlich nicht und habe ihn entsprechend aufgeklärt. Möglicherweise hat seine empfindliche Leber aber verhindert, daß ihm der Schritt aufs olympische Treppchen gelang.

1965 wurde ein 35jähriger Mann nach einem Verkehrsunfall frühmorgens in die Rettungsstelle des Krankenhauses Pankow eingeliefert. Die Unfallursache war fast alltäglich: Mit dem Moped auf dem Wege zur Arbeit, nahm ihm ein Pkw die Vorfahrt und brachte ihn zu Fall. Ungewöhnlich waren aber die Folgen des Sturzes: Er fiel mit seiner Gesäßregion auf den Kickstarter, und dieser bohrte sich neben dem Enddarm in den Beckenboden. Durch diese Pfählungsverletzung zerrissen etwa zwei Drittel des Muskelmantels, der die Enddarmöffnung umgibt und für die Funktion von großer Bedeutung ist. Die Unfallfolgen machten im Verlauf einiger Jahre insgesamt sieben operative Eingriffe erforderlich. Als erfreuliches Endergebnis der langwierigen und den Patienten sehr belastenden Behandlung war die Schließmuskelfunktion fast völlig wieder hergestellt. Das berichtete mir jedenfalls Richard S., nunmehr 70jährig, bei einer zufälligen Begegnung im Mai des Jahres 2000.

An der Böschung der Zufahrt von der F 109 zur Autobahn nach Rostock erinnerte über viele Jahre ein großer Zementfleck an die Ladung eines dort heruntergestürzten Lkw. Der Fahrer hatte das Lenkrad verrissen, als er sich einer Hornisse erwehrte, die in seine Kabine geraten war. Durch das mehrfache Überschlagen erlitt der schon von einem Hornissenstich Blessierte zusätzlich noch eine Brustkorbverletzung mit dem Bruch einiger Rippen. Er überstand aber das Doppeltrauma recht gut nach anfänglicher Behandlung im Krankenhaus Pankow.

In der Nähe des S-Bahnhofs Heinersdorf liegen dicht an der Stadtautobahn die Karpfenteiche. Fischzucht wird dort schon lange nicht mehr betrieben, vielmehr werden sie von allerlei Wasservögeln bevölkert. Der größte davon wurde einem Lkw-Fahrer zum Verhängnis: Seine Windschutzscheibe wurde in voller Fahrt durch einen anprallenden Schwan zertrümmert. Das Fahrzeug stürzte durch Verreißen der Lenkung um, und der Fahrer erlitt hierbei Knochenbrüche. Das sind nicht so seltene Verletzungen, wohl aber mit dieser Ursache.

Verletzungen mit Feuerwerkskörpern lassen jeden Chirurgen mit Schrecken an Silvesternächte denken. Durch Alkoholeinfluß enthemmt und dazu noch im Reaktionsvermögen verlangsamt, fügen die Knallkörper-Fanatiker nicht nur sich, sondern leider auch Unbeteiligten oft schwerwiegende körperliche Schäden zu. Am frühen Morgen eines 1. Januar bemühten wir uns drei Stunden lang um die Reste einer rechten Hand, in der eine »geballte Ladung« von zehn Schwärmern detoniert war. Die Endglieder aller Finger waren abgerissen, von einigen auch die Mittelglieder. Vom Daumengrundglied stand noch die Hälfte, und die Weichteile der Hohlhand waren durch die Explosion ziemlich zerfetzt. An eine Wundversorgung nach den Regeln der Chirurgie war überhaupt nicht zu denken, und der Geruch nach verbranntem Fleisch sowie der schlimme Anblick ließen eine erfahrene OP-Schwester und einen jungen Assistenten um zeitweilige Auszeit bitten, damit sich ihr Kreislauf erholen konnte.

Mit einigen Nachoperationen, einer gezielten Rehabilitation und einem Beil mit speziell für die beschädigte Hand gefertigtem Stiel konnte der Geschädigte aber nach 18 Monaten seinen Beruf als Fleischer wieder ausüben.

Wie relativ harmlos und dabei ursächlich kurios erging es einem 14jährigen, der sich eine Handvoll Knallerbsen ohne die isolierenden Sägespäne in die Hosentasche steckte und loslief. Durch Reibung kam es zur Selbstentzündung und somit Detonation einer geballten Ladung von Knallerbsen. Dabei entstand ein Loch in der Hose und eine Verletzung auf der Außenseite des Oberschenkels. Eine etwas größere und dabei nach innen verlagerte Hosentasche hätte sicher zu schwerwiegenderen Folgen geführt.

Schlimmer erging es einem jungen Mädchen, das seinem Vater eine Flasche Bier aus der Ofenröhre holen wollte, die dort verschlossen zum Anwärmen lag. Die sich erwärmende Flüssigkeit ließ die Flasche im Moment des Aufnehmens explodieren. Die Hautverletzungen verheilten, aber ein Auge wurde blind und das andere verlor vier Fünftel der Sehkraft, obwohl damals im Krankenhaus Friedrichshain noch eine Augenklinik existierte und die dortigen Kollegen sofort in die Versorgung eingeschaltet wurden.

Der Vergangenheit gehören wohl Verletzungen durch Brauereipferde an, die im Krankenhaus Friedrichshain schon deshalb so häufig zu beobachten waren, weil sich vis-à-vis eine Brauerei befand. Die Schwere der Kaltblüter führte durch Hufschläge oder Quetschungen nicht selten zu lebensgefährlichen Folgen. Als ausgesprochen kurios empfanden ein befreundeter Tierarzt und ich als sein Behandler den Unfallhergang, der ihm einen Trümmerbruch des Speichenköpfchens eintrug. Für die Beurteilung der Eierstöcke von Stuten zwecks Feststellung ihrer Empfängnisbereitschaft müssen die Tiere vom Enddarm her untersucht werden. Was beim Menschen nur bis zu einer Fingerlänge gelingt, ist beim Pferd wesentlich langstreckiger möglich. Erforderlichenfalls kann der Tierarzt die tastende Hand armlang in den Körper des Tieres hineinschieben.

Um den Untersucher vor Hufschlägen und anderen Abwehrbewegungen zu schützen, werden die Pferde in sogenannte Zwangsboxen – enge Holzverschläge – gebracht, in denen sie sich nicht bewegen können. Dr. K. waltete also im Gestüt seines Amtes, hatte Hand und Unterarm bereits im Darm der Stute, als sich diese plötzlich doch etwas fallenlassen konnte. Der Unterarm war im Darm des Tieres fixiert und das Ellenbogengelenk lag auf dem hölzernen Rand der Zwangsbox. Dieses harte Widerlager bewirkte den Bruch des Speichenköpfchens in mehrere Stücke, die operativ entfernt werden mußten. Das beeinträchtigte aber seine späteren Aktionen als Veterinär erfreulicherweise nicht.

In diesen Kontext gehört auch das Präludium für eine Operation an der Schreibhand des Berliner Satirikers Lothar Kusche. Das wichtige Vorspiel, die Intubationsnarkose, mißglückte. Das eigentliche Anliegen, die Hand von lästigen, weil schrumpfenden Strängen zu befreien, gelang dadurch erst im zweiten Versuch mittels einer anderen Anästhesie.

Das in der Kehlkopf-Anatomie des Autors Kusche begründete Mißgeschick inspirierte ihn aber zu einer siebenseitigen tiefsinnig-humoristischen Abhandlung über seine Pankower Impressionen in der Horizontalen, die er »Intubation op.1 für Bariton-Tubus und sehr gemischtes Orchester« nannte und dem Operateur widmete. Da Lothar Kusche nach dem Eingriff seine Schreibhand noch wirksamer zum Einsatz brachte als vorher, konnte ich ihm auf Wunsch seiner Freunde leichten Herzens an seinem 70. Geburtstag (1999) eine Laudatio als Gegendarstellung präsentieren:

»Das Geschehen in Pankow vertiefte ohne Zweifel das Interesse von L. K. an Problemen der Heilkunde und an Mediziner-Persönlichkeiten. Von ihnen avancierte der französische Chirurg G. Dupuytren (1777-1835) zum Ausgangspunkt mancher Geschichte, trägt doch eine Krankheit seinen Namen, die Kusche durch das Grunderlebnis im Hospital zur literarischen Inspiration verhalf. Seine ›Neue Patientenfibel‹ bestätigt das Goethe-Wort ›der Geist der Medizin ist leicht zu fassen‹ – wenn L. K. ihn in seiner Sprache dem Leser nahebringt.

In ›Friedenszeiten‹ galten seine witzig-spritzig-geistvollen Schilderungen häufig Vorkommnissen und Zeitgenossen, welche dem verkündeten Anspruch dieser Gesellschaft nicht genügten, die beste aller bisherigen Welten werden zu wollen oder gar schon zu sein. So nahm er oft mit den Mitteln der kleinen Form die Repräsentanten des DDR-typischen Sub-Mittelmaßes aufs Korn. Nunmehr ist die asoziale Marktwirtschaft im einig Vaterland mit der Immobilie als fast höchstem menschlichen Gut auch für L. K. zu einem Thema geworden, das er in dem ihm eigenen Stil als die ›wiedervereinigten Kartoffelpuffer‹

definiert. Das klingt verdaulicher, ist aber der Aussage nach ebenso deutlich, wie das Liebermann-Wort aus dem Jahre 1933 über kulinarische Genüsse in ihrer Wechselbeziehung zum Zeitgeschehen.«

Urlaubserlebnisse eines Chirurgen

Als Arzt muß man immer zum medizinischen Handeln bereit sein – auch im Urlaub. Selbst wenn kein Arztschild das Auto ziert oder beim Bekanntmachen jeder Hinweis auf akademischen Grad und Profession mit Rücksicht auf das eigene Erholungsbedürfnis vermieden wurde – im wirklichen Notfall kann und darf man sich der Verpflichtung nicht entziehen, fachlich kompetente Hilfe zu leisten.

Die Rede soll nicht von Verkehrsunfällen und ihren oft dramatischen Begleitsituationen sein, mit denen man als zufällig Vorbeikommender konfrontiert wurde. Vielmehr seien diejenigen Vorkommnisse genannt, die sich für eine eher feuilletonistische Abhandlung eignen. So ergab sich während mancher Urlaube auch ein medizinisch geprägtes Erlebnis.

Eine erholsame Schiffsreise erlebten wir erstmals 1975. Die Fahrt mit der »Maxim Gorki« begann in Rostow am Don und führte stromaufwärts durch den Wolga-Don-Kanal in die durch mehrere Staustufen binnenmeerartig erweiterte Wolga. Wir sahen ein wechselndes Landschaftsbild, konnten an gut ausgewählten Anlegeorten Interessantes besichtigen und verbrachten die Sonnenstunden an Deck nach eigenem Belieben, was das Suchen von Fotomotiven einschloß. Die medizinische Problematik entstand für mich in Wolgograd. Am Ende der Tour durch eine Stadt, die überall Erinnerungen an die schlimmste Periode der deutschen Geschichte aufweist, stürzte eine Mitreisende. Das ereignete sich auf den Stufen des Zeiss-Planetariums, von dem man uns sagte, es sei ein Geschenk der DDR an die Bewohner von Wolgograd. Ein Kniegelenk der Gestürzten zeigte die lehrbuchmäßigen Symptome des Kniescheibenbruchs: unter der intakten Haut war ein fingerbreiter Spalt nicht nur zu tasten, sondern auch zu sehen. Dieses optisch eindrucksvolle Bild erlebt man in der Rettungsstelle fast nie, weil die durch den Bluterguß bald einsetzende Weichteilschwellung alle Konturen verwischen läßt.

Wir hatten noch neun Reisetage vor uns, und eine sofortige Operation hätte zwei Vorteile für unsere Mitreisende aus Sachsen gehabt: Bei einer Frühoperation wäre die Gefahr einer Störung der Gelenkfunktion am geringsten gewesen; außerdem hätte sie nach dem Eingriff von Moskau aus mit ihrem Ehemann und uns gemeinsam die Rückreise antreten können. Die Alternative wäre eine Gipsimmobilisation gewesen und das Verbleiben an Bord während aller Landausflüge. Die Patientin entschied sich für die erste Variante. Im Vertrauen auf gleiche fachliche Ansichten veranlaßte ich also über die Dolmetscherin die Einweisung in das Institut für Traumatologie in Wolgograd und gab noch einen Befundbericht mit.

Die »Maxim Gorki« fuhr also weiter wolgaaufwärts über eine Kaskade von Stauseen, die bis 500 km lang waren, nach Kasan. Auf dem Flughafen Moskau-Scheremetjewo trafen wir dann unsere wegen der Verletzung zurückgelassene Mitreisende wieder. Man hatte sie leider nicht operiert und ihr für den Heimtransport eine Gipshülse angelegt. Damit hätte sie natürlich an Bord die Fahrt mitmachen können, wenn auch mit reduziertem Erlebniswert. Ich konnte ihr nur noch raten, in ihrem Wohnort Karl-Marx-Stadt (heute wieder Chemnitz) meinen Freund und Kollegen Prof. Dr. Wehner aufzusuchen, den Chefarzt der Chirurgischen Klinik des neu gebauten Bezirkskrankenhauses. Er operierte die Patientin dann, nach unseren fachlichen Normen zwar verspätet, dennoch aber mit gutem Erfolg, wie ich später aus einem Dankesbrief erfuhr.

Das nachhaltigste medizinische Erlebnis während einer Schiffsreise hatte ich an Bord der »Völkerfreundschaft«, als wir mit den Medaillengewinnern der olympischen Winter- und Sommerspiele im September 1976 nach Kuba unterwegs waren. Während der achttägigen Hinfahrt mußte ich bei zwei Mitreisenden wegen einer akuten Blinddarmentzündung chirurgisch aktiv werden, also auf hoher See einen operativen Eingriff vornehmen.

Natürlich hatte selbst dieses Kreuzfahrtschiff der älteren Generation einen Operationssaal und ein Krankenzimmer.

Der Schiffsarzt, ein pensionierter Chirurg, wollte nicht aktiv werden, zumal viele der Mitreisenden schon einmal oder des öfteren Patienten bei mir gewesen waren.

Neben der zum Bordpersonal gehörenden OP-Schwester stand dem Operateur zudem noch ein qualifiziertes Team zur Verfügung: Zwei Anästhesistinnen, darunter die Ehefrau, und als Assistent mein Konsemester Dr. Günter Welsch, Chirurg und damals Chefarzt des Sportmedizinischen Dienstes. (Zwei Monate nach der Kuba-Reise verunglückte er auf tragische Weise tödlich.)

Beim ersten der beiden Eingriffe ging der Kapitän noch auf halbe Fahrt, um eventuelle Schwankungen des Operationstisches zu minimieren und somit den Gang des Geschehens zu erleichtern. Während meiner zweiten Appendektomie auf hoher See, kurz vor dem Erreichen des Bermuda-Dreiecks, brauchten dank gewachsener Erfahrung nur noch die Stabilisatoren ausgefahren zu werden. Der Heilverlauf war bei beiden Patientinnen komplikationslos und ihr Urlaub an Land somit gesichert.

Nach der in Chirurgenkreisen früher üblichen Gepflogenheit, den jeweils ersten Eingriff mit Sekt zu begießen, geschah das auch für meine erste Operation auf hoher See – die Kosten hierfür wurden aber pauschal verrechnet.

Auch ein Urlaub am Strand kann den Chirurgen fordern. Als wir erstmals 1959 an die jugoslawische Adriaküste (heute Kroatien) fuhren, warnten uns taucherfahrene Freunde und Kollegen vor den Folgen eines direkten Kontaktes mit Seeigeln. Seither gehört ängstliche Vorsicht vor diesen Echinoiden (Stachelhäutern) beim Aufenthalt in wärmeren Gewässern zu unseren Urlaubsregeln. Wer sich in diesen Regionen im Wasser bewegen möchte, ist gut beraten, an Seeigel zu denken und daher Badeschuhe oder Schwimmflossen mit Fußteil zu tragen. So interessant die versteinerten Vorfahren der Seeigel anzusehen sind, die man am Ostseestrand mitunter finden kann, und so harmlos die toten und entstachelten Tiere sich ausmachen, wenn sie auf einem Balkan-Basar angeboten werden – der Tritt in einen lebendigen Seeigel mit ungeschütztem Fuß wird zu einem Erlebnis, dessen Wirkung etwa sechs Monate anhält. Solange dauert es, bis die glasähnlich spröden Stacheln, die in die Fußsohle eindrangen, durch mehr oder minder heftige Entzündungsvorgänge wieder abgestoßen worden sind. Dieser typische Verlauf ist allen Ärzten bekannt, die nahe den von Seeigeln bevölkerten Uferbereichen praktizieren. Auch engagierte Chirurgen entfalten in solchen Regionen keine diesbezüglichen Aktivitäten. Wohl gelingt es, einzelne Stacheln zu entfernen, aber andere brechen beim Herausziehen ab, so daß ihre Spitze im Körper verbleibt. Die meisten sind aber bereits beim Tritt auf den Seeigel so kurz abgebrochen, daß sie selbst für feine Instrumente unerreichbar in der Haut stecken. Das radikale Entfernen aller derartiger Fremdkörper, die in einem Areal von etwa 4 cm Durchmesser in der Fußsohlenhaut stecken, wäre ein Eingriff, bei dem Aufwand und Nutzen für den Patienten in keinem Verhältnis zueinander stünden. Das begründet, warum der im Umgang mit Seeigel-Opfern Erfahrene so zurückhaltend mit seinen Aktivitäten ist. Der betroffene Bereich wird lediglich desinfiziert und mit antiseptischen Verbänden abgedeckt. Auf den Impfschutz gegen Wundstarrkrampf (Tetanus) ist natürlich zu achten.

Als ich das erste Mal mit Seeigel-Stacheln in der Fußsohle einer Mitreisenden konfrontiert wurde, wußte ich nichts von den diesbezüglichen Erfahrungen der ärztlichen Kollegen vor Ort. Ich sah nur schätzungsweise 50 bis 100 Einstiche. Aus einigen ragte die schwärzliche Basis der Stacheln heraus. Um einer vom Schicksal Getroffenen den Urlaub an der Adria noch erträglich zu gestalten, versuchte ich also abends, mit untauglichen Mitteln am letztlich auch untauglichen Objekt zu improvisieren. Die Improvisation bestand aus Eau de Cologne zur Hautreinigung, einer Wimpernpinzette und einer längeren Nähnadel aus dem Bestand der Patientin. Es gelang mir sogar, etwa 20 Stacheln herauszuziehen, bei einigen brach aber trotz vorsichtigen Manipulierens die Spitze ab und verblieb in der Haut. Die unfreiwillige Patientin, eine Lehrerin aus dem Erzgebirge, war vollständig gegen Tetanus immunisiert. Somit entfiel wenigstens diese Sorge. Am nächsten Vormittag erfuhren wir dann beim einheimischen Arzt, was ich eigentlich hätte unterlassen können und was ihr bevorstand: während der nächsten 4 bis 6 Monate auf das Abstoßen der Stachelreste zu warten. Dieser vorausgesagte Verlauf wurde mir dann zum Jahresende bestätigt, nämlich in einem Dankesbrief für meine etwa dreistündigen abendlichen Bemühungen im Juni.

Am Strand des Schwarzen Meeres wurde ich um eine Konsultation gebeten, nachdem die von einem Stadtbesuch zurückkehrenden Eltern ihre etwa 18jährige Tochter bewußtlos auf dem Sofa liegend vorfanden. Äußere Verletzungen sah ich nicht, die Pupillen waren normal weit und reagierten auf Lichteinfall, Schmerzreflexe waren vorhanden. Die Atmung war etwas flach, aber regelmäßig, die Herzfrequenz normal, der Puls jedoch kaum tastbar, der Blutdruck also sehr niedrig. Das war ohne Hilfsmittel festzustellen. Drogen gab es vor etwa 35 Jahren in Bulgarien keine zu kaufen – jedenfalls mit Sicherheit nicht für Mark der DDR. Mir fiel aber ein ganz geringer Alkoholgeruch der Atemluft auf. Dieser stellte sich dann als Hinweis auf die richtige Diagnose heraus. Die junge Maid hatte – gemeinsam mit einer Freundin – den Genuß von Weintrauben mit gelegentlichen Schlucken aus einer Flasche kombiniert, die ihrem Vater gehörte. Letztere enthielt einen Weinbrand bester bulgarischer Qualität. Dadurch war auch der Mundgeruch kaum wahrnehmbar. Ich veranlaßte also mit der Diagnose Alkohol-Intoxikation den Transport ins Krankenhaus. Das erwies sich als vollauf berechtigt, mußte doch unterwegs sogar noch assistiert beatmet werden. Der nebenan wohnenden Freundin erging es etwas besser – offensichtlich hatte sie der Kombination Weintrauben mit Weinbrand nicht so intensiv zugesprochen. Der Dankeschön-Blumenstrauß für diese Konsultation war dann eine Flasche mit fünf Sternen – aber ohne Weintrauben als Zugabe.

Die Anwesenheit in unserem Schorfheide-Refugium blieb in diesem 31-Häuser-Dorf nie verborgen. So kamen immer einige Einwohner mit Fragen zu ihren medizinischen Problemen. Natürlich wurden sie, nicht nur wegen der Notwendigkeit guter nachbarschaftlicher Kontakte in dieser Waldeinsamkeit, immer beraten, ohne daß wir dabei die Belange der praktischen Ärzte, die alle 14 Tage ihre Hausbesuchsrunde im Dorf machten, berührt hätten.

An einen notfallchirurgischen Eingriff unter den Bedingungen des dörflichen Hauptverbandplatzes erinnere ich mich, der dem Betroffenen den sonntäglichen Weg in die Rettungsstelle der 30 km entfernten Kreisstadt ersparen konnte. Ein junger Dorfbewohner stand plötzlich am Zaun und zeigte mir seinen linken Daumen. In diesem hatte sich ein größerer Angelhaken fest verfangen. Der Versuch, diesen Bestandteil seiner Angel selber zu entfernen, scheiterte am Widerhaken und den dadurch ausgelösten Schmerzen. Für den Notfall haben wir in unserem Bauernhaus Materialien zur Injektion immer zur Verfügung. Ich desinfizierte also meine Hände und die linke des Anglers. Dann schaltete ich die Schmerzempfindung durch örtliche Betäubung (Leitungsanästhesie) aus und konnte mit einer ebenfalls desinfizierten Flachzange den Angelhaken ohne Mühe entfernen, da ich mich der gleichen Technik bediente, die man am Maul des Fisches anwendet. Daran hatte ich noch Kindheitserinnerungen. Der Sonntagspatient war, wie alle in seinem Alter, gegen Tetanus (Wundstarrkrampf) immunisiert, und das Operationsgebiet heilte ohne Komplikation.

Andere operative Dienstleistungen im Dorf waren veterinärchirurgischer Natur. Nachdem ich einmal einem stets hilfsbereiten Nachbarn angeboten hatte, gewissermaßen als Gegenleistung seine Kaninchenböcke zu kastrieren, kamen des öfteren entsprechende Anliegen. Diesen konnte und wollte ich mich nicht entziehen, da wir die Bereitschaft zum gegenseitigen Helfen in jener kleinen Dorfgemeinschaft bis 1990 als besonders ausgeprägt empfanden. Meine »Erfolge« auf diesem Gebiet führten zur Anfrage, ob ich nicht auch zwei der sich zeitweise arg zerfleischenden Kater mit dieser Technik zähmen könne und wolle. Die Anfänger-Operation des Veterinärs wurde also zur Herausforderung, die aber mit den vorhandenen anatomischen Kenntnissen und chirurgischen Fertigkeiten gemeistert werden konnte. Voraussetzung für mein Handeln am Kater war aber eine allgemeine Betäubung. Diese konnte jedoch fachärztlich aus dem familiären Umfeld gesichert werden. Narkose und Operation hinterließen bei einem der vierbeinigen Patienten keine mentalen Vorbehalte gegen seine Behandler. Er blieb auch bei späteren Begegnungen freundlich-zutraulich. Dagegen ergreift der Kater Anton heute noch die Flucht, wenn er uns wahrnimmt. Hier bestätigt sich also erneut die allgemeine Erfahrung, daß nicht jede Maßnahme Sympathie erzeugt.

Eine Nachbarin wußte, daß ich früher ziemlich viele Kropfoperationen durchgeführt hatte. Eines Tages fragte sie, ob ich nicht einmal ihren Hahn ansehen könne. Der hatte zuviele lange Grashalme gefressen, die sich in seinem Kropf zusammengeballt hatten. Das machte eine weitere Nahrungsaufnahme unmöglich. Zunächst machte ich der Nachbarin klar, daß zwischen Kropf beim Menschen (Struma = Schilddrüsenvergrößerung) und dem bei ihrem Hahn erhebliche anatomische und funktionelle Unterschiede bestehen. Obwohl mir die Besonderheiten beim Hahn keinesfalls bekannt waren, konnte ich der Bitte um Hilfe nicht widerstehen, zumal der Tumor dicht unter der Haut zu tasten war. Der Hahn wurde also gut festgehalten, der tennisballgroße Kropf mit einer Rasierklinge aufgeschnitten und das Grashalmkonvolut mit einem Teelöffel entfernt. Mit Material aus dem Nähkästchen der Hausfrau wurde die Operationswunde verschlossen und die Halshaut noch abschließend desinfiziert. Trotz des Eingriffes unter Hauptverbandsplatz-Bedingungen heilte zunächst alles gut. Bei der zweiten Visite nach 14 Tagen lebte der Hahn aber nicht mehr. Er hatte erneut zu langes Gras gefressen und ein Kropf-Rezidiv entwickelt. Die Nachbarin ließ ihn ins Gras beißen und steckte den Vogel in den Kochtopf.

Weitere Ausflüge in die Veterinärchirurgie erfolgten daraufhin nicht mehr.

Sport und Medizin

Sport sollte letztlich dazu beitragen,
daß wir gesünder sterben und nicht kränker leben.
Ludwig Prokop

Das Betreiben verschiedener Sportarten in Kindheit und Jugend hat mir damals mehr Spaß gemacht als das Lernen der lateinischen Grammatik. Es brachte mir einige Erfolge, die zum weiteren Üben motivierten, und vermittelte positive soziale Prägungen wie Selbstdisziplin und Fairness gegenüber den sportlichen Gegnern. In den Mannschaftsspielen wurde auch die Rücksichtnahme auf die Belange des Kollektivs entwickelt.

Das Interesse am Sport wurde durch meine Eltern geweckt und gefördert, vor allem durch die pädagogische Begabung meines Vaters. Sicher schmerzte es ihn als einen in jungen Jahren erfolgreichen Turner, daß sein langaufgeschossener und schlanker Sohn (asthenisch würde man diesen Körperbau mit einem Fachausdruck bezeichnen) keine äußeren Voraussetzungen zum Gerätturnen hatte. Aber penetrant gefordertes Wiederholen ließ mich wenigstens die für gute Schulnoten erforderlichen Übungen an Reck und Barren erlernen.

In den Sommersportarten war das problemlos und mit Erfolg zu bewältigen. Natürlich wurden wir Kinder von Eltern, die sich in einem Turnverein kennengelernt hatten, auch Mitglieder in einem solchen. Im TV Lessing erlernte ich als Achtjähriger Stangen- und Tauklettern, die Grundzüge von Gymnastik und Bodenturnen und andere Bewegungsabläufe. Den Schwimmunterricht durch meinen Vater habe ich deshalb in keiner guten Erinnerung, weil ich – ohne Fettschicht – im kalten Wasser immer fror und die vielen Spritzer ins Gesicht mich ebenfalls störten. Aber mit Eintritt ins Lessing-Gymnasium 1937 hatte ich das Fahrtenschwimmerzeugnis für 45 Minuten kontinuierlichen Fortbewegens im Wasser erworben. Schwimmen und Schnorcheln betreibe ich heute noch gern, sommers in den märkischen Seen und winters bei ähnlicher Wassertemperatur vor Teneriffa im Atlantik.

Die Olympischen Spiele in Berlin 1936 wurden für mich damals Zehnjährigen zu einem großen, für den Sport motivierenden Erlebnis. Mein als Rechtsanwalt gutsituierter Onkel Kurt Werner Heim (1902-1979) schenkte seinem Schwager – also meinem Vater – und seinem Neffen je eine Karte für die Leichtathletikwoche. Der Sitzplatz im Block Q mit Blick schräg auf das Ziel kostete für sieben Tage 30 Reichsmark. Sieben Jahre später erfuhr ich, daß eine 8,8-cm-Flakgranate genausoviel kostete. Da war aber die Begeisterung für den Führer und seine Begleitung schon erheblich geringer geworden als 1936, als ich, auf einer Telefonzelle am U-Bahnhof Kaiserdamm sitzend, erlebte, wie Adolf Hitler, die NS-Regierung und das Internationale Olympische Komitee in offenen Autos zur Eröffnung der Spiele ins Olympiastadion fuhren. Rückblickend kann ich die Meinung heutiger Historiker nur bestätigen, daß dieses sportliche Großereignis überaus geeignet war, das eigene Volk und die internationale Öffentlichkeit darüber zu täuschen, was sich in Deutschland seit 1933 mit der Verfolgung Andersdenkender schon zugetragen hatte. Die warnenden Stimmen einzelner Persönlichkeiten, Aufrufe und Flugblätter antifaschistischer Gruppierungen blieben nahezu unbeachtet. »Die ausländischen Besucher«, schrieb Rürup 1996, »zeigten kein nachweisbares Interesse an den realen politischen Verhältnissen und verließen Deutschland mit uneingeschränkt positiven Eindrücken.«

Dabei war im Juli 1936 in Oranienburg bei Berlin Baubeginn für ein großes Konzentrationslager, in dem sich im September schon etwa 1.000 Häftlinge befanden. Ab 15. Juli 1936 wurden Sinti und Roma im Zigeunerlager Marzahn isoliert, und am 31. Juli, also einen Tag vor der Eröffnung, wurde in Döberitz, gegenüber dem Olympischen Dorf, die »Legion Condor« zur

Unterstützung des Putschisten Franco in den spanischen Bürgerkrieg verabschiedet.

Die Worte Heinrich Manns bewahrheiteten sich: »Diejenigen der internationalen Sportler, die nach Berlin gehen, werden dort nichts anderes sein als Gladiatoren – Gefangene und Spaßmacher des Diktators, der sich bereits als Herr der Welt fühlt.« Seine Aufforderung »Da in Berlin das Schlechte herrscht, so geht nicht hin« fand kaum Beachtung.

In Deutschland Gebliebene schrieben ihre Einsichten nieder, ohne sie publizieren zu können, so Victor Klemperer: »Die Olympiade ist mir so verhaßt, weil sie nicht eine Sache des Sports ist – bei uns meine ich –, sondern ganz und gar ein politisches Unternehmen. ›Renaissance durch Hitler‹ las ich neulich.«

In einem der »Moabiter Sonette« des noch im April 1945 im Gefängnis ermordeten Prof. Albrecht Haushofer finden sich über das Sportspektakel in Berlin die Zeilen:

»Mich täuschte dieser helle Zauber nicht.

Ich sah die Kräfte, die so milde schienen

dem grauenhaftesten der Kriege dienen.«

Diese Erkenntnisse hatte ich damals natürlich nicht. Die Eindrücke des sportbegeisterten Kindes glichen denen fast aller anderen Zuschauer. Mich faszinierten die schnellen Läufe und weiten Sprünge von Jesse Owens, und ich jubelte mit den Menschen im Stadion über die Siege der deutschen Leichtathleten, die erstmals in der Geschichte der olympischen Spiele Goldmedaillen in dieser sportlichen Disziplin für Deutschland gewannen.

Wenn das Wort Massenbegeisterung beschrieben werden soll – ich erlebte sie 1936 im Olympiastadion.

Meine Liebe galt der Leichtathletik, und so trat ich 1940 der Jugendabteilung des Deutschen Sportclubs (DSC) bei, einem auch national renommierten Verein, der einer der großen Drei in Berlin war. Das waren neben dem DSC noch der Berliner Sport Club (BSC) und der SC Charlottenburg (SCC).

Daß es in der Satzung des DSC schon vor 1933 einen sogenannten Arierparagraphen gab, der jüdischen Sportlern die Mitgliedschaft verwehrte, erfuhr ich erst nach 1945. Uns Jugendliche motivierte jedenfalls, wie intensiv sich ältere Übungsleiter –

die jüngeren waren schon bei der Wehrmacht – um uns bemühten. Wir begeisterten uns für die zwei, drei oder vier Jahre Älteren, die Berliner oder deutscher Jugendmeister wurden, freundeten uns mit manchem an und mußten dann zur Kenntnis nehmen, daß sie wenige Monate nach ihrer Einberufung zur Wehrmacht schon nicht mehr lebten.

Als meinen schönsten sportlichen Erfolg würde ich heute bezeichnen, daß es mir als Schlußläufer der Straßenstaffel Potsdam–Berlin 1943 gelang, gegen einen Jungen, der die 400 Meter 2 bis 3 Sekunden schneller lief als ich, einen Vorsprung von etwa zwei Metern bis ins Ziel zu halten und somit den Erfolg der vielen Läufer vor mir zu sichern.

Daß ich 1943 und 1944 Berliner Jugendmeister über 110 m Hürden wurde, war wohl weniger einer überragenden eigenen Leistung zu verdanken, als vielmehr der fehlenden Konkurrenz derjenigen, die schon Soldat sein mußten. Dazu gehörte auch Gerhard Kleinlein, dem der Sport auch seinen späteren Beruf vorgab. Er moderierte in der DDR viele Jahre eine TV-Sendung, die den Kinder- und Jugendsport popularisierte (»Mach mit – mach's nach – mach's besser«). Und er war Sportchef der BZ am Abend.

Gern erinnere ich mich auch daran, zum Gewinn der deutschen Jugend-Mannschaftsmeisterschaft 1943 für den DSC beigetragen zu haben.

Nach Beendigung des Krieges gelang es mir nicht, in der Männerklasse an die relativ guten sportlichen Leistungen als Jugendlicher anzuknüpfen, was mich nachhaltig demotivierte. 1949 begann man an der Humboldt-Universität eine Basketballmannschaft zu formieren. Das machte mir wieder Spaß, und bis zum Ende des Studiums 1951 spielte ich dort mit.

Geblieben ist aus 15 sportlich aktiven Jahren die Erkenntnis vom gesundheitlichen Wert der eigenen körperlichen Betätigung bis ins Alter und vom Wert des Sporttreibens für psychische und soziale Eigenschaften. Das Wort des Internisten Franz Volhard »Der Weg zum langen Leben ist ein Fußweg« unterstreicht die vielen Möglichkeiten, die sich dem älterwerdenden Menschen auf diesem Feld mit Spaziergängen in schnellem Tempo, mit Radfahren oder regelmäßigem Schwimmen bieten.

Da eine Basis der medizinischen Wissenschaft die normale Funktion des menschlichen Körpers ist, entstanden aus den sportlichen Ambitionen der Jugendzeit Bezugspunkte zu späteren beruflichen Interessen. Auch wenn diese zur Chirurgie tendierten, stand doch eine Reihe von Problemen der Unfallheilkunde in enger Beziehung zum Sport. Das deutete sich schon zu meiner Studienzeit mit den damals gebräuchlichen Begriffen an wie »typischer Sportschaden« (z. B. Tennis- oder Werferellenbogen) oder »typische Sportverletzung« (z. B. Meniskusverletzung des Fußballspielers oder Unterschenkelbruch des Skifahrers). Im Zusammenhang mit der Entwicklung des Sports zu einem sozialen Phänomen mit erheblicher ökonomischer und auch großer politischer Bedeutung, wurde nach 1945 auch die Sportmedizin zu einem in den Gesamtkomplex Körperkultur und Sport fest integrierten Bestandteil.

Aus den Berührungspunkten von Sportwissenschaft und Medizin ergab sich in der DDR eine Kooperation von großer Wirksamkeit. Obwohl die internationalen Erfolge der DDR-Sportler ein Beispiel dieser effektiven interdisziplinären Arbeit waren und deshalb mit Doping-Hinweis minimiert werden sollen, lassen sich damit die beachtlichen Leistungen für die Entwicklung des Sports von Kindern und Jugendlichen, in der Freizeit, mit Behinderten und für die Rehabilitation nach Erkrankungen oder Unfällen nicht eliminieren – auch wenn das immer wieder versucht wird.

Da ich niemals als Akteur in die Doping-Problematik einbezogen wurde, erscheint mir eine objektive Wertung möglich.

1. Bis in die Mitte des 20. Jahrhunderts galt das Einhalten von fair-play-Regeln als Grundgesetz des Amateursports. Die positive Bewertung der sportlichen Höchstleistung in der politischen Systemauseinandersetzung und bei der Merkantilisierung des Sports ließ gutkaschierte Verletzungen der Regeln als vertretbar erscheinen, um den Erfolg in der Sportarena in nationale Hysterie oder Marktwertsteigerung des Siegers umzumünzen.

2. Der Einsatz von Wachstumshormonen zur Fleischproduktion begann in der Tierzucht der USA. Hier erfolgte, beginnend in den ersten Jahren nach dem 2. Weltkrieg, auch erstmals das Übertragen entsprechender Erfahrungen in das sportliche Auf-

bautraining von Muskelmassen. Das beweisen etwa Weltrekord-steigerungen im Kugelstoßen mit über 18 Metern. Bekanntes Beispiel der Muskelmassenzunahme durch Zufuhr von Wachs-tumshormonen (sogenannte anabole Steroide) sind noch immer die Bodybuilder.

3. Eine anerkannte und medizinisch begründete Indikation zum Verabfolgen von anabolen Steroiden ist gegeben, wenn nach auszehrenden Krankheiten das Körpergewicht – wesentlich bestimmt durch Muskelmasse – wieder erhöht werden soll.

In Analogie dazu erscheint der Versuch nicht abwegig, die Muskelregeneration nach dem täglich mehrfach erfolgenden Hochleistungstraining medikamentös zu fördern. Das bedarf aber einer breiten Übereinstimmung.

4. Ärztlich und juristisch verwerflich ist es unzweifelhaft, Medikamente mit noch ungeklärter Auswirkung auf den wach-senden Organismus zu verabfolgen. Unabhängig davon ist mir erinnerlich, daß wir bei akuter Operationsnotwendigkeit von Sportschülern durch die Lehrer informiert wurden, daß die Eltern dieser Kinder bereits bei der Aufnahme in eine Kinder- und Jugendsportschule (KJS) ihre Zustimmung zu erforderlich wer-denden medizinischen Maßnahmen gegeben hatten. Das galt aber wohl vor allem für Impfungen, Operationen u. ä.

5. Die genetisch-individuell nicht programmierte Zunahme der Muskelmasse bedingt einen überdimensionierten Kraftzu-wachs, dem Sehnen, Sehnenansätze und indirekt auch der Ge-lenkknorpel nicht gewachsen sind und mit Fehlbelastungsfolgen reagieren.

6. Das System der umfassenden und kontinuierlichen sportme-dizinischen Kontrolle in der DDR – dazu gehörte auch die Vergabe der sogenannten »unterstützenden Mittel« – trug sicher dazu bei, eventuell mögliche Schäden rechtzeitig zu erkennen und somit zu minimieren. Der Hinweis auf Todesfälle von Sportlern, die sich in der alten BRD und anderswo infolge ungehemmten Medikamen-tenmißbrauchs ereigneten, exkulpiert aber nicht das Prinzip.

7. Ich kann für mich in Anspruch nehmen, bereits 1974 bei zuständigen staatlichen Stellen auf die dem Unfallchirurgen auf-fallenden gesundheitlichen Nachteile des Verabfolgens anaboler

Steroide an trainierende Sportler aufmerksam gemacht zu haben, nämlich Knorpelschäden und Sehnenansatzstörungen.

8. Da trotz offiziellen Verurteilens von Doping weltweit die Leistungssteigerung durch Pharmaka weiter betrieben wird, ist es heuchlerisch, was in den letzten Jahren vor Gerichten der BRD in Sachen DDR-Doping betrieben wurde.

Auf einigen Gebieten konnte ich zum Renommee der DDR-Sportmedizin beitragen. Von 1955 bis 1960 war ich an zwei Nachmittagen in der Woche im Gesundheitsministerium für das Hauptreferat Sportmedizin beratend tätig. Leiter dieses Bereiches war Albert Wagner (geb.1910), dessen Engagement die Profilierung der Sportmedizin wesentlich förderte. Die dort gesammelten Erfahrungen mit der Ministerialbürokratie waren für das spätere Leben nützlich, brachten aber auch die Erkenntnis, daß Verwaltungsmedizin als solche mich niemals beruflich befriedigen würde.

Der erste sechswöchige Sportarztlehrgang in der DDR wurde 1956 von uns mit internationalen Referenten organisiert. Er war Grundlage für die staatliche Anerkennung als Sportarzt und trug zur späteren Entwicklung des Ausbildungsganges zum Facharzt für Sportmedizin bei.

Aus der ersten Begegnung auf diesem Lehrgang entstanden anhaltende freundschaftliche Verbindungen zu Dr. Kurt Häntzschel (1910-1996), Bezirkssportarzt in Karl-Marx-Stadt und Dr. Stanley Ernest Strauzenberg. Beide waren in späteren Jahren auch Präsidenten der DDR-Gesellschaft für Sportmedizin.

Das Problem des ohne Grund versäumten Sportunterrichts in der Schule beschäftigte mich bald nach Beginn meiner Tätigkeit als ärztlicher Hilfsbeamter im Gesundheitsministerium. Die Befreiung vom Schulsport konnte damals nur auf Grund eines ärztlichen Attestes erfolgen. Um die Mitte der 50er Jahre lagen die Quoten in den ersten vier Klassen bei zwei bis drei Prozent, was als Folge von Erkrankungen, Verletzungen und Operationen als normal anzusehen war. Anomal war dagegen der dann einsetzende und bis zum Abitur anhaltende Anstieg auf 20 bis 25 Prozent Sportbefreiungen. Damit wollten offenkundig die sportschwächeren Schüler einer Verschlechterung des Zensurendurchschnitts entgehen. Letzterer war (und ist immer noch) ein mitunter wichtiger Maßstab bei Bewerbungen zur weiteren Ausbildung oder für das Studium.

Zu welchen haarsträubenden Diagnosen und nicht begründeten Schlußfolgerungen dabei die Hausärzte überredet wurden, erhellen zwei Beispiele, die mir in guter Erinnerung sind: Einmal sollte die »behinderte Nasenatmung« eine Vollbefreiung vom Schulsport bewirken, und bei einer Schülerin war es »sexueller Kopfschmerz«, der zum gleichen Zweck attestiert wurde. Wir nahmen damals an, daß entsprechende Symptome bei der Menstruation gemeint waren, hätten aber auch andere Auslegungen nicht als Grund für eine Freistellung vom gesamten Sport akzeptiert. Beachtenswert erscheint ein Untersuchungsergebnis von 1958 in Berlin: Sportbefreiungen in den Abiturklassen waren bei 52 Prozent der Mädchen und 37 Prozent der Jungen medizinisch nicht korrekt, also Gefälligkeitsatteste.

Die tägliche Turnstunde wurde als Forderung von Schulärzten und Orthopäden bereits um 1890 erhoben. Hiermit sollte dem sogenannten Sitzzwang in der Schule entgegengewirkt werden, den man als Ursache des Entstehens von Haltungsschäden ansah. Auch sollte der dem Schulalter eigene Bewegungsdrang kanalisiert und für das Anliegen ausgenutzt werden. In der DDR wurden durchschnittlich vier Stunden Sportunterricht in der Woche erteilt, und im 3. Schuljahr sollte dabei das Schwimmen erlernt werden.

Bezüglich der Schulsportbefreiung gelang es mit administrativen Maßnahmen, das Anliegen einer einheitlichen, umfassenden schulischen Ausbildung, in die der Sport integriert war, im Laufe einer Dekade besser erreichbar zu gestalten. Daß damit auch die vorbeugenden Ziele des Gesundheitswesens in mancher Hinsicht berücksichtigt wurden, ist als Synergieeffekt hervorzuheben.

Entsprechend der staatlichen Struktur der DDR wurde das Problem zwischen den Ministerien für Volksbildung und Gesundheitswesen beraten und praktikable Lösungswege abgestimmt. Ein erster und wichtiger Schritt erfolgte 1956: Jedes Attest zur Schulsportbefreiung war vom Kreissportarzt zu überprüfen und zu bestätigen. Weiterhin wurde der Vollbefreiung als Alternative die Teilbefreiung gegenübergestellt. Damit sollten Tendenzen zum Ausschöpfen physisch möglicher Belastungen und zur sportlichen Rehabilitation gefördert werden, etwa mittels gymnastischer Übungen oder Schwimmen.

Die Maßnahmen von pädagogischer Seite bestanden darin, die Prüfungsanforderungen zu reduzieren (1955 und 1957), womit auch sportlich Unbegabte eine bessere Chance für einen akzeptablen Zensurendurchschnitt erhielten. Es wurde 1958 ebenfalls eingeführt, ohne Zensur am Schulsport teilzunehmen, wenn diese Möglichkeit ärztliche Befürwortung fand. Das sollte Übergewichtige zum Laufen veranlassen, auch wenn sie dabei niemals in der Spitzengruppe das Ziel erreichen würden. Somit schien dieses pädagogische und medizinische Problem bereits in den 60er Jahren auf einem guten Weg zur Lösung im Sinne aller daran Interessierten, wie meine Frau in ihrer Promotionsschrift 1960 feststellen konnte. Allerdings waren in den 12. Klassen im DDR-Durchschnitt immer noch 9 Prozent der Abiturienten vom Sport befreit.

Die heutige öffentliche Diskussion, den Schulsport wieder zweckentsprechend mit wenigstens zwei Stunden pro Woche sicherzustellen und darüber hinaus Gesundheitserziehung als Unterrichtsfach einzuführen, läßt eigentlich den Rückschluß zu: Das in der DDR bereits Erreichte blieb – aus Vorsatz oder Ignoranz – unbeachtet und wurde eliminiert. Nun beginnt man wieder dort, wo wir schon in den 50er Jahren einmal waren.

1960 übertrug das Gesundheitsministerium mir die Aufgabe, eine neue Zeitschrift »Medizin und Sport« zu gründen. Diese leitete ich von 1961 bis 1980 als Chefredakteur und konnte nach zwanzig Jahren meinem Nachfolger eine international anerkannte Zeitschrift übergeben, deren Beiträge sich durch die Wiedergabe praktischer Erfahrungen und hohe Wissenschaftlichkeit auszeichneten. Im Redaktionskollegium wirkten Leistungsphysiologen und Sportmediziner, Sportwissenschaftler, Unfallchirurgen und Orthopäden mit. Gern erinnere ich mich der Beratungen über inhaltliche Gestaltung und einzelne Publikationen, die lehrreich für jeden Teilnehmer waren, weil eben Probleme aus verschiedenen Teilgebieten bezüglich der Publikationswürdigkeit und des Nutzens für die Weiterbildung abgewogen werden mußten.

In sehr negativer Erinnerung sind mir seit etwa 1975 zunehmenden Interventionen durch die Leitung des Sportmedizinischen Dienstes der DDR sowie der zuständigen Abteilung des Staatssekretariats für Körperkultur und Sport. Diese waren in der fast krankhaften Angst begründet, daß wichtige Details der Leistungssportforschung publiziert werden könnten, woraus dann unsere politischen und sportlichen Gegner Nutzen ziehen würden.

Man traute fachlich kompetenten und das Problem verstehenden Wissenschaftlern keine eigenverantwortliche Entscheidung zu. Ich kennzeichnete dieses Mißtrauen oft verbal damit, daß die Gralshüter der reinen Lehre von Amts wegen hinter jedem Busch den Klassenfeind zu vermuten hätten. In Kenntnis dieser Verhaltensnorm hatte sich im Redaktionskollegium die Formalie eingebürgert, bei Durchsicht der Artikel von DDR-Autoren den Begriff »Leistungssport« durch verharmlosende Synonyma zu ersetzen. Das ersparte manchen Ärger.

Als der langjährige Chefredakteur der ständigen Beckmesserei überdrüssig war und seine Funktion 1980 mit Abschluß des 20. Jahrgangs von »Medizin und Sport« aufgab, waren sicher die permanenten Kritiker froh. Den Nachfolger konnte man dann wegen beruflicher Abhängigkeit als Bezirkssportarzt bis zum Ende der DDR besser »anleiten«. Die landesweit gültige Doktrin des Primats der Politik vor den Belangen von Ökonomie und Wissenschaft erwies sich zwar bei der Endabrechnung als falsch, verhalf aber bis dahin Schwätzern mit dem Format des »DDR-typischen Sub-Mittelmaßes« (aus eigener Erfahrung geprägte und leider zu oft mit Berechtigung gebrauchte Definition) in fast allen Bereichen zu einem für die Sache verhängnisvollen Einfluß. Die DDR-Sportmedizin war mit zwei solcher Typen (beides Nichtärzte) geschlagen, von denen einer – Heinz W. – sogar erklärte, die Sportmedizin ließe sich ausschließlich unter politischen Gesichtspunkten leiten. Diese Aussage als Aktennotiz festzuhalten, schien mir schon zu DDR-Zeiten bedeutsam.

Die als junger Arzt ausgeübte Betreuung von Sporttreibenden erhielt nach 1964 eine neue Dimension. Nach Übernahme der Chirurgischen Klinik des Städtischen Krankenhauses Berlin-Pankow entstand dort ein Schwerpunkt zur Behandlung von verletzten und chirurgisch erkrankten Sportlern, aus dem sich im Laufe der Jahre eine spezialisierte Abteilung entwickelte. Die Vorzüge sahen wir und unsere Kooperationspartner in einer Behandlung, die dem neuesten Stand der Medizin entsprach und dabei die Belange einer späteren sportlichen Belastung dadurch berücksichtigte, daß vom ersten Behandlungstage an mit einer spezifischen Rehabilitation begonnen wurde. In dieser Abteilung versorgten wir Sportschüler aus verschiedenen Kinder- und Jugend-Sportschulen, Spieler der Fußball-Kreisklasse aus einer märkischen Kleinstadt ebenso wie potentielle oder schon erfolgreiche Olympioniken nach gleichen Prinzipien, aber mit individuell variiertem Vorgehen.

Abzuwägen war immer, ob eine Operation wirklich das Optimum zum Erreichen des Behandlungszieles war, nämlich die volle Trainingsbelastbarkeit und Leistungsfähigkeit für den Wettkampf wieder herzustellen.

Auch wir erfuhren, daß die Problematik der Fehl- und Überlastungsfolgen am Binde- und Stützgewebe qualitativ und quantitativ viel schwerwiegender war als das Behandeln von Verletzungen durch ein einmalig einwirkendes Trauma. Immer erwies sich aber eine auf medizinische und sportliche Belange abgestimmte Rehabilitation als förderlich für den Behandlungserfolg. Hier hatten wir mit dem Zentralinstitut in Kreischa einen hervorragenden Partner, dessen fachliche Kompetenz vielen Mitarbeitern auch nach 1990 einen Arbeitsplatz sicherte.

Die Kombination von optimaler Behandlung und parallel dazu beginnender Rehabilitation vermag das körperliche Vermögen zum Erreichen von Höchstleistungen wieder herzustellen. Das beweisen auch viele Beispiele von in Pankow behandelten Olympiasiegern, internationalen Meistern und Rekordhaltern, die ebenfalls gewisse Schlußfolgerungen für Operationsindikationen und Rehabilitationsmaßnahmen bei anderen Verletzten aus Verkehr, Beruf und Freizeit zulassen.

Daß die Schwimmerin Angela F. fünf Wochen nach einem operativ behandelten Schlüsselbeinbruch Weltmeisterin im Freistilschwimmen wurde (Wien 1974), beweist ebenso die Leistungsfähigkeit der Behandlungsmethode und die Motivation des Sportlers wie der 3. Platz im olympischen 1500m-Endlauf von Hans-Peter H. (Seoul 1988) drei Wochen nach einer arthroskopischen Meniskusoperation.

Ohne optimale Rehabilitation und ausgeprägte Motivation wäre Dietmar Sch. ein Jahr nach einer Operation am Kniegelenk wegen eines komplexen Schadens nach Trauma sicher nicht als Mitglied der DDR-Handballmannschaft Olympiasieger geworden (Moskau 1980). Auch Irina M. hätte nach einer ähnlichen Verletzung keinen Weltrekord im Diskuswerfen erzielen können (Prag 1984).

Als wenige Tage vor dem Abflug zu den Olympischen Spielen in Seoul 1988 oberhalb der Kniescheibe eine große Sehne riß, bedeutete das für den Gewichtheber Andreas B. den Verlust einer sichergeglaubten Medaille, nicht aber das Ende einer erfolgreichen sportlichen Karriere. Innerhalb weniger Tage nach der Verletzung wurde er arthroskopiert, operiert und anschliessend rehabilitiert. Nach weiteren internationalen Erfolgen beendete er erst im April 2000 seine aktive Laufbahn.

Schmerzlicher war da für Christian R. der Achillessehnenriß, den er im olympischen 400m Hürden-Semifinale (München 1972) erlitt. Nach sofortigem Rücktransport wurde er am frühen Morgen des nächsten Tages in Pankow operiert, mußte aber danach seine sportliche Laufbahn beenden.

Somit war es uns also auch auf diesem Gebiet möglich, Erfolge für das Individuum mitzugestalten, ohne jedoch weniger gute Ausgänge immer verhindern zu können. Dabei mußten wir uns aber kein fehlerhaftes Handeln vorwerfen lassen.

Der Vorteil, den wir im Krankenhaus Pankow aus dieser Kooperation mit dem Sportmedizinischen Dienst hatten, war, daß wir viele Geräte und Verbrauchsmaterialien aus dessen Fonds erhielten. Auch ein neuer, technisch moderner Operationssaal wurde aus Mitteln des Sports gebaut. Man erwartete dafür von uns zwar ein Immer-bereit-sein für chirurgische Probleme bei Sportlern, schränkte aber niemals die Verwendung der über den Sport zur Verfügung gestellten materiell-technischen Dinge ein. So kamen die an Sportlern gesammelten Erfahrungen und vorhandenen Instrumente und Geräte unterschiedslos auch allen anderen Unfallverletzten zugute, die im Krankenhaus Pankow Aufnahme fanden. Diese Feststellung erscheint notwendig, um falschen Vorstellungen und Behauptungen entgegenzutreten. Nur 5 Prozent der in der Abteilung für Sporttraumatologie Behandelten gehörten zum Kreis der Spitzensportler, die Station war aber immer zu 95 Prozent mit Patienten belegt, die den sozialen Querschnitt der Bevölkerung repräsentierten, also mehr Arbeiter und Angestellte als Hochschullehrer, Künstler oder Minister.

Die Konzentration von Patienten mit Verletzungen oder Fehlbelastungsfolgen durch sportliche Betätigung ermöglichte auch das Bearbeiten wissenschaftlicher Probleme. Viele Publikationen entstanden zu dieser Thematik, einige bildeten die Grundlage für Promotionsschriften von Mitarbeitern der Klinik oder des Sportmedizinischen Dienstes.

Zusammengefaßt erschienen unsere Erfahrungen in der Monographie »Traumatologie des Sports«, die bis 1986 drei Auflagen und zwei Übersetzungen (russisch und italienisch) erlebte. Dieses Buch sehe ich als gedruckten Nachweis meiner ärztlichpraktischen und wissenschaftlichen Lebensleistung an. Daß daraus manche Anerkennung und Einladung zu Vorträgen erwuchs, machte mich schon stolz, brachte damit aber auch wieder zusätzliche Abstriche von der Freizeit mit sich.

Über ein Thema ausführlich zu publizieren, wurde mir allerdings verwehrt – nämlich über das Boxen. Selbst in Kenntnis der literarischen Bewertung dieser Sportart durch Bertolt Brecht, Ernest Hemingway, Norman Mailer und G. B. Shaw sowie im Wissen um positive Auswirkungen des Boxtrainings für die Entwicklung von Kraft, Ausdauer, Schnelligkeit und Reaktionsvermögen – meine Wertung des Boxsports hätte die negativen Folgen der ständigen Schläge an den Kopf als Schwerpunkt haben müssen.

Das gründete sich auf zahlreiche Publikationen über Todesfälle durch Hirnblutungen, Spätfolgen bei Überlebenden im Sinne einer Boxerdemenz (Dementia pugilistica – La Cava 1950) oder anderer Läsionen des Zentralnervensystems. Dazu kommen subjektiv auch die ästhetisch bedingten Mißempfindungen beim Anblick von verschwollenen Gesichtern, blutunterlaufenen Augen und deformierten Nasen.

Auf Anregung von Prof. Otto Prokop hatte ich für meine Habilitationschrift experimentell über das Schädel-Hirntrauma gearbeitet. Daraus ergab sich die Absicht des Gerichtsmediziners Otto Prokop, des Sportmediziners Ludwig Prokop und des Unfallchirurgen Kurt Franke, ein Buch über die Auswirkungen des Boxsports auf die Gesundheit zu verfassen. Da die zwei Ost-Emigranten – Prokop und Franke – sich hierfür aber der Zustimmung des DDR-Gesundheitsministers versichern wollten, kam von dort auf Hinweis der Sportbehörde die Information, daß man ein solches Buch nicht befürworten könne. Obwohl vordergründig die Folgen des Profiboxens abgehandelt werden sollten, wären Rückschlüsse auf Amateur-Faustkämpfer nicht ausgeblieben. Das wäre aber auch eine Kritik am Streben nach olympischen Medaillen gewesen, die in der Nationenwertung zählten, denn es gab 11 Gewichtsklassen und sehr gute DDR-Amateurboxer.

Ich hielt stattdessen 1969 in der Berliner Chirurgischen Gesellschaft einen Vortrag »Kritik des Boxsports aus ärztlicher Sicht« und habe selten in diesem Gremium einen so vollen Saal erlebt. Der Informationswert des Vortrages wurde wesentlich mitbestimmt durch Fotos, die mir der Hirnforscher Prof. Unterharnscheidt (geb. 1926) über »das menschliche Antlitz als Schockabsorber« zur Verfügung stellte. Wir trafen uns 1997 auf der Feier zum 90. Geburtstag von Ernst Jokl in Lexington/Kentucky wieder und erinnerten uns des gemeinsamen Anliegens, Hirnverletzungen vorzubeugen.

Der Jubilar selber hatte in seiner stets zu bewundernden prägnanten Diktion Thesen zur medizinischen Problematik des Boxsports formuliert, die zitiert werden sollen:

»Schläge unterhalb der Gürtellinie sind regelwidrig; Schläge auf den Kopf sind Kampfziel. Testes (Hoden) werden also vor äußerer Gewalt geschützt, das Gehirn wird dieser ausgesetzt. Die Weltliteratur über Hirntrauma und EEG (=Hirnstromschreibung) enthält – außer Boxen – nichts über experimentelle Hirntraumen am Menschen!«

Meine medizinisch begründeten Vorbehalte gegenüber dem Boxen haben Sympathien für Faustkämpfer nie ausgeschlossen. Hier möchte ich Wolfgang Behrendt (geb. 1936) nennen, den ersten Olympiasieger der DDR (Melbourne 1956). Er hat seine Karriere als erfolgreicher Amateurboxer ohne Schaden für zerebrale Funktionen beenden können und sagte mir als Begründung: »Ich war zu schnell, um Kopftreffer einzufangen.« Gespräche mit ihm, einem waschechten Berliner, seine schönen Arbeiten als Fotograf und seine gekonnten Trompeten-Soli vermitteln heute noch das Bild einer vom Sport geprägten bemerkenswerten Persönlichkeit.

Als Zeitzeuge kann ich auch von den zehnjährigen Bemühungen berichten, welche die Gesellschaft für Sportmedizin der DDR unternahm, um Mitglied des Internationalen Sportärztebundes (FIMS) zu werden. Die Vertreter des Mutterlandes der Hallstein-Doktrin taten alles, um das zu verhindern, was ihnen auch bis 1966 gelang. Daß ausgerechnet beim FIMS-Kongreß in Hannover die DDR-Gesellschaft für Sportmedizin im internationalen Gremium einstimmige Akzeptanz fand (bei Enthaltung des BRD-Delegierten), lag sicher nicht im Interesse des Gastgebers.

Bis 1990 war dann auch in der FIMS der DDR-Vertreter als fachlich kompetenter Kooperationspartner gefragt. Unsere Mitgift war ein effektives System der medizinischen Betreuung und Beratung aller Sporttreibenden, gestützt auf gut ausgebildete Fachärzte für Sportmedizin.

Die Sportmedizin wie auch die gesamte Organisationsstruktur des staatlichen Gesundheitswesens wurde in die Totalabwicklung der DDR mit einbezogen. Dabei wurde auch ein Facharzt für Sportmedizin, zuletzt 1998, von der Bundes-Ärztekammer für nicht erforderlich gehalten.

Gutausgebildete Athleten aus der Konkursmasse verhalfen der größeren BRD noch für etwa zehn Jahre zu mehr sportlichen Erfolgen, als sie aus eigenem Vermögen hätte erringen können.

Dr. Dieter Kabisch (1931-1999), einer der profiliertesten DDR-Sportmediziner, gegen dessen Integrität und fachliche Kompetenz auch borniertе Evaluierer keine Bedenken vorbringen konnten, umriß kurz vor seinem Tode das Dilemma des Umgangs mit kollektiven Lebensleistungen nach dem Ende der DDR: »Wir sind, was die Sportmedizin anbelangt, aus der Zukunft in die Vergangenheit zurückkatapultiert worden. Und keiner interessiert sich dafür, was in der Zukunft gewesen ist.«

Die Aktivitäten für die Sportmedizin brachten Begegnungen mit einer Reihe von profilierten Persönlichkeiten aus vielen Ländern. Bei einigen entstanden aus dem Kennenlernen anläßlich von fachlichen Beratungen oder Kongressen anhaltende gute Freundschaften. Ich denke da an Prof. Ludwig Prokop (geb. 1920) aus Wien, der das Motto formulierte, das über diesem Kapitel steht. Als Leistungsphysiologe und Internist war er fachlich dazu besonders prädestiniert, die positive Bedeutung der Wechselbeziehungen zwischen Sport und Gesundheit herauszustellen. Diesem Anliegen entsprach auch sein Engagement gegen das Doping als ein seit den 60er Jahren zunehmendes Problem im Leistungssport. Als Vorstandsmitglied und für vier Jahre auch Präsident des Internationalen Sportärzte-Verbandes (FIMS) trug er mit dazu bei, daß die Leistungen der DDR-Sportmedizin objektiv eingeschätzt wurden, was die FIMS-Aufnahme förderte. Auch nach seiner Emeritierung ist Ludwig Prokop wissenschaftlich interdisziplinär aktiv, wofür er in anderen Fakultäten mehrfach promoviert wurde.

Als Präsident der DDR-Gesellschaft für Sportmedizin erhielt Prof. Dr. Stanley Ernest Strauzenberg 1966 auf dem Kongreß in Hannover die Glückwünsche vieler Kollegen zur Aufnahme der von ihm repräsentierten Vereinigung in die FIMS. Damit endeten zehnjährige Bemühungen um die formale internationale Akzeptanz von Leistungen für die Sportmedizin, die allgemein längst bekannt und anerkannt waren.

Der Internist S. E. Strauzenberg (geb. 1914 in London) bereicherte die Medizin um wichtige Erkenntnisse, wie Erfahrungen aus der Rehabilitation von Sportlern umfassend umzusetzen sind. Er leitete von 1968 bis 1978 das Zentralinstitut des Sportmedizinischen Dienstes in Kreischa bei Dresden, in dessen Bereich sich auch ein allgemeines Krankenhaus befand. Das ermöglichte das Anpassen der Erfahrungen mit der Sportler-Rehabilitation an die Gegebenheiten des sportlichen Belastens von Genesenden. Hieraus entstanden die Grundlagen für das von ihm so genannte Gesundheitstraining. Als die Sportmedizin in der DDR 1967 eine eigenständige Fachdisziplin wurde, übertrug man Strauzenberg an der Akademie für Ärztliche Fortbildung den ersten Lehrstuhl des Fachgebietes, den er bis 1987 innehatte. Auch hierdurch war er maßgeblich mit vielen praktischen und wissenschaftlichen Problemen der Sportmedizin und ihrer Zusammenarbeit mit der Sportwissenschaft befaßt.

Das in jener Zeit gegründete Referenzlabor für Dopingfragen in Kreischa ist heute noch international anerkannt.

Mit großer Hochachtung für eine faszinierende Persönlichkeit mit bedeutender fachlicher Leistung denke ich in diesem Zusammenhang auch an Prof. Ernst Jokl, geboren 1907 in Breslau und gestorben 1997 in Lexington/Kentucky, fünf Monate nach seinem 90. Geburtstag.

Ernst Jokl war ein universal gebildeter Gelehrter mit enzyklopädischem Wissen, das seine Vorträge und Publikationen prägte. Sein Leben widerspiegelt die Miseren des 20. Jahrhunderts, denen sich vor allem die »jüdischen Deutschen«, zu denen er sich rechnete, ausgesetzt waren. 1933 mußte er das sportmedizinische Institut der Universität Breslau verlassen, das er gerade ein Jahr leitete. Er wanderte nach Südafrika aus, publizierte aber noch 1936 in Wien deutschsprachig über »Zusammenbrüche im Sport«. Als Air-Force-Captain dient er in einer Armee der Antihitler-Koalition. Aber auch der Frieden ließ ihn keinen Platz im Land seiner Eltern finden. Der von ihm angestrebte Lehrstuhl für Sportmedizin an der 1950 gegründeten Sporthochschule Köln wurde ihm unter tätiger Mitwirkung derjenigen verweigert, die noch fünf Jahre zuvor »Sportlerbataillone für den Endsieg« aufstellen wollten – wie etwa Carl Diem (1882-1962).

Ernst Jokl empfand es als große Tragik, daß seine wichtigsten wissenschaftlichen Beiträge nach 1945 auf fremden Boden entstanden. Von 1953 bis 1976 lehrte er an der Universität Lexington/Kentucky. Er war Mitbegründer des Weltrates für Sportwissenschaft und Leibeserziehung der UNESCO. Hier bestand er darauf, »daß Vertreter des Sports aus allen Nationen zur Mitarbeit herangezogen werden sollten und daß keinerlei politische Beschränkungen die Arbeit des Weltrates beeinflussen«. Sein universales Bemühen ließ Vorurteile nicht zum Tragen kommen. So erwuchsen aus dieser Grundhaltung enge fachliche Kontakte zu den Ländern, die bis 1990 als sozialistische Staaten Bemerkens- und Erhaltenswertes für Sport, Sportwissenschaft und Sportmedizin leisteten.

Ernst Jokl hatte die seltene Gabe, vielfältige medizinische Probleme in ihrer Beziehung zum Sport zu analysieren. Das erfolgte zudem im Kontext mit historischen Geschehnissen, soziologischen Forschungen, philosophischen Fragen und künstlerischen Schöpfungen in Musik, Literatur und darstellender Kunst. Wer sich mit der Sportmedizin und ihren Tangenten zur Sportwissenschaft im 20. Jahrhundert befaßt, muß Ernst Jokl bestätigen, daß er das internationale Profil mitbestimmt hat. Das mögen einige Zitate aus seinen zahlreichen Publikationen belegen:

»Für Musik und Sport in ihren besten Bestandteilen trifft gleichermaßen die Aussage zu: Kultur ist das Streben nach Vollkommenheit ... Sportliches Üben verlängert das Leben, beschleunigt das Wachstum und verlangsamt das Altern ...Wenn jemand während des Sports stirbt, stirbt er nicht infolge des Sports ... Das Freisein von Symptomen bestätigt keinesfalls das Nichtvorhandensein einer kardiovaskulären Krankheit ... Das Prinzip Leistungsmessung reicht nicht aus, um Wert und Erlebnisqualität, die der Sport vermittelt, zu beschreiben ... Turnen und Eislaufen eröffnet die Welt der Ästhetik, Behindertensport spendet Trost, Zuversicht erlebt der Teilnehmer am Altersturnen ... Sport als Wettkampf ist das große Welttheater unserer Zeit ... Er hat fünf neue Menschentypen geschaffen. Es sind die Phänotypen des Kindes, das ganze Sportdisziplinen beherrscht, der Frau mit einer enormen Leistungsexplosion nach dem 2. Weltkrieg, des alternden Menschen, der durch lebenslanges Sporttreiben mit 60-80 Jahren ein Leistungsniveau aufgebaut hat, das untrainierten 20-30jährigen überlegen sein kann(!),des sozial Hintangestellten, z.

B. des Afroamerikaners, der sich durch gute sportliche Leistungen von der Armut und den Nöten seiner Jugend befreien konnte.«

Ernst Jokl war der wohl letzte kompetente Zeitzeuge, der die Entwicklung der Sportmedizin vom Randgruppen-Hobby in den 20er Jahren bis zur nunmehr anerkannten Wissenschaftsdisziplin miterlebte. Er war aber nicht nur Zeitzeuge, sondern stets auch ein aktiver Mitgestalter des Prozesses, der zur kontinuierlichen Erforschung von Physiologie und Pathologie der sportlichen Belastung beitrug.

Seine weitreichende internationale Wirksamkeit führte Ernst Jokl auch oft in die DDR, wo er viele Freunde fand.

Auf dem FIMS-Kongreß 1960 in Wien fiel mir auf, daß der Dolmetscher der UdSSR-Delegation Deutsch zwar in manchmal typischer russischer Intonation sprach, permanent aber mit unverkennbarem Berliner Akzent. Als ich Dr. Fritzas Markusas (geb. 1910) danach fragte, erwiderte er lapidar: »Ich bin aus Berlin.« 1934 nach Dänemark emigriert, beendete Fritz Marcuse dort das Studium als Sportlehrer und ging anschließend in den deutschsprachigen Teil Litauens nach Memel. Hier paßte er seinen Namen dortigen Gepflogenheiten an und hieß nun für etwa 50 Jahre Fritzas Markusas.

Der Einmarsch deutscher Truppen in das Memelgebiet zwang ihn 1939 erneut zur Flucht. Mit dem Überfall der Wehrmacht auf die Sowjetunion am 22. Juni 1941 trat er in die Litauische Division der Roten Armee ein. Seine Einheit bestand zu etwa neunzig Prozent aus Juden, und somit wurde dort jiddisch zur inoffiziellen Kommandosprache. Als Sanitäter und »Radiosoldat« mit Propagandasendungen an vorderster Front eingesetzt, wurde Fritz Marcuse 1943 in Weißrußland schwer verwundet. Nach der Amputation seines rechten Armes wegen einer Gasbrandinfektion kam er nach Kasachstan. In Alma Ata begann er 1944 mit dem Medizinstudium.

Die Synthese seiner Ausbildungen als Sportlehrer und Arzt ließ ihn zu einem engagierten Sportmediziner werden, der zunehmend nationale und internationale Anerkennung fand. In Tallinn, der Heimatstadt seiner Frau – einer Kinderärztin – wirkte Fritz

Marcuse zum Zeitpunkt unseres Kennenlernerns im Jahr 1960 bereits als Chefarzt des Sportmedizinischen Dienstes der Estnischen SSR.

Das durch persönliches Schicksal mitgeprägte Interesse an der sportlichen Betätigung Behinderter führte folgerichtig zum Engagement für den Rehabilitationssport. Ausgehend von seinem Institut in Tallinn entstanden Inhalte und Strukturen, die beispielhaft für das Territorium der UdSSR wurden. Fritz Marcuse trug so zur Verbreitung eines Fachgebietes und von Methoden bei, deren Wert für das Wiedereingliedern Erkrankter und Verletzter in das soziale Gefüge weltweit als bedeutungsvoll erkannt wird.

1993 kehrte er mit seiner Familie wieder nach Berlin, in die Stadt seiner Geburt, Kindheit und Jugend zurück. Fritz Marcuse bereicherte hier als kritischer Zeitzeuge von neun Dekaden des 20. Jahrhunderts viele Veranstaltungen im Jüdischen Kulturverein. Noch an seinem 90. Geburtstag, sechs Wochen vor seinem plötzlichen Ableben am 12. November 2000, konnten wir uns von seiner geistigen Regsamkeit und auch einer für das hohe Alter bemerkenswert guten physischen Verfassung überzeugen.

Zu meinen eindrucksvollsten Erlebnissen in Zusammenhang mit dem Sport, die eine nachhaltige Erinnerung hinterließen, zähle ich die Begleitung der Tischtennis-Nationalmannschaft 1954 zu einem Länderkampf nach Moskau und 1958 auf einer China-Reise sowie die Teilnahme am Wissenschaftskongreß anläßlich der Olympischen Spiele 1960 in Rom und die Fahrt auf der »Völkerfreundschaft« mit den Medaillengewinnern der Olympischen Winter- und Sommerspiele 1976 nach Kuba.

Ende April 1954 begleitete ich die DDR-Tischtennis-Nationalmannschaft zu einem Länderkampf, der in Moskau stattfand. Damals dauerte der Flug mit einer Iljuschin sechs Stunden – aber es gab für jeden Passagier noch reichlich Kaviar. Die Hauptstadt der UdSSR erstmals besuchen zu können, brachte wegen einiger seltener Besonderheiten nachhaltige Erinnerungen, gab aber auch zu mancherlei Vergleichen Anlaß.

Nach Anblick der neuen Lomonossow-Universität auf den Lenin-Bergen und einiger Hochhäuser in der Stadt (etwa des

Außenministeriums) war uns klar, woher die Architekten der aufzubauenden Städte in den osteuropäischen Ländern ihre »Inspiration« empfangen hatten, nämlich von dem sogenannten Stalin-Barock.

Die niedrigen Fahrpreise der Metro lagen noch unter den 20 Pfennigen, die man bis 1989 in der DDR zu entrichten hatte – Komfort der Züge, dichte Zugfolge und die zum Teil theatralisch-pompöse Gestaltung vieler Stationen waren ungewohnt und zu kunsthistorischen Betrachtungen anregend. Für unsere Vorstellungen ungewöhnlich erschien uns das Verbot, zur Feier des 1. Mai auf den Roten Platz Fotoapparate mitzunehmen. Diese Spionenfurcht-Relikte aus der von J. W. Stalin ausgelösten Repressionszeit bekam ich einige Tage später, an einem Nicht-Feiertag und abseits des Roten Platzes, am eigenen Leib zu spüren. Milizionären wurde ich dadurch auffällig und kontrollwürdig, daß ich, mit zwei Fotoapparaten und einer Filmkamera behängt, zu oft auf den Auslöser drückte. Es waren wohl weniger meine 50 Worte Pidgin-Russisch, sondern eher mein DDR-Paß, der weitere Maßnahmen verhinderte.

Die Ursache dieser im Vergleich zu anderen, früheren, wirklich als minimal zu bezeichnenden Restriktionen sahen wir dann im Mausoleum neben Lenin liegen. Zwei konservierte Leichname unter Glas und von zwei Posten bewacht – das war auch für einen Mediziner schon ein eigenartiges Gefühl.

Das äußerliche Vorbild für die Gestaltung von politischen Manifestationen in Berlin und anderswo sahen wir am 1. Mai auf dem Roten Platz. Später, beim Erleben einer Boris-Godunow-Aufführung in der Berliner Staatsoper, wurde mir manches klar. Die Bolschewiki hatten einfach das Äußere orthodoxer Prozessionen übernommen, als sie nach einer optisch gleichwertigen, also dem Volke vertrauten Gestaltungsmöglichkeit für ihre Demonstrationen suchten. Mitgeführte Heiligenbilder wurden durch Köpfe von Politikern ersetzt.

In schöner Erinnerung sind mir einige kulturelle Erlebnisse auf dem Regierungsempfang im Kreml geblieben. Die anläßlich des 1. Mai in Moskau weilenden ausländischen Delegationen waren dazu eingeladen – das waren nicht nur damals bekannte Politiker, sondern auch die zufällig in der Stadt weilenden Tischtennisspieler aus der DDR. Das Ensemble des Bolschoi-Theaters bot uns ein Kulturprogramm mit perfekter Tanzkunst des Corps de ballet, mit höchsten Sopran-Koloraturen, tiefsten Baßstimmen und mit Chören nicht zu übertreffenden Wohlklanges. Unser Dolmetscher verhalf mir am Rande des Geschehens zu einem Gespräch mit dem Puppenspieler Sergej Obraszow und dem Geiger David Oistrach. Jeder der beiden war in seinem Fach weltbekannt, ich hatte die Begeisterung um ihr Können bei Auftritten in Berlin miterlebt, und sie gewährten einem ihnen völlig Unbekannten die Freude der unmittelbaren Begegnung. Ich erinnere mich aus mitunter gegebenem Anlaß der damaligen Äußerung des stolzen Vaters David Oistrach, daß sein Sohn Igor schon jetzt zu erkennen gäbe, ihn einmal zu übertreffen.

Die äußere Pracht der Kreml-Säle beeindruckte wohl jeden Besucher. Damals verstand ich nicht, warum die Bolschewiki im Georgiewski-Saal die Namen der Ritter des Georg-Kreuzes an den Säulen belassen hatten. Das war immerhin der höchste Orden der Zarenzeit. Heute erkenne ich, daß ihre Achtung vor der historischen Bedeutung vergangener Perioden größer war als die in der Zeit gesellschaftlicher Umbrüche leicht zu entfachende Bilderstürmerei. Das ließ sie wohl auch das von der deutschen Wehrmacht weitgehend zerstörte Leningrad nebst der Sommerresidenz Peterhof historisch getreu wieder aufbauen – zur Freude aller späteren Besucher.

Nach China fuhr ich aus familiären Erwägungen mit etwas zwiespältigen Gefühlen. Anneliese stand gerade im medizinischen Staatsexamen, und unser damals vierjähriger Sohn bedurfte auch gelegentlich des Vaters. Das große Verständnis meiner Frau ermöglichte mir die Teilnahme an einer Reise, welche sportlich und medizinisch sehr interessant war. Das trat aber hinter der Fülle von Eindrücken anderer Art zurück.

Von Moskau aus flogen wir mit einer TU 104, dem Pendant zur französischen Caravelle. Der Typ war als erstes Passagierflugzeug mit Düsenantrieb noch nicht lange in Betrieb. Daß es die zivile Version von Maschinen mit ursprünglich einem anderen Verwendungszweck war, bemerkten wir bei der Zwischenlandung in Omsk. Dort sahen wir im Morgengrauen auf dem Rollfeld neben uns dunkelfarbige Vögel von identischer Bauart mit einem roten Stern am Seitenleitwerk. Es ist schon betrüblich, daß die meisten Beispiele augenfälliger wissenschaftlicher und technischer Entwicklungen seit vielen Generationen im militärischen Bereich zu finden sind oder spätestens im Augenblick ihrer Produktionsreife hierfür vereinnahmt werden.

Der Sonnenaufgang über Sibirien, der Flug über den Baikalsee, der Blick aus 10.000 m Höhe auf die braun-grau-violetten Lößgebirge, durch welche sich die Große Mauer zieht – das war erst die Ouvertüre für drei Wochen voller ungewohnter und fremdartiger Impressionen. Die sportliche Seite war ziemlich einseitig durch die chinesischen TT-Damen und Herren vorgegeben. Sie zeigten uns bereits damals, daß sie zur Weltklasse gehörten. Somit waren Satz- oder gar vereinzelte Spielgewinne bereits als Erfolg für unsere Sportler anzusehen. Meine unmittelbaren ärztlichen Aufgaben erforderten weniger Zeit als die Tätigkeit als Dolmetscher für alle Belange, denn kein anderer in unserer Delegation sprach ein hierfür ausreichendes Englisch. Täglich wurde der Speiseplan beraten, der außer »chicken fried« und »chicken cooked« noch Möglichkeiten verschiedener Gemüsebeilagen und Kompotte offenließ. Auch die bräunlich oder schwärzlich aussehenden eingelegten Eier waren von besonders Neugierigen auszuprobieren, wurden jedoch nicht bevorzugter Teil der Speisekarte.

Zum nachhaltigen Eindruck gestaltete sich aber das fernab vom Sport Gesehene und Erlebte. Überall wimmelten Kinder herum und sprangen voller Neugier immer dann vor dem Objektiv in die Höhe, wenn man eines der vielen fremdartigen Motive im Visier hatte. Schon damals (1958) erkannten die staatlichen Stellen das Problem der sozial nicht zu bewältigenden Bevölkerungszunahme und propagierten die Zwei-Kinder-Ehe. Das fand in der überwiegend ländlichen Bevölkerung keine Zustimmung. Dort sah man in vielen Kindern den Ausdruck von Glück und Zufriedenheit, und das schien mit dem Beginn eines menschenwürdigeren Lebens nach 1949 für alle fast offenkundig. Heute bewegt man sich mit einem Kind pro Familie noch im Rahmen des Erlaubten, und trotzdem nimmt Chinas Bevölkerung weiterhin zu.

Stolz zeigte man uns die minutiös genau restaurierten steinernen, metallenen und hölzernen Zeugen der chinesischen Kultur. Dazu gehörten in Peking die Paläste der verbotenen Stadt, Himmelstempel, Behai-Park und Sommerpalast. Drachen erschienen uns in vielfältiger Gestalt – ich kannte sie schon als Motive der Meißner Porzellanmanufaktur.

Die Silhouette von Shanghai war damals noch von Hochhäusern geprägt, welche Engländer, Amerikaner und Franzosen am »Bund«, der Hauptstraße am Ufer des Huangpo, als Ausdruck ihrer politischen und ökonomischen Einflußnahme hatten bauen lassen. Man erzählte uns von Schildern in den Parkanlagen am Bund, welche die Weisung enthielten »Betreten für Hunde und Chinesen verboten!«. Vor 1949 hatte die Straßenreinigung in Shanghai täglich etwa 1.000 Verhungerte zu beseitigen.

Der erste Eindruck in Kanton, der Großstadt am Perlfluß, war das für uns völlig ungewohnte subtropische Klima, also warm mit einem hohen Grad an Luftfeuchtigkeit. Schon das Zähneputzen führte zum Schweißausbruch und das Tischtennisspielen noch viel mehr. Somit mußte ein subtiler Ausgleich der Mineral- und Flüssigkeitsverluste beachtet werden.

Der Arzt Sun Yat-sen hatte in Kanton studiert und politisch gewirkt – ein Memorial erinnert an diese für die Entwicklung Chinas im ersten Viertel des 20. Jahrhunderts so bedeutende Persönlichkeit. Einen praktischen Einblick in mir bislang nur vom Hörensagen bekannte Möglichkeiten zur Behandlung mancher Leiden erhielt ich beim Besuch der Abteilung für chinesische Medizin des Sun Yat-sen-Hospitals in Kanton (die dort sogenannte westliche Medizin war mir ja in mancher Hinsicht bekannt). Ich sah also erstmals, wie man jungen Frauen dünne Silbernadeln in die Kopfhaut steckte (Akupunktur) und danach noch eine glimmende und rauchende Kräuterzigarre vor dem Gesicht herumschwenkte (Moxibustion). Erfolge mit der Akupunktur, die sich seit etwa 30 Jahren auch in Europa bei Privatpatienten einen gewissen Ruf erworben hat, erscheinen selbst dem naturwissenschaftlich ausgebildeten Arzt plausibel und außerhalb der Scharlatanerie angesiedelt. Das betrifft zumindest alle Schmerzzustände, die sich in Kenntnis von Nervenbahnverläufen und Reflexzonen auch durch Injektion von Lokalanästhetika (Mitteln zur örtlichen Betäubung) lindern oder dauerhaft ausschalten lassen. Weitergehende Möglichkeiten der Akupunktur sind aber besser mit anderen Dingen zwischen Himmel und Erde zu erklären, also mit dem Effekt von Paramedizin und Okkultismus, als mit der medizinischen Schulweisheit. Letzteres möchte ich auch für die Moxibustion annehmen und weiß mich dabei in bester wissenschaftlicher Gesellschaft.

Daß man uns 1958 von Shangsha aus durch das dörfliche China zum Geburtshaus von Mao-Tse-tung in einem bäuerlichen Anwesen mit mehreren Gebäuden fuhr, erklärten wir uns mit dem überall erkennbaren Stolz der Bevölkerung auf die politische und soziale Entwicklung, die sich in China nach der Proklamation der Volksrepublik am 1. Oktober 1949 deutlich abzeichnete.

Im Gegensatz zu den heute üblichen und nur Stunden dauernden Flügen zwischen den von uns besuchten Städten, fuhren wir damals mit der Eisenbahn. Zwar kommt bei Fahrten von 36 Stunden (Peking-Shanghai) oder gar 60 Stunden (Shanghai-Kanton) das Innenleben etwas bis ziemlich durcheinander, weil im gewohnten Alltag Toiletten nicht schlingern und auch etwas anders aussehen. Der große Gewinn liegt aber in den vielen Bildern, die in ständiger Abwechslung an einem vorüberziehen: Wasserbüffel in Reisfeldern, wo, ungewohnt zahlreich, Menschen die jungen Pflanzen im Schlamm festdrücken. Dann große Ananasplantagen und Bambushaine sowie Pagoden in rötlicher Lößlandschaft.

Das von uns allen versuchte Hantieren mit Eßstäbchen erschien mir schwieriger erlernbar als der Gebrauch chirurgischer Instrumente. Damals, mehr als acht Jahre nach Proklamation der Volksrepublik, sahen wir das Überwinden von unsäglicher Armut, Analphabetentum und mittelalterlichen ökonomischen Strukturen Gestalt annehmen. Uns wurde damals klar, daß der Schritt vom Hungern zur täglichen Reisportion, vom Umhülltsein mit Lumpen zum ersten Anzug im Mao-Look und der Umzug aus dem Erdloch in eine Behausung fundamentaler für das Entwickeln der menschlichen Persönlichkeit ist als die Möglichkeit, zwischen Austern, Hummer und Kaviar oder zehn verschiedenen Anzügen wählen zu können. Wir deuteten damals die Emsigkeit Zehntausender beim Errichten von Dämmen am Jangtse bei Wuhan als Ausdruck des Willens, die Hypothek ihrer schweren nationalen Vergangenheit abzutragen. Auslandschinesen schickten ihre Kinder zur Ausbildung in ihre alte Heimat, auf die sie wieder stolz sein konnten. So war unser Betreuer Tshai ein in Malaysia geborener Chinese, er sprach fließend Englisch.

Das war etwa ein Jahr, bevor der »Große Sprung nach vorn« begann, der wie auch die spätere »Kulturrevolution« zum Schritt zurück mit bedrückenden Folgen für viele, vor allem Intellektuelle, wurde und zur Zerstörung gerade erst aufwendig restaurierter Kulturdenkmäler führte. Davon zu erfahren machte mich sehr betroffen, zumal ich keine plausible Erklärung für diese fortschrittsfeindliche Barbarei hatte.

Der Wissenschaftskongreß anläßlich der Olympischen Spiele 1960 in Rom brachte wieder nicht die Aufnahme der DDR-Gesellschaft für Sportmedizin als Mitglied in die FIMS, bot aber den Delegationsmitgliedern die Möglichkeit, interessante sportliche Wettkämpfe als Zuschauer zu sehen, das südländische Flair auf Straßen und Plätzen – besonders in den Abendstunden – zu erleben, vor allem aber die Baudenkmäler aller Epochen zu bewundern, die in jeder Kunstgeschichte viele Seiten füllen. Ich fand es stilvoll, daß man die Turnwettkämpfe in den Thermen des Caracalla stattfinden ließ, dachte beim Besuch der Via Appia an die gefangenen Mitstreiter des Spartacus, die man dort kreuzigte, und hatte beim Anblick der Engelsburg eine Vorstellung, wie tief Puccini sein »Tosca« fallen ließ. Meine Diagnose über die Folgen lautete: Sturz aus großer Höhe und Tod durch Mehrfachverletzungen. Des Fotografen Herz erfreute sich an damals verbotenen Schnappschüssen im Petersdom. Sie erfolgten, ehe die päpstliche Aufsicht intervenieren konnte. Auf der Straße zum Olympiastadion war die Erinnerung an Italiens nicht so große Zeit noch erhalten, sah man dort doch reihenweise Mosaike mit den Worten Duce-Duce-Duce. Daß über diese Inschriften die Füße des Äthiopiers Abebe Bikila dem Olympiasieg im Marathonlauf entgegenliefen, werden Besucher mit historischem Verständnis als besondere Ironie des Schicksals empfunden haben. Gehörte doch Abessinien (heute Äthiopien) 1935 zu den ersten Opfern der italienischen Faschisten.

Im Kaleidoskop der Erinnerung ist die Kuba-Reise vom Oktober 1976 besonders nachhaltig eingeprägt. Neben den Gewinnern olympischer Medaillen waren auch Trainer, Ärzte und Sportwissenschaftler hierzu eingeladen, denen man einen Anteil am Erfolg der Sportler zubilligte. Besonders schön war, daß unsere Ehepartner mit dabeisein konnten, deren Verständnis ja oft den Erfolg der Arbeit mittrug.

An Bord der »Völkerfreundschaft« traf ich einige offensichtlich gut behandelte ehemalige Patientinnen und Patienten wieder, die auch nach dem ärztlichen Wirken die Früchte jahrelangen harten Trainierens im internationalen Wettkampf ernten konnten. Udo B. war zwei Jahre nach einer Meniskusoperation Olympiasieger im Kugelstoßen geworden, und Wolfgang G. saß nach einer Kreuzbandplastik im goldenen Doppelvierer von Montreal. Brigitte A. schließlich, die trotz mancher Knieprobleme ihre Position im Achter behauptete, bereitete sich nach der Goldmedaille während der Schiffsreise schon wieder auf neue Prüfungen vor. Ihr stand das Physikum bevor, aber sie fand an Bord neben ihrem Chirurgen für das Überprüfen anatomischen Wissens auch noch entsprechende Spezialisten für Physiologie und Biochemie. Sie ist eines der vielen Beispiele dafür, daß Zielstrebigkeit und Selbstdisziplin als Voraussetzung für sportliche Erfolge auch den späteren beruflichen Lebensweg positiv beeinflussen. Brigitte A. wurde in Pankow zur Fachärztin für Chirurgie ausgebildet, schrieb ihre Doktorarbeit unter meiner Anleitung und ist jetzt in eigener Praxis in ihrer Heimatstadt Werder erfolgreich tätig.

Roswitha K. nahm wegen ihrer zweiten olympischen Silbermedaille als Mitglied der DDR-Handballmannschaft an der Kuba-Reise teil. Ihre erste hatte sie acht Jahre zuvor 1968 in Mexico-City mit der 4x100m-Freistilstaffel errungen. Das ist sicher ein sportliches Kuriosum, zumal zwischen beiden so unterschiedlichen und dennoch erfolgreich betriebenen Sportarten noch eine plastische Operation in Pankow wegen Bänderverletzung am Sprunggelenk lag.

Die Berührungspunkte der Schwimmerin Claudia H. (4x100m Freistil) zum Krankenhaus Pankow waren doppelter Natur. Ihr geschädigtes Kniegelenk wurde dort operiert, wo ihr Vater die technische Abteilung leitete.

Kuba 1976 – das war für viele von uns nicht nur der erste Aufenthalt in der Karibik, sondern auch die Begegnung mit Menschen, deren Eltern noch Analphabeten waren und hungerten oder als Dienstboten und Prostituierte auf der Vergnügungsinsel begüterter Amerikaner etwas besser lebten. Nach unseren Maßstäben waren die Kubaner noch arm, aber sie zeigten ihren Stolz, ihre Freundlichkeit und ihre Lebensfreude. Bereits 15 Jahre nach dem Sturz Batistas (1959) waren das Bildungs- und Gesundheitswesen über den Effekt im eigenen Land hinaus ein Vorbild für Mittel- und Südamerika und sind es bis heute geblieben.

Die freundliche Lebensart der Kubaner überkam uns einmal in besonderer Weise. Vier Ärzte, die Ehepaare Roth und Franke, warteten an der Bushaltestelle vor dem Hotelkomplex in Varadero, um in den Ort zu fahren. Plötzlich hielt ein annähernd schrottreif aussehender Chevrolet an, dessen Insassen für unsere Begriffe unverdächtig erschienen. Sie boten an, uns in die Stadt mitzunehmen, da der nächste Bus erst in einer Stunde käme – jedenfalls übersetzte das Walter Roth so, der etwas Spanisch verstand. Nun zu sechst im ausgedienten Straßenkreuzer sitzend, waren wir uns dennoch nicht sicher, vor dem in 60 Minuten abfahrenden Bus im Ort anzukommen. Ständig mußte der Beifahrer den Schalthebel festhalten, weil sonst der Gang heraussprang. Da die Blinkanlage überhaupt nicht funktionierte, behalf man sich beim Richtungswechsel durch Handzeichen, die jeder verstand, weil er es selber auch so machte: Wenn der Fahrer die Hand links heraushielt, wollte er links abbiegen. Für das Abbiegen nach rechts mußte er seinen linken Arm gebeugt über das Autodach halten, so daß die Hand nach rechts zeigte. Wegen der Wärme waren die Scheiben sowieso runtergedreht (oder fehlten sie gänzlich?). Wir hatten soviel Spaß an dieser Tour, daß man uns nicht im Ort absetzte, sondern erst am Haus der beiden Fahrer anhielt. Wir sollten noch deren vielköpfige Familie kennenlernen. Walters Spanisch und unsere variierten Lateinkenntnisse vertieften den Kontakt derart, daß man uns auch noch zu einem kleinen Imbiß einlud. Obwohl wir um die Lebensmittelknappheit in Kuba wußten und ablehnen wollten, wurde das nicht akzeptiert. Bezahlung nahmen die Gastgeber nicht an, jedoch konnten wir ihnen als kleine Dankesblume ein Fünfmarkstück aus der DDR mit dem Brandenburger Tor als Prägebild anbieten. Die Hausfrau bedeutete uns, daß sie sich daraus einen Anhänger machen lassen würde. Wir zwei zufällig aufgelesenen männlichen Gäste erhielten jeder noch eine superlange Zigarre der Marke »Fidels Liebling«, für die ich als penetranter Nichtraucher späterhin auch noch einen Abnehmer fand.

Das Ballett Tropicana in Havanna, das Indianerdorf, die Krokodilfarm und der Strand von Varadero sind bleibende Erinnerungen. Dort war das Wasser zwar herrlich klar, aber auch badewannenwarm, so daß man gelegentlich einen Daiquiri zur Abkühlung brauchte.

Das feuchtwarme Klima führte selbst bei Kreislaufgesunden zu einer erheblichen Transpiration, welche den anatomischen Begriff der vorderen und hinteren Schweißrinne auch Nichtmedizinern nachhaltig demonstrierte.

Im Wissen um die ökonomischen Schwierigkeiten in Kuba nach dem Wegfall der Beziehungen zu den osteuropäischen Ländern und in bester Erinnerung an das 1976 dort Erlebte bat ich die Gäste zu meinem 70. Geburtstag 1996, keine Blumen mitzubringen, sondern etwas für eine Arztpraxis in Kuba zu spenden: über 1.200 DM kamen so für einen sehr guten Zweck zusammen.

Dreißig Jahre im Krankenhaus Pankow

Die Panke ist ein Mythus.
Alfred Kerr

Am 1. Februar 1961 begann für mich die Tätigkeit im Krankenhaus Berlin-Pankow, damals noch eine Einrichtung der Stadt Berlin. Im Gegensatz zur großen Klinik in Friedrichshain war das Pankower das kleinste städtische Krankenhaus. Es war nach der Jahrhundertwende errrichtet worden. Die Stationen hatten neben einigen Zwei- und Dreibettzimmern noch je zwei Säle für 12 bis 15 Kranke. Aus dem 1. Weltkrieg stammten die Baracken für Kriegsgefangene und an Infektionskrankheiten Leidende, die bis zum Baubeginn eines neuen Bettenhauses 1978 die innere Abteilung beherbergten.

Die äußeren Gegebenheiten, die materiell-technischen Voraussetzungen und auch die Organisation entsprachen dem Standard eines kleinen Kreiskrankenhauses aus der Zeit vor dem 2. Weltkrieg, wie er von einem fast vierzig Jahre dort tätigen Chirurgen entwickelt und beibehalten worden war. Nach dessen Berentung hatten zwei Nachfolger eine wohl etwas unglückliche Hand. Um die chirurgische Versorgung für etwa 100.000 Einwohner des Stadtbezirkes zu verbessern, bot man die Chefarztstelle in Pankow dem fachlich versiertesten chirurgischen Oberarzt im Friedrichshain an – Dr. Herbert Weber (1911-1996), später Obermedizinalrat und »Verdienter Arzt des Volkes«. Er fragte mich, ob ich als sein 1. Oberarzt mit ihm nach Pankow gehen wolle. Da ich damals im Friedrichshain für mich keine Perspektive sah, sagte ich zu. Ich blieb schließlich bis zum Erreichen des Rentenalters in Pankow.

Das war aber 1961 weder vorauszusehen noch beabsichtigt. Das Krankenhaus war auf Initiative des sozialmedizinisch engagierten Psychiaters Prof. Emanuel Mendel (1839-1907) entstanden. Es liegt am Rande des Parkes, der das Schloß Niederschönhausen umgibt. Durch das Flüßchen Panke getrennt, grenzten das am rechten Ufer befindliche Gartenrestaurant »Strauchwiese« und das am linken Ufer liegende Krankenhaus aneinander. Daß sich daraus auch Bezugspunkte zur Familiengeschichte ergaben, kam mir zu Ohren, als meine Eltern davon erzählten, daß sie sich 1921 auf einem Turnvereinsvergnügen in der »Strauchwiese« erstmals begegneten.

Die Anwesenheit von Kaiser Wilhelm II. bei der Eröffnung am 27. Oktober 1906 war vielleicht der Wertschätzung des Monarchen für Prof. Mendel geschuldet. Für die Machthaber nach 1933 war das kein Hinderungsgrund, die Marmorbüste des Gründers aus dem Vorgarten zu entfernen und die in der Nähe des Krankenhauses befindliche Mendelstraße umzubenennen. Nach 1945 wurde der Straßenname wieder korrigiert, die Büste blieb unauffindbar. Das Grab von Emanuel Mendel befindet sich auf dem Urnenfriedhof Gerichtstraße in Berlin-Wedding. Durch einen Zufall blieb es in der NS-Zeit erhalten.

Meinen neuen Chef hatte ich schon als Famulus im Krankenhaus Friedrichshain erlebt und war seither von seinem außerordentlichen fachlichen Können beeindruckt. Was er anpackte, wurde korrekt vollendet. Er erschien uns Jüngeren jedoch sehr verschlossen, fast unnahbar, niemals aber überheblich.

Später glaubte ich, eine Erklärung für dieses Verhalten darin zu erkennen, daß er als junger Arzt in Feldlazaretten schlimme Eindrücke sammeln mußte, die seinen Vorstellungen vom Arztsein nicht entsprachen. Erlebnisse zum Kriegsende im Kurlandkessel und später in sowjetischer Gefangenschaft waren wohl ebenfalls nicht geeignet, ein fröhliches Gemüt zu entwickeln.

Wer von Herbert Weber zum Chirurgen ausgebildet wurde, mußte mit dem Handwerk die Theorie beherrschen. War man am nächsten Tag mit ihm für eine Operation eingeteilt, bedeutete das, am Abend zuvor noch einmal Wichtiges nachzulesen, etwa die Entwicklungsgeschichte und Anatomie des zu operierenden

Organs, operationstechnische Details und Pathophysiologie. Der Oberarzt wußte alles, fragte alles, und wenn man dabei blaß aussah, genügte eine spitze Bemerkung von ihm, daß beim nächsten Mal die Vorbereitung noch gründlicher erfolgte. Seine Seminare hießen »Zitronenstunde«, und sie waren es im Sinne des Wortes: Man wurde ausgequetscht.

Bei ihm lernte ich, blutsparend und anatomisch genau zu operieren, und ich versuchte, die zügige Sorgfalt zu übernehmen, die jeder Chirurg im Interesse des Patienten besitzen sollte.

Wir kamen also in ein etwas altertümliches Vorstadtkrankenhaus, das zu modernisieren ich mithelfen sollte. Diese Bemühungen wurden durch höhere Gewalt beschleunigt: Nach sechs Monaten Arbeit in Pankow mußte das Haus wegen nicht belastungsfähiger Decken innerhalb von 14 Tagen geräumt werden. Der 1906 verwendete Bimsbeton war rissig geworden. Als neue, schwere Geräte in die Räume gebracht wurden, zeigte sich das altersbedingte Malheur.

Vom Dach bis in den Keller mußten alle Decken entfernt werden, so daß für zwei Jahre nur die denkmalgeschützte Fassade des Krankenhauses Bestand hatte. Die Versorgung der stationären chirurgischen Patienten erfolgte während dieser Zeit im Klinikum Buch, wohin auch das Personal »verlagert« wurde. Dort, am nördlichen Stadtrand, wurde tagsüber intensiv und zügig gearbeitet – die Nachtdienste waren aber im Vergleich zu denen im Friedrichshain fast erholsam ruhig.

Während der Bauperiode ergab sich für Herbert Weber die Möglichkeit, in der größeren Bucher Klinik die Chefarztposition zu übernehmen. Für seine Nachfolge in Pankow gab es zwei Bewerber, den einen favorisierte der Magistrat, den anderen die Charité – und beide Institutionen konnten sich nicht einigen.

In dieser Situation fragte der Pankower Amtsarzt nach, ob ich mich nicht, quasi als lachender Dritter, bewerben wolle. Ich glaubte, gut ausgebildet zu sein, das Handwerk zu verstehen und auch wissenschaftliches Interesse nachgewiesen zu haben. Aber genügte das alles den Anforderungen des Amtes? Mir wäre fast lieber gewesen, ich hätte noch etwa fünf weitere Jahre klinische Erfahrungen sammeln können und dabei nicht die letzte Verantwortung tragen müssen. Andererseits reizte es mich natürlich, in relativ jungen Jahren eine leitende Position zu übernehmen. Noch dazu in Wohnnähe. Ich konnte das Krankenhaus Pankow in 20 Minuten zu Fuß erreichen, mit dem Fahrrad noch schneller. Der Weg führte durch den Schloßpark, entlang der Panke, und bot zu jeder Jahreszeit wechselnde Eindrücke. Außerdem war mit der Bewerbung ja auch nicht die Verpflichtung verbunden, dort bis zum Ende des Berufslebens auszuharren.

Ich reichte alle Unterlagen ein, wurde in den Berufungskommissionen gewogen, nicht zu leicht befunden und im Alter von 37 Jahren zum 1. Januar 1964 als Chefarzt der Chirurgischen Klinik des Städtischen Krankenhauses Berlin-Pankow berufen.

Bereits im Juni 1963 war mir mitgeteilt worden, daß die Wiedereröffnung der Klinik am Sonnabend, dem 17. August 1963 erfolgen sollte. Ab diesem Tage sollte ich sie kommissarisch leiten. Das schloß ein, mich um geeignetes ärztliches Personal zu bemühen. Ich machte mich also daran, jüngere Mitarbeiter für eine Arbeit in Pankow zu interessieren.

Den ersten Wochenend-Dienst in neuer Funktion, im neu hergerichteten alten Haus mit einer neuen Mannschaft übernahm selbstverständlich ich. So ruhig wie dieser Dienst war nie wieder einer, denn es mußte sich ja erst herumsprechen, daß nach zwei Jahren Bauzeit die Chirurgie in Pankow wieder geöffnet hatte.

Die Patientenfrequenz stieg bald an. Auch die vielen Laubenpieper suchten uns im Bedarfsfall auf. Sie lebten vom Frühling bis zum Spätherbst in den ausgedehnten Kleingartenkolonien der Ortsteile Blankenburg, Buchholz und Heinersdorf – entweder nur am Wochenende oder sogar auch ständig.

Eine Seite des Krankenhausgeländes grenzte an Kleingärten, eine andere an den Schulgarten des Stadtbezirks. Diese ländliche Idylle erinnert noch heute daran, daß Pankow eines der vielen Dörfer war, die zum Ende des 19. Jahrhunderts allmählich in das zur Großstadt werdende Berlin einbezogen wurden. (In der Nähe des Dorfes baute der Preußenkönig 1704 das Schloß Niederschönhausen. Dort quartierte Friedrich II. seine ungeliebte Ehefrau Elisabeth-Christine ein – die etwa acht Kilometer zum Berliner Stadtschloß erschienen wohl für damalige Verhältnisse ausreichend, um nicht erwünschte Besuche zu verhindern.)

Die Forderung des Leipziger Arztes Daniel Schreber (1801-1861), daß die Stadtbevölkerung mit Bewegung in frischer Luft ihre Gesundheit fördern möge, hatte im 19. Jahrhundert fast überall in Europa zur Bildung von Kleingartenkolonien geführt. Mancherorts heißen sie auch zur Erinnerung an ihren Initiator Schrebergärten.

In Pankow gehörten die Unfälle der Laubenpieper zwischen März und November zum Repertoire in Rettungsstelle, Ambulanz und chirurgischer Klinik. Besonders im Wochenenddienst riß die Zahl der sogenannten Bagatellverletzungen nicht ab. Alle waren aber anzusehen und zu versorgen, damit aus einer an sich geringfügigen Ursache kein gesundheitlicher Schaden entstehen konnte. So haben wir trotz der vielen Hautverletzungen mit Kontakt zur Gartenerde keinen einzigen Fall von Wundstarrkrampf (Tetanus) erlebt. (1952 sah ich in Meißen noch vier derartige Erkrankungen, zwei Betroffene starben.) Ohne Zweifel trug der Impfschutz der jüngeren Bevölkerung zu diesem positiven Bild bei. Für die älteren Jahrgänge mußten aber die Vorschriften für die Tetanusprophylaxe noch sorgfältiger beachtet werden, was offensichtlich gelang.

Leichtsinn, Unachtsamkeit und nicht vorherzusehender Zufall spielen bei den Unfällen im Schrebergarten eine genauso große Rolle wie anderswo. Kleingärtnertypisch sind wohl Verletzungen mit Beil, Sense und Rasenmäher. Glatt abgetrennte Kuppen von Fingern oder Zehen sind dabei meist weit weniger folgenschwer, als wenn ein oder mehrere Finger oder Zehen traumatisch amputiert werden. Durchtrennte Sehnen oder Muskeln und eröffnete Gelenke erfordern oft eine aufwendige chirurgische Behandlung.

Das Verbrennen von Gartenabfällen im Frühjahr und Herbst gehörte früher zum üblichen Kleingärtner-Ritual. Eine Rauchvergiftung erlitt dabei aber höchstens der Nachbar. Der das Feuer Anfachende bekam aber schon gelegentlich eine Stichflamme ab, wenn er – entgegen allen Regeln – Benzin oder einen anderen Brandbeschleuniger zum Anzünden benutzt hatte. Daß das

Ingangsetzen eines Gartengrills mit derartigen Methoden zu Verbrennungen führen kann, haben wir wiederholt erlebt. Tödlich ging die Verbrennung eines Kleingärtners aus, die er beim Teeren seines Laubendaches erlitt.

In der Zeit, als Holzleitern noch gebräuchlich waren, ereigneten sich damit eine Reihe schwerer Verletzungen. Es waren Stürze aus unterschiedlicher Höhe, nachdem eine Leitersprosse gebrochen war. Da in den Berliner Kleingärten die älteren Obstbäume meist Hochstämme sind, wurden brechende Äste ebenfalls zur Ursache von Abstürzen. Es war stets tragisch, wenn eine freudvolle und erholsame Betätigung durch einen an sich vermeidbaren Zufall ein schlimmes Ende fand.

So erging es einem Großvater, der für seinen Enkel einige Birnen pflücken wollte. Aus fünf Meter Höhe stürzte er kopfüber vom Baum und erlitt dadurch tödliche Kopfverletzungen. Einen hilfsbereiten jüngeren Mann, der seiner alten Nachbarin die Birnen pflücken wollte, traf es ebenfalls ziemlich schwer. Sein Absturz führte zum Bruch eines Halswirbels – erfreulicherweise ohne Schaden für das Rückenmark. Aber auch die damals noch übliche konservative Behandlung dauerte Monate. Bei diesen und anderen Verläufen stellt man schon zwangsläufig Vergleiche über den Wert des Obstes an, das man ernten wollte, und den eingetretenen gesundheitlichen Schaden.

Ein Kleingärtner schnitt vor der Obsternte einen Strauch in etwa 20 cm Höhe ab, um die Leiter besser stellen zu können. Als er herunterstürzte, fiel er mit dem Brustkorb auf die Stümpfe des Strauches. Von diesen bohrte sich einer bis ins Körperinnere. Die offene Thoraxverletzung, noch dazu durch Gartenerde und Kleiderfasern verunreinigt, heilte aber erfreulicherweise unter entsprechender chirurgischer Behandlung.

An manchen Wochenenden erschienen uns die Bienen und Wespen in den Pankower Kleingärten besonders aggressiv. Allergisch reagierende Patienten boten nach einem Stich schon schwere allgemeine Symptome. Dramatisch wurde die Situation auch, wenn beim Genuß von Obstkuchen ein Insekt mit abgebissen wurde. Der nach einem Stich zuschwellende Rachenraum kann ohne Behandlung zum Ersticken führen.

Kinder im Garten bringen oft Probleme, die nur interdisziplinär zu klären sind. Der ungehemmte Genuß von Obst, Eis und Getränken führt nicht selten zu Bauchbeschwerden. Deren Ursache ist tatsächlich oft eine banale Darmverstimmung, gelegentlich aber auch eine Blinddarmreizung mit ganz anderen Folgen.

Abgeschnittene Zweige animieren im Garten viele Kinder, mit Pfeil und Bogen zu spielen. Augenärzte berichteten, daß schwerwiegende Verletzungen sich in ihrem Fachgebiet häuften, wenn im Fernsehen Indianerfilme liefen.

Dieser Bericht aus dem normalen Betrieb eines Versorgungskrankenhauses (heute: der Grundversorgung) kann keine Schilderung von chirurgischen Glanzleistungen enthalten. Sie bestimmen den Alltag in hochspezialisierten Kliniken. Er weist aber auf Spezifika in den Bereichen hin, wo die Mehrzahl der Kranken und Verletzten rund um die Uhr an sehr vielen Stellen des Landes versorgt worden sind und auch weiterhin versorgt werden müssen.

Die Erinnerung an eigene Lehrjahre nutzend, wurde jungen Ärzten, die ihre Gewissenhaftigkeit unter Beweis gestellt hatten, auch Verantwortung übertragen. Dabei waren Anleitung und Kontrolle ebenso wichtig wie die ständige Wissensvermittlung. Es gab also auch in Pankow Zitronenstunden, aber in etwas liberalisierter Gestaltung.

Obwohl viele Chirurgen Vorbehalte gegen die Tätigkeit von Frauen in diesem Fach mit der Begründung einer geringeren physischen Belastbarkeit haben, wurden Ärztinnen bei mir stets vorbehaltlos akzeptiert. Der von einem Gynäkologen geprägte Ausspruch »Frauen sind mit ihrer linken Hand meist geschickter als Männer mit ihrer rechten« bestätigte sich auch in meiner Erfahrung und war somit eine für die Chirurgie nicht ganz unwichtige Voraussetzung. Männliche Chirurgen mit zwei linken Händen habe ich dagegen einige erlebt.

Bezüglich Gewissenhaftigkeit, Einsatzfreudigkeit und Belastbarkeit konnte ich denjenigen Ärztinnen, die sich für einen Weg in der Chirurgie entschieden und somit sicher vorher diese Voraussetzungen bei sich prüften, keine schlechteren Noten geben als ihren männlichen Kollegen.

Als in der zweiten Hälfte der 50er Jahre ein erheblicher Ärztemangel zu verzeichnen war, bildete man im Beruf erfahrene Schwestern und Pfleger in dreijährigen Lehrgängen zu Arzthelfern aus. Das hatte den Wert eines Fachschulstudiums und war somit der Hochschulreife gleichgestellt. Ich kenne einige dieser Arzthelfer, die nach weiteren Berufsjahren dann ein Medizinstudium absolvierten und als Ärzte ihre sehr großen praktischen Erfahrungen mit Vorteil für die Patienten einsetzen konnten.

In den Pankower Aufbaujahren habe ich Arzthelfer, die sich später Medizinalassistenten nannten, als versierte Mitarbeiter geschätzt, denn ihr Können entsprach dem eines Arztes im 2. oder 3. Ausbildungsjahr. Aufgrund ihrer klinischen Erfahrung konnten sie manchmal sogar einem jungen Facharzt hilfreiche Hinweise geben.

Diese für die chirurgische Tätigkeit in Zeiten personeller Engpässe so wichtigen Mitarbeiter wurden von mir auch dann weiter beschäftigt, als wieder für alle Planstellen Ärzte zur Verfügung standen.

Vom Chefarzt zum Arbeitslosen Nr. 174708

> *Deutschland ist ein gespaltenes Land.*
> *Ein Teil von ihm sind wir.*
> Kurt Tucholsky

Aus den ersten Jahren erinnere ich mich der Mängel im materiell-technischen Bereich: Im OP wurden Gummihandschuhe geflickt und Tupfer ausgewaschen, um in der Rettungsstelle oder auf den Stationen nach Sterilisation nochmals Verwendung zu finden. An Mull- und Gipsbinden herrschte immer wieder Mangel, nicht nur an Glatteistagen. In dieser Situation entwickelten Ärzte und Schwestern großes Improvisationsvermögen, verbunden mit einer hervorzuhebenden Einsatzbereitschaft. Beides konnte durch finanzielle Zuwendungen kaum nennenswert gewürdigt werden.

Bis zum Ende der DDR gab es immer etwas, das dem Streben nach Höchst- oder gar Weltniveau durch Mängel im materiell-technischen Bereich Grenzen setzte. Wir konnten aber alle mit relativ wenigen Instrumenten operieren und lernten eben zu improvisieren. Große Bezirkskrankenhäuser und Universitätskliniken wurden wegen ihrer zentralen Bedeutung besser (wenngleich auch nicht immer ausreichend) versorgt – bis in die etwa 250 kleineren und Kreiskrankenhäuser gelangte noch weniger. Das lag nicht am fachlichen Unvermögen der für das Gesundheitswesen Verantwortlichen, sondern einfach an den geringen Mitteln, die ihnen als Teil der sogenannten nichtmateriellen Produktion zur Verfügung standen. Die kirchlichen Einrichtungen beider Konfessionen waren da wegen der Unterstützung durch ihre reichen »Westverwandten« besser gestellt.

Fast jede praktisch ausgereifte technische Neuerung in der Medizin war in den Krankenhäusern von Diakonie und Caritas noch vor oder zumindest gleichzeitig mit den Universitätskliniken, dem zentralen Lazarett der NVA oder dem Regierungskrankenhaus vorhanden.

Die Suche nach Abhilfe als Bestandteil der Improvisation brachte uns in Pankow etwa seit 1967 die Liaison mit der Sportmedizin. Wir boten eine spezialisierte, dem Bedarf entsprechende Behandlung, erhielten dafür manche Materialien, einen modernen Operationssaal, einige Planstellen, aber auch die Zusage, daß alle diese Dinge ebenfalls für jeden anderen Patienten eingesetzt werden konnten. Das war eine akzeptable Vereinbarung zum beiderseitigen Nutzen. Die Modernisierung des in Pankow übernommenen Erbes geschah kontinuierlich und in Abhängigkeit von der Qualifikation der Mitarbeiter. Sie galt vor allem einer modernen Unfallchirurgie, die es im Krankenhaus Pankow bis 1961 nicht gegeben hatte. Dazu gehörte auch das Einrichten einer fachlich selbständigen Anästhesieabteilung nebst Intensivtherapie, was 1966 erfolgte. Ohne diese Kooperationspartner wären die Möglichkeiten aller operativen Fächer noch auf dem Stand von 1950 – das hatte ich schon im Friedrichshain 1959 begriffen, als mir zehn Monate Hospitation in der Anästhesie deren Bedeutung offenbarten.

Wie es von einem Krankenhaus der Grundbetreuung gefordert wurde, haben wir für etwa 100.000 Einwohner Pankows rund um die Uhr, also auch sonntags und feiertags, die Behandlung chirurgischer Leiden gewährleistet. Daran waren Ambulanz, Rettungsstelle und Klinik beteiligt. Jährlich kamen 7.000 chirurgische Patienten in die Rettungsstelle und 20.000 in die Ambulanz. 3.500 wurden stationär behandelt, davon 2.500 operativ. Nicht jeder Patient der chirurgischen Klinik brauchte also operiert zu werden. Das war zu Zeiten, als die ärztliche Indikation zur Operation oder andersartigen Behandlung das Primat hatte, in allen Krankenhäusern so. Heute, mit dem Primat einer höheren Fallpauschale für Operierte als für konservativ Behandelte, erscheinen Gewissenskonflikte beim Arzt vorprogrammiert, der sich vom Verwaltungsleiter ständig abgemahnt fühlt.

Der Alltag im allgemeinchirurgischen Operationssaal lief bei uns genau so ab wie in vielen anderen Kliniken. Zuerst wurden die Leistenbrüche und Schilddrüsen operiert, danach Gallensteinleiden und abschließend dann Befunde im Magen- und Darmbereich. Es fing also mit den sogenannten sauberen Eingriffen an und endete mit solchen, die infektionsgefährdeter erschienen.

Im Oktober 1977 reihte ich mich selbst als Patient in ein normales Pankower Operationsprogramm ein, nachdem ich drei Tage zuvor im Gefolge einer heftigen Gallensteinkolik gelb geworden war. Ein Gallenstein hatte sich im Gallengang eingeklemmt, verhinderte den Abfluß der Galle in den Zwölffingerdarm und führte zum Symptom der Gelbsucht (Verschlußikterus). Heute wäre das relativ einfach mittels endoskopischer Technik zu behandeln, damals mußte im traditionellen Sinne operiert werden. Mit dem Privileg, sich das Team mit Anästhesistin und Operateuren selbst zusammenstellen zu können, konnte auch manches Subjektive optimiert werden. Dennoch schien nach dem nunmehr vierten passiv erlebten chirurgischen Eingriff die Feststellung berechtigt: »Krankenhäuser haben aus der Horizontalen eine ganz andere Perspektive als aus der Vertikalen.«

Die Tagesroutine gestaltete sich meist kontinuierlich, denn akute Krankheitsbilder, die ein schnelles Handeln erforderten, kamen sehr häufig abends oder nachts. Das waren dann Blinddarmentzündungen, eingeklemmte Leistenbrüche, durchgebrochene Magengeschwüre oder Blutungen im Verdauungstrakt, Darmverschlüsse – also die ganze Palette chirurgischer Notfälle, die den Nachtdienst »erlebnisreich« gestalten und den Einsatz der gesamten verfügbaren Mannschaft erfordern. Dazu kamen dann noch die Folgen von Unfällen, die mit zunehmender Verkehrsdichte zahlreicher und schwerer wurden. Das betrifft nicht nur Knochen und Gelenke, sondern auch die Körperhöhlen (Kopf, Brustkorb, Bauchraum).

Jeder, der in Pankow Chirurg werden wollte, hatte in seinem Ausbildungsplan Hospitationszeiten in der Neurochirurgie und Thoraxchirurgie, um für den Notfall praktische Kenntnisse und

Fertigkeiten zu besitzen. Die in Berlin bestehenden Spezialkliniken, mit denen wir gute Kontakte hatten, übernahmen im Bedarfsfall auch Erkrankte und Verletzte von uns, wenn das therapeutische Optimum dort besser zu erreichen war. Wir haben uns nie gescheut, im Interesse der Patienten andere Bereiche um Rat und Hilfe zu bitten und sind dabei auch nie abgewiesen worden. Gelegentlich und unfreiwillig gerieten wir aber auch in die Belange eines anderen Fachgebietes, wenn nämlich eine Blutung bei Bauchhöhlenschwangerschaft zu einer bedrohlichen Kreislaufsituation geführt hatte. Eine Verlegung in die Frauenklinik wäre dann nachteiliger gewesen als der lebensrettende Eingriff durch den Chirurgen, der auch im Bauchraum Bescheid weiß.

Die Behandlung vieler beim Sport Verletzter führte zwangsläufig dazu, daß in Pankow ein Zentrum für die Behandlung von Kniegelenkläsionen entstand. Das bezog sich auf Schäden aller Gelenkstrukturen im Leistungsalter, nämlich Knorpel, Menisken, Kreuz- und Seitenbänder sowie natürlich auch Knochenbrüche.

Aus eigenem sportlichem Erleben in der Jugendzeit kannte ich die lästigen Schmerzen im Gelenk, die nach häufigen Kniebeugen, Hock-Strecksprüngen oder Stürzen beim Skilauf auftraten. Auch der bei Preußens Gloria von sadistischen Ausbildern immer wieder geforderte »Entengang« mit Karabiner 98K oder 8,8cm-Flakgranate in Vorhalte weckt diesbezüglich unangenehmste Erinnerungen. Für das Anliegen, uns damit hart wie Kruppstahl zu machen, war der Gelenkknorpel einfach zu weich.

Als Medizinstudent lernte ich dann, daß das Kniegelenk mit einigen Superlativen zu bedenken ist: Es ist das größte Gelenk des menschlichen Körpers mit den kräftigsten Bändern und dem größten Sesambein, der Kniescheibe; seine Biomechanik ist am kompliziertesten, weil sie von verschiedenen Komponenten geprägt wird, die für die Funktion anderer Gelenke nicht erforderlich sind; die Verletzungsrate hat in den letzten fünfzig Jahren rapide zugenommen und auch ihren Charakter verändert.

In den Vorlesungen über das Kniegelenk wurden zwei Probleme vordergründig behandelt: die Meniskusverletzungen beim Sportler und bei Arbeitern im Bergwerk sowie die Abnutzungserscheinungen des Knorpels (Arthrose) beim alternden Menschen.

Dem unfallchirurgischen Oberarzt im Krankenhaus Friedrichshain, dem späteren Prof. Janik, durfte ich beim plastischen Ersatz von zerrissenen Kreuzbändern helfen und bekam meine ersten Meniskusoperationen von ihm assistiert. So begann ich, mich für ein Gelenk zu interessieren, dem dann später zunehmend meine fachliche Aufmerksamkeit galt.

Sehr viele Allgemeinchirurgen scheuten noch in den 50er Jahren Eingriffe im Kniegelenk, weil sie und die Patienten Komplikationen im Sinne einer Infektion oder einer Versteifung fürchteten. In meinem ersten chirurgischen Jahr in Meißen habe ich wohl deshalb auch keine einzige Operation im Kniegelenk gesehen.

In darauf spezialisierten Kliniken, vor allem in Bergbau-Regionen, entfernte man jedoch bereits um 1930 relativ viele geschädigte Menisken operativ.

Wenn aber über den plastischen Ersatz von Kreuzbändern berichtet wurde, waren es Serien von maximal 20 bis 30 Patienten. Der Habilitationsschrift von Janik über Kreuzbandverletzungen aus dem Jahre 1953 lagen lediglich 20 plastische Operationen zugrunde.

Vieles, was heute zum Behandlungsstandard von Kniegelenkverletzungen gehört, war zwischen 1880 und 1920 bereits beschrieben worden, ohne daß es weiterreichende Beachtung oder Anwendung in der Praxis fand. 1886 publizierte Annandale in Edinburgh erstmals über das erfolgreiche Annähen eines abgerissenen Meniskus, dem 1900 durch Katzenstein (damals im Jüdischen Krankenhaus Berlin) der diesbezügliche deutsche Erfolgsbericht folgte. 1908 schrieb Büdinger über die Notwendigkeit, gequetschte Gelenkknorpel zu entfernen, um damit ein Fortschreiten des Knorpelschadens zu verhindern. 1917 publizierten Hey Groves (England) und Grekow (Rußland) eine bis etwa 1965 geübte Methode, das vordere Kreuzband zu ersetzen, und um 1920 führten zeitgleich in Japan (Takagi) und der Schweiz (Bircher) die ersten Untersuchungen des Kniegelenkes mit einem optischen Gerät (Gelenkspiegelung = Arthroskopie) durch.

Der breiten Übernahme dieser Erkenntnisse in die Praxis standen dann, wie bei vielen Neuerungen in allen Wissensgebieten, langzeitig geprägte Traditionen und unausgereifte technische Hilfsmittel entgegen. Natürlich trugen auch öffentlich geäußerte gegenteilige Lehrmeinungen und Vorurteile anerkannter Koryphäen des Fachgebietes dazu bei, Entwicklungen aufzuhalten, deren Vorzüge wir heute anerkennen und als Bereicherung unseres Wirkens schätzen. Als Beispiel hierfür seien zwei apodiktische Äußerungen des Leipziger Chirurgen Prof. Erwin Payr (1871-1946) genannt, einem weltweit anerkannten Spezialisten für Gelenkverletzungen. Auf dem Kongreß der Deutschen Gesellschaft für Chirurgie 1926 führte er in seinem Hauptreferat aus: »Die von Bircher empfohlene Endoskopie des Kniegelenks … wird sich kaum in der allgemeinen Praxis einbürgern. Die Gelenkhöhlen sind nun mal keine einfachen Hohlräume, in denen man Umschau halten kann.« Und weiter führte er aus: »Die Entfernung (des Meniskus) ist der Naht, für die Katzenstein immer noch eintritt, weit überlegen. Totalexzision ist besser als Amputation«, d. h. Belassen der Meniskusbasis.

Heute gehört die Arthroskopie zum Diagnostik- und Behandlungsstandard von Gelenkverletzungen, und zwar nicht nur am Knie. Mit feinsten Instrumenten läßt sich sogar in das Innere von Finger- und Kiefergelenken schauen.

Mit Hilfe der Arthroskopie hat sich auch die Erkenntnis durchgesetzt, von einem geschädigten Meniskus so wenig wie möglich zu entfernen, um so die Gelenkmechanik nur gering zu stören und dadurch einer Arthrose besser vorzubeugen. Das Befestigen abgerissener Menisken an ihrer Basis ist in ausgewählten Fällen über das Arthroskop besser zu realisieren als vor 100 Jahren mit einer Gelenkeröffnung.

Schließlich ist auch das Entfernen geschädigter Gelenkknorpel-Areale mit verschiedenen Methoden über das Arthroskop möglich.

Nur mit einem vollwertigen Knorpelersatz ist man bisher über gewisse hoffnungsvoll scheinende Ansätze nicht hinausgekommen.

Da aber der Zustand des Knorpels entscheidend für die Gelenkfunktion ist und sein im Altersgang vorprogrammierter Verschleiß zur Arthrose führt, mußten wir uns als Unfallchirurgen mit

153

dem Thema befassen, das beim älteren Menschen zu einem Problem des Orthopäden wird. Je früher man also eine gestörte Gelenkfunktion erkennt und behandelt, desto besser sind die Aussichten des Betroffenen, ohne oder mit nur geringen Beschwerden alt zu werden. Aus unseren Erfahrungen und einigen Mitteilungen aus dem Schrifttum lernend, propagierten wir in Vorträgen und Publikationen die Notwendigkeit, jede Schädigung der Strukturen des Kniegelenkes so früh wie möglich zu behandeln, um die normale Biomechanik wieder herzustellen und somit dem anderenfalls unweigerlich eintretenden Knorpelschaden vorzubeugen.

Die Fehl- und Überlastung eines sonst gesunden Gelenkes kann ebenfalls die Ursache für den Knorpelschaden werden, sei es durch anatomische Varianten (X- oder O-Beine) oder durch übermäßiges Gewicht. Das kann Fett am Körper sein. Beim Sporttreibenden ist es jedoch eher Eisen, das er sich zum Krafttraining auflädt, um dann Tiefkniebeugen oder Hockstrecksprünge in großer Zahl durchzuführen.

Bereits in den frühen 70er Jahren entdeckten wir bei einer zunehmenden Zahl jugendlicher Sportler als wahrscheinlichste Ursache ihrer Kniebeschwerden ein unzweckmäßiges Krafttraining. Bei Kniebeugen über 90 Grad potenziert sich überdies das Zusatzgewicht. Nach unserem Hinweis an den Sportmedizinischen Dienst wurde jedenfalls veranlaßt, das Trainingsziel »Kraftzuwachs« mit anderer Methodik zu erreichen.

Die Behandlung von Kreuzbandrissen war ein wichtiger Schwerpunkt in unserer praktischen Arbeit zum Thema Kniegelenk. Diese Bänder sind der sogenannte zentrale Pfeiler für ein stabiles Gelenk. Zerreißen sie, und zwar in 95 Prozent nur das vordere Kreuzband, ist die Mechanik unweigerlich gestört. Das führt nach drei bis sechs Monaten zu Knorpelschäden und damit zur Arthrose. Die Kreuzbänder sind trotz erheblicher Festigkeit vor allem gefährdet, wenn es bei fixiertem Fuß im gebeugten Kniegelenk zu forcierten Drehbewegungen kommt, also durch einen Sturz beim Skilauf, wenn sich die Bindung nicht öffnet oder durch einen Drehsturz beim Fußballspiel bzw. im täglichen Leben, wenn der Fuß irgendwo hängenbleibt.

Unter Auswertung eigener Erfahrungen und der Literatur haben wir für Bänderverletzungen die Frühoperation propagiert. In Konsequenz davon wurden in Pankow derartige Läsionen als »Notfälle für das Gelenk« auch sonnabends und sonntags operiert. Die gleich anschließende Rehabilitation konnte den Muskelschwund durch Inaktivität minimieren und somit das funktionelle Endergebnis deutlich verbessern.

1964 beschrieb Prof. Helmut Brückner (1919-1989) in Rostock eine neue Methode zum Ersatz des vorderen Kreuzbandes aus Teilen des ähnlich zugfesten Kniescheibenbandes. Dieses Verfahren schien uns biomechanisch wesentlich besser zu sein, war operationstechnisch einfacher und wegen deutlich besserer Schnittführung im Vergleich zur Groves-Technik auch viel schonender für den Patienten.

Seit 1966 haben wir die von uns modifizierte Brückner-Methode zum Ersatz des vorderen Kreuzbandes angewendet und konnten auf dem 1. Kongreß der »International Society of the Knee« 1979 in Lyon bereits über 200 derartiger Operationen berichten.

Das fand Beachtung und führte zu Kontakten mit vielen Ärzten aus Europa, den USA und Japan. So lud man mich erstmals 1980 in die USA ein, um nach den Olympischen Winterspielen in Lake Placid auf dem anschließenden sportmedizinischen Kongreß in Boston zwei Vorträge zur Kniegelenksproblematik zu halten und auch an Rundtischgesprächen zum Thema teilzunehmen.

Die damaligen Probleme für einen DDR-Bürger, wenn auch dienstlich, in die USA zu reisen, verdienen festgehalten zu werden: Da der Gastgeber die Aufenthaltskosten übernahm, war das ökonomische Problem umgangen, welches wegen der chronischen Devisenknappheit der DDR diese ohne Zweifel nicht nur ehrenvolle, sondern auch sonst schöne Reise hätte zur Illusion werden lassen können. Für das Einreisevisum in die USA mußte ein Fragebogen der dortigen Immigrationsbehörde ausgefüllt werden, der eine Fülle von Details vorgab. Diese – mancher Dienstreisende wird sich erinnern – bezogen sich auch auf Tätigkeiten in Organisationen, von denen man jenseits des Atlantik annahm, daß ihre Mitglieder die dortige Gesellschaftsordnung gewaltsam stürzen wollten. Trotz entsprechender bejahender Angaben zur Organisationszugehörigkeit erhielt ich aber das Einreisevisum. Die Hinflugroute war devisensparend vorgegeben: mit der Interflug bis Amsterdam und von dort mit der rumänischen TAROM bis New York. Der Transatlantik-Rückflug sollte am 14. März 1980 mit der polnischen LOT bis Warschau erfolgen und von dort weiter nach Berlin. Das Argument, daß ich bei meiner knappen Zeit ungern aus der Meile sieben Viertel machen wolle und bei einem kürzeren Flugweg dann lieber einen Tag früher zurückkäme, wurde schließlich akzeptiert, und so konnte ich am 13. März 1980 wieder über Amsterdam nach Berlin zurückkehren. Das Insistieren auf dieser Variante rettete mir das Leben, denn die Il 62 der LOT, die am 14. März in New York startete, stürzte beim Landeanflug vor Warschau ab. Keiner der Insassen überlebte.

Da ich einen Tag vorher in Amsterdam für Anneliese ein blühendes Gewächs zur Begrüßung gekauft hatte, heißt diese Art bei uns jetzt aus erfreulichem Anlaß Überlebens-Amaryllis.

Die Altstadt von Boston ist ein guterhaltenes Stück von Old England in New England. Das berührt den Europäer schon positiv. Die Speicher am Hafen sind zu attraktiven Appartements umgestaltet worden, und manches Bauwerk erinnert an den Beginn der Unabhängigkeitskriege vom Mutterland vor mehr als 200 Jahren.

Die freundliche Hilfsbereitschaft der amerikanischen Kollegen kam mir schon am Ankunftstag zugute: Meine Reisetasche wurde von kräftiger Hand in New York auf das Förderband geworfen, das zum Shuttle-Flugzeug nach Boston führte. Dabei zerbrach eine Flasche armenischen Kognaks, den ich als Gastgeschenk mitführte. Das Schlimmste an diesem Malheur war, daß etwa die Hälfte der Dias, die ich für die Vorträge benötigte, alkoholdurchtränkt und damit unbrauchbar waren. Da Vorträge zu medizinischen Themen von der optischen Demonstration der Fakten getragen werden, war also mein Kongreßauftritt mit einem erheblichen Handicap versehen. Im Fotolabor des Massachusetts General Hospital, dem Klinikum der Harvard-Universität, wurden kurzfristig neue Tabellen und Diagramme angefertigt und die Gastgeber kündigten den ersten meiner Vorträge mit der humorvollen Bemerkung an, daß die Dias nach Alkoholspülung und ablecken jetzt ohne Zweifel viel besser zu erkennen sind als ursprünglich.

Da die DDR-Sportler zuvor in Lake Placid überraschend die Nationenwertung gewonnen hatten, brachte mir das einen Bonus bezüglich unvoreingenommener Aufmerksamkeit – aber der Inhalt meiner Vorträge konnte auch dem hohen fachlichen Niveau der Tagung entsprechen, zumal in, wie ich meine, gutem Englisch dargeboten.

In der Diskussion hatte ich mitunter erhebliche Schwierigkeiten, die Kollegen aus den Südstaaten der USA zu verstehen. Dabei trösteten mich jedoch die Nordstaatler, daß auch sie gelegentlich Verständigungsprobleme hätten. Mir war ähnliches aus meiner Zeit in Sachsen und beim Anhören von Plattdeutsch oder Urbayerisch selbst für deutsche Idiome geläufig.

Die US-offizielle Kampagne gegen die Olympischen Sommerspiele 1980 in Moskau mit der Begründung der UdSSR-Intervention in Afghanistan kam auch in der Begrüßungsrede eines Politikers zum Ausdruck. Das beeinträchtigte zwar nicht die Atmosphäre zwischen den Kongreßgästen, ließ einen aber den Kalten Krieg nicht vergessen.

Geselliger Höhepunkt aller Ärztetagungen, die ich im In- und Ausland besuchte, war der Festabend. Er erfreut sich bei denen großer Beliebtheit, die ein Gespräch mit alten oder neuen Bekannten nicht nur auf die Tagungspausen beschränken möchten. Hat der Veranstalter spendable Sponsoren, werden die Speisen auf einem kalten Buffet angeboten. Das ist nutzerfreundlich – aber nur in bezug auf bessere Möglichkeiten zur individuellen Auswahl. Ansonsten erschließen sich aus diesem Angebot für Verhaltensforscher hervorragende Möglichkeiten für Feldstudien. Das begreift der Besucher derartiger Veranstaltungen spätestens beim zweiten Ma(h)l. Welcher Schriftsteller auch immer den Begriff der »Schlacht am Kalten Buffet« geprägt haben mag – die Vielfalt des dort zu beobachtenden militärischen Nahkampfverhaltens ist damit nur angedeutet. Am besten ist natürlich, man hat vorher gespeist und ist somit nicht darauf angewiesen, sich in das Getümmel zu stürzen. Aber auch starke Charaktere mit vorhandenem Sättigungsgefühl können durchaus Appetit aufgedrängt bekommen, wenn sie die ästhetische Gestaltung der Tafel erblicken: tranchierte Spanferkel, deren Augäpfel durch Kirschen oder Erdbeeren ersetzt wurden, oder Fische, denen irgendein grünes Blatt quer im Maul steckenblieb. Fleisch aller Sorten und Zubereitungsarten in Reihen oder als Schachbrett angeordnet und vielfältigst drapiert. BSE und MKS waren zur Zeit meiner derartigen Erlebnisse noch unbekannt, hätten aber dank der optischen Vielfalt kulinarischer Reichhaltigkeit wohl nur wenige Ängstliche vom Zugreifen zurückschrecken lassen. Diese hätten sich dann den Herbivoren zugesellt, an die ebenfalls mit Spargelspitzen, Pilzen, Artischocken und anderen pflanzlichen Produkten gedacht wurde.

Liberale Vegetarier fanden Hühner- oder gar Wachteleier im Angebot, die noch zusätzlich mit einem Klecks von Lachs- oder Störeiern garniert worden waren.

Kurzum: Auch wegen früherer trüber Erfahrungen bereits gesättigt zum Festabend Erscheinenden klingen beim Anblick des Kalten Buffets Pawlows Glocken, und sie fühlen sich ins Gewühl gezogen. Magnifizenzen, Spektabilitäten, Ordinarien, Habilitierte, Promovierte und akademisch weniger Qualifizierte sind sich in ihrem Drang zu den Fleischtöpfen des jeweiligen Gastgebers und der Sponsoren einig. Beine, Bäuche, Beckenknochen, Schultern und Ellenbogen werden ohne Respekt vor dem wissenschaftlichen Ruhm des Konkurrenten im Nahkampf eingesetzt, um wenigstens einer Hand den Griff in die Köstlichkeiten zu ermöglichen. Die andere Hand (bei Rechtshändern die linke) hat einen oder gar zwei Teller zum Aufladen des Ergriffenen zu halten. Der body-check eines Kontrahenten führt zum Intimkontakt des Sakkos mit irgendeiner hierfür ungeeigneten Speise – im Zweifelsfall immer mit Mayonnaise. Heruntergefallene Eier oder Lachsscheiben wirken genauso wie Hundekot auf der Straße: Man rutscht aus. Am Rande des Schlachtfeldes erfreuen sich die Sieger nebst Partner(in) der Beute in Gestalt wohlgefüllter Teller. Es sammeln sich dort aber auch die Blessierten mit weißen Flecken an allen möglichen und unmöglichen Stellen ihrer dunklen Anzüge. Das läßt dann schon die Frage nach dem Wert eines solchen Spektakels aufkommen, in dem auch kluge Leute mitunter nicht als Homo sapiens agieren, sondern sich eher wie in Darwins »Kampf ums Dasein« aufführen.

Auch mir wurde ein kaltes Buffett einmal zum Negativerlebnis. Im geschichtsträchtigen Festsaal des Waldstein-Palais in Prag war für die Teilnehmer an einem europäischen Kongreß das Kulinarium aufgebaut. Eingedenk meiner Erfahrungen mit Nahkampfsüchtigen hatte ich mich in der letzten Reihe postiert. Dort erwischte mich dann die Mayonnaise, die vom Teller eines schon Erfolgreichen schwappte, der sich aus dem Gedränge wand.

Daß Damen nicht weniger brachial auf Empfängen sind, erlebten wir einmal im Kongreßpalast des Kreml – ebenfalls anläßlich eines europäischen Ärztekongresses. Eine international renommierte Wissenschaftlerin aus der Bundesrepublik war wohl so sehr auf ihre schlanke Linie bedacht, daß sie reihenweise mit Hilfe eines Teelöffels die halben Hühnereier von ihrer Kaviar-Garnierung befreite und nur die Fischeier zu sich nahm. Hemmungen ob dieses Tuns bemerkten wir bei ihr aber nicht.

Das letzte diesbezügliche Erlebnis hatte ich beim Kongreß der europäischen Gesellschaft für Kniegelenkchirurgie und Arthroskopie (ESKA) im Juni 1990 in Stockholm. Da gerade während dieser Zeit im heimatlichen Pankow der neu ins Amt gewählte Stadtbezirksarzt meine Eliminierung aus dem Krankenhaus verfügte, sind mir die angenehmen Eindrücke gerade dieses Kongresses in besonders guter Erinnerung. Der Empfang fand im Rathaus der schwedischen Hauptstadt statt, wo auch alljährlich das Bankett für die Nobelpreisträger gegeben wird. Die Chairmann-Dinner der ESKA, denen ich beiwohnte, trugen sich 1984 an Bord eines (West)Berliner Haveldampfers zu, in Basel (1986) speisten wir in einem mittelalterlichen Schützenhaus, in Amsterdam zwei Jahre später passierte es in einer ehemaligen Kirche – die Festreden kamen von der Kanzel. 1990 tafelten wir in einer Stockholmer Markthalle: Hummer, Lachs, Krabben, Kaviar und Weißwein aus Australien …

Achillessehnenverletzungen

Früher wußte jeder Gymnasiast, wie Achilles, der schnellste Läufer unter den griechischen Helden, zu Tode kam: Ein von Apollo gelenkter Pfeil traf ihn tödlich an seiner einzigen verwundbaren Stelle, der Ferse. So schildert es jedenfalls Homer. Mit zunehmender beruflicher Erfahrung kommen einem aber erhebliche Zweifel an dieser Darstellung. Wissenschaftlich zu begründen wäre die Episode aus dem trojanischen Krieg durchaus wie folgt: Die beiden kräftigen Sehnen, welche die Kraft der Wadenmuskulatur auf das rechte und linke Fersenbein übertragen, waren bei dem ausdauernden Läufer Achill stets erheblich belastet. Er selbst war aus dem jugendlichen Alter heraus, und somit waren auch schon erste Degenerationsherde in seinen Sehnen vorhanden, welche deren Rißfestigkeit herabsetzten. Eine weitere Belastung für ihn und damit sein Binde- und Stützgewebe war es, den im Kampf getöteten Hektor noch um das von den Griechen belagerte Troja herumzuschleifen. Bei einem der nächsten Zweikämpfe mit ständigem Herumspringen oder auch einem schnellen Antritt, um einer Überzahl von Gegnern zu entkommen (selbst Helden ergreifen mitunter die Flucht), war die vorgeschädigte Sehne der erheblichen Beanspruchung nicht mehr gewachsen und zerriß. Achill stürzte aus der Bewegung plötzlich zu Boden, konnte sich im Liegen nicht mehr seiner Gegner erwehren und wurde von ihnen getötet.

Eine akzeptable Erklärung wäre ohne Zweifel auch die offene Durchtrennung der Sehne, etwa durch den von Apollo gelenkten Pfeil. Eine tödliche Verletzung wäre das aber nicht gewesen. Erst das Hinstürzen ließ Achill in der eisenhaltigen Umgebung von Troja zum Todeskandidaten werden. Seit dieser Zeit heißt jedenfalls eine der größten Sehnen des menschlichen Körpers im Volksmund und bei Ärzten Achillessehne. Übrigens auch lateinisch: *tendo Achillis calcaneus*, anglo-amerikanisch *Achilles tendon*, französisch *Tendon d'Achille*, russisch *Achillovo suchojilije* und polnisch *sciegno Achillesa*.

Mit Zunahme der Trainingsbelastung bei Spitzenathleten sowie der Dauerbelastung auch im Freizeitsport (Jogging, Tennis, Squash) und im Beruf (Ballett) hat seit etwa 1950 die Zahl der Achillessehnen-Läsionen ebenfalls zugenommen. Das sind einerseits schmerzhafte Schwellungen des Sehnengleitgewebes (Paratenon), welche das Laufen und Springen erschweren oder unmöglich machen. Viel schwerwiegender bezüglich der Funktion sind allerdings teilweise oder vollständige Risse der Sehne. Sie ereignen sich während der Bewegung, wobei der oder die Betroffene einen heftigen Schlag in der Fersengegend verspürt. Nahestehende hören oft ein knallartiges Geräusch.

Ursache und Folgen der Gleitgewebsreizung (Achillodynie) kann ich aus eigenem Erleben schildern. Nachdem ich fast 30 Jahre nicht mehr sportlich gelaufen war, überredete mich während eines Urlaubs ein Professor der Sportwissenschaft, es doch einmal mit Jogging zu versuchen – er würde mich auch anleiten. Es wurde ein voller Mißerfolg. Das Anfangspensum von täglich zwei Laufkilometern führte bereits nach einer Woche zur deutlichen Schwellung über beiden Achillessehnen, und es schmerzte jeder Schritt – schon beim Gehen. Die Schwellung war so eindrucksvoll, daß ich sie fotografieren ließ. Die Bilder konnten bei Vorträgen und Publikationen fortan als Beispiel einer typischen Achillodynie gezeigt werden.

Der Reizzustand des Sehnengleitgewebes hat seine Ursache in einer für den Betroffenen individuell zu hohen physischen Belastung. Andere Menschen mit einer genetisch bedingten höheren Belastbarkeit ihres Bindegewebes vertragen selbst größere Trainingsumfänge und -intensitäten ohne Reaktion. An den Achillessehnen widerspiegelt sich also ebenfalls ein heutiges Problem für die ärztliche Betreuung von Sportlern: Ihre durch Training zu entwickelnde Leistungsfähigkeit wird durch individuelle Unterschiede im Belastbarkeitspotential des Bindegewebes eingeschränkt und differenziert. Da Bindegewebe in allen Organen und Organsystemen zu finden ist, können somit nicht nur Sehnen und ihre Ansätze, sondern auch Knochen, Knorpel und Bandscheiben auf die Überlastung mit Krankheitssymptomen reagieren.

Viel dramatischer als die schleichend entstehende Achillodynie ist der plötzliche Riß der Sehne bei akuten Belastungen, etwa beim Start zum Lauf, beim Abspringen oder Landen nach einem Sprung. Der dabei verspürte Schmerz und die vorübergehende Haltlosigkeit lassen die Betroffenen meist zu Boden gehen – wie es eben auch dem Griechen Achill vor dem belagerten Troja erging oder dem 400m-Hürdenläufer Christian Rudolph bei den Olympischen Spielen 1972. Im Semifinale in Führung liegend, überstand seine Achillessehne nicht die Belastung beim Landen nach der letzten Hürde. Mit einem rißbedingten Sturz mußte auch die Hoffnung auf einen Erfolg im Endlauf begraben werden.

Etwa zwei Drittel aller dieser Sehnenrupturen ereignen sich durch oder während sportlicher Betätigung, die meisten allerdings im Freizeitsport der etwas Älteren. Letzte Ursache hierfür sind degenerative Veränderungen, welche jenseits des 30. Lebensjahres die Rißfestigkeit der Sehne deutlich mindern können. Somit erleidet der reifere Chef, der seiner deutlich jüngeren Sekretärin beim Betriebssportfest zeigen will, wie fit er noch ist, nicht selten das Schicksal des Achill: Die nach dem Griechen benannte Sehne reißt kurz nach dem Start zum 100m-Lauf, beim Volleyball oder beim Kegeln.

Unsere Pankower Erfahrungen mit 140 Achillessehnenrissen wurden 1986 in einer Promotionsschrift ausgewertet. Kuriose Unfallursachen waren Sehnenrisse beim Verfolgen eines Einbrechers, beim Springen auf einen Tisch, beim Tanzvergnügen und einmal auch eine doppelseitige Ruptur: Beim Loslaufen zum Erreichen einer Straßenbahn riß zunächst die rechte Sehne und beim einbeinigen Weiterhüpfen hielt dann auch die linke der Belastung nicht mehr stand.

Unsere Erfahrungen zeigen, daß sich mit einer möglichst frühzeitigen Naht die Funktion am besten wieder herstellen läßt. Eindrucksvoller Beleg für dieses Vorgehen ist ein damals fast 75jähriger Wissenschaftler. Der als Kreislaufforscher international renommierte Prof. W. unterstrich eine seiner Arbeitshypothesen durch Laufen in der Freizeit. Die dabei erlittene Ruptur einer Achillessehne wurde bei uns operiert. Nach der entsprechenden Rehabilitation lief Prof. W. weiter, wenn auch nach Umfang und Intensität reduziert.

Offene Verletzungen der Achillessehne traten früher in ländlichen Gegenden öfter auf und wurden dort durch Sensen- oder Sichelschnitte verursacht. Auch Glasscherben in Badegewässern können dazu führen. Unsere zwei derartigen Beobachtungen ereigneten sich einmal durch die scharfe Kante eines Bleches und zum anderen durch einen Hundebiß. Wegen der bei einem Tierbiß stets gegebenen Infektionsgefährdung unternahmen wir keinerlei Versuch einer primären Naht und mußten darüber hinaus erleben, daß sich größere Anteile der zerbissenen Sehne abstießen und entfernt werden mußten. Das verzögerte den Verlauf erheblich.

Verletzungen von Radfahrern

Unfälle von Radfahrern im Straßenverkehr haben oft schwerwiegende Folgen, weil die Betroffenen vor dem Sturz noch einem heftigen Trauma durch ein Kraftfahrzeug ausgesetzt sind. Beim sportlichen Radfahren ist man während des Trainings auf der Straße ähnlich exponiert. Während der Wettkämpfe ist jedoch durch entsprechende Sicherungsmaßnahmen das Risiko der Fremd-einwirkung weitgehend ausgeschaltet. Dennoch kommt es infolge Kollision mit Konkurrenten oder durch technische Defekte immer wieder zu Stürzen. Aufgrund der beim Radsport erreichbaren Geschwindigkeiten – auf der Bahn bis 70 km/h, auf der Straße bergab über 80 km/h – können diese Unfälle erhebliche Folgen haben. Die Bandbreite erstreckt sich von leicht bis tödlich, also von Hautabschürfungen und Platzwunden über Knochenbrüche bis zur Verletzung innerer Organe und des Gehirns.

Wir behandelten viele der auch international erfolgreichen Straßen- und Bahnradsportler der DDR. Eine häufige Verletzung war der Schlüsselbeinbruch. Diese Fraktur entsteht meist durch Sturz auf den vorgestreckten Arm und heilt fast immer unter konservativer Behandlung nach vier bis sechs Wochen aus. Während dieser Zeit ist der Schultergürtel nicht voll belastbar, was aber im Radsport erforderlich ist. Das begründete unsere Einstellung, bei Radsportlern und anderen Athleten das gebrochene Schlüsselbein operativ zu stabilisieren. Damit sollte die knöcherne Ausheilung in anatomisch idealer Position bei gleichzeitig gegebener zunehmender Belastbarkeit erreicht werden. Wir wollten damit auch Sportlern, die sich jahrelang auf Wettkämpfe vorbereitet hatten, ihre Chance erhalten, beste Leistungen im bevorstehenden Wettkampf zu zeigen.

Ohne Rehabilitation als wichtigem Bestandteil der Behandlung wäre diese aber nicht erfolgreich abgelaufen. Hier hatten nun Radsportler echte Vorteile: ihre sportartspezifische Belastung läßt sich ideal auf dem Hometrainer simulieren. Somit war der Trainingsverlust durch Unfall und Operation relativ gering zu halten. Fast alle bei uns operierten Radsportler konnten so ihren früheren Erfolgen auf der Straße oder Bahn noch weitere hinzufügen.

Einen sicher unbeabsichtigten Rekord an erforderlichen Behandlungen im Krankenhaus Pankow stellte der Bahnradsportler Ralf K. (geb. 1958) auf. Während seiner aktiven Zeit von 1975 bis 1986 mußte er über zwanzigmal stationär behandelt werden. Er brach sich viermal das linke und einmal das rechte Schlüsselbein sowie einmal beide Unterarmknochen links. Die Knochenbrüche machten entsprechende Operationen erforderlich. Konservativ konnten Gehirnerschütterungen, Prellungen und eine flächenhafte Hautabschürfung der linken Körperseite behandelt werden. Verletzungs- und Behandlungsfolgen beeinflußten das sportliche Können des stets fröhlich-optimistischen Ralf K. nicht sehr deutlich: Er stellte einen Weltrekord auf, indem er seinerzeit die letzten 200 Meter auf der Bahn in 10,36 Sekunden sprintete. Bei Radsprint-Weltmeisterschaften wurde er einmal Zweiter, dreimal Dritter und zweimal Vierter. Vielleicht fehlte ihm zum ganz großen Erfolg, dem Weltmeistertitel, eben doch etwas an physischer und mentaler Kondition, die im Krankenhaus und in der Rehabilitationsklinik nicht ideal zu erwerben sind.

Weiterbildung

In Pankow hatten wir nicht nur Hospitanten aus allen Teilen der DDR, die wir mit unseren Arbeitsergebnissen vertraut machten. Sie kamen auch aus der Bundesrepublik, aus Österreich, der Schweiz, den Niederlanden, Finnland, Jordanien, Guinea und den USA. So blieben Einladungen zu Vorträgen über unser Spezialgebiet nicht aus, und ich nutzte ich oft die Gelegenheit, in Kliniken vor Ort deren Arbeitsmöglichkeiten und Methoden anzusehen. Einmal wurde ich beim Betreten eines Operationssaales in Berlin (West) dem bereits tätigen Team vorgestellt: »Das ist Herr Franke aus Pankow«. Der Operateur, Prof. W., der Aussprache nach ein Bayer, meinte nach einer Weile erstaunt zu mir: »Aus Bangkok san's, da sprechen's aber guat Deitsch.« Ein Thailänder bei ihm als Hospitant schien wohl wahrscheinlicher als einer aus der DDR.

In München entschuldigte Prof. A. 1987 sehr freundlich meine Herkunft: »Berliner san's nur halbe Preißen.«

Aus gemeinsamen fachlichen Interessen erwuchsen oft langjährige Kontakte. Die Bekanntschaft mit Dr. Bernhard Segesser (geb. 1942) kam 1975 in Warwick/England ziemlich zufällig zustande. Dort tagte die internationale Olympiaärzte-Vereinigung, mit der ich eigentlich nichts zu tun hatte, auch wenn wir in Pankow viele DDR-Olympioniken behandelten und gelegentlich auch einmal Spitzensportler aus einem anderen Land. Offizieller Arzt der DDR-Olympiamannschaft war der jeweilige Chef des Sportmedizinischen Dienstes, zur damaligen Zeit mein Studienkollege Dr. Günter Welsch (1922-1976). Welsch sprach nicht sehr gut Englisch und wollte seinem chirurgischen Konsiliarius etwas Gutes tun. Daher nahm er mich anstelle eines Dolmetschers mit. Da die Oberärzte in Pankow fachlich qualifiziert waren, konnte der Chef die Möglichkeit eines Tagungsbesuches mit für ihn etwas ungewöhnlichem wissenschaftlichen Profil wahrnehmen. In der Medical Commission des IOC wurde damals überwiegend zur Problematik der medikamentösen Beeinflussung sportlicher Leistungen (Doping) und deren Verhinderung diskutiert. Weil die Muttersprache der meisten Teilnehmer nicht Englisch war und philosophische Themen nicht erörtert wurden, konnte ich dem Mitreisezweck gut entsprechen. Ich erhielt als Außenstehender aber gewisse Einblicke, wie sich alle bemühten, den Erwartungen der Öffentlichkeit zu entsprechen, dabei aber nicht ihre Praktiken so zu offenbaren, daß andere daraus Nutzen ziehen konnten. Für einen gradlinigen Chirurgen wie mich eine ungewohnte Veranstaltung – mit vielen allgemeinen Reden und darin vorherrschendem Konjunktiv. Inoffiziell kam man sich näher, und an einem Abend sagte mir der Orthopäde Bernhard Segesser, der über Jahrzehnte als Arzt die Schweizer Olympiamannschaft betreute, daß er viele Anregungen für seine Tätigkeit aus meinen Publikationen erhalten habe.

Solch Aussage erfreut jedes Autorenherz, ich mache da keine Ausnahme. Da der Austausch von Ideen und Erfahrungen die Grundlage eines jeden fachlichen Erfolges ist, bereicherten sehr fundierte Arbeiten von Segesser auch die 3. Auflage meiner »Traumatologie des Sports«. Diese galten Problemen der Fehl- und Überlastung des Binde- und Stützgewebes beim Sport, also einem weltweit bedeutenden Phänomen. Beschwerden an kleinen und großen Gelenken, an Knochen, Sehnen und Sehnenansätzen behindern die weitere sportliche Betätigung oder machen sie unmöglich. Die letzte Ursache ist immer in dem Mißverhältnis zwischen der individuell sehr unterschiedlichen, weil genetisch bedingten Belastbarkeit des Bindegewebes und der tatsächlich erfolgenden Belastung zu suchen. Die Grenzen im Training auszuloten und alle Reserven auszuschöpfen ist entscheidend für den angestrebten Erfolg, der somit durch Kenntnisse und Erfahrungen von Trainer und Arzt bestimmt wird. Vom Prinzip her ist das im Kinder- und Jugendsport genauso wichtig wie für den Freizeit-Läufer oder -Tennisspieler. Öffentlich wird das Problem aber erst bei den Topathleten, wenn etwa Knorpel-schäden, Achillessehnenbeschwerden oder Streßfrakturen sie aus dem Rennen um Geld und Medaillen werfen. (Auf dem Symposium, das anläßlich meines 70. Geburtstages im Festsaal des Pankower Rathauses veranstaltet wurde, hielt »Berni« Segesser einen wissenschaftlich sehr fundierten Vortrag zu diesem Komplex.)

Zu Beginn unserer Bekanntschaft vermittelte er mir die Einladung, in der Chirurgischen Universitätsklinik in Basel über das verletzte Kniegelenk zu sprechen. Daß dieser Auftritt im Oktober 1978 in jenem Hörsaal stattfand, wo der weltberühmte Chirurg Rudolf Nissen in seinen letzten Amtsjahren Vorlesungen gehalten hatte, berührte mich sehr.

Neben dem fachlichen Anliegen haben mich am jeweiligen Aufenthaltsort stets kulturhistorische und landschaftliche Besonderheiten interessiert. So zeigte man mir das alte Basel, und bei einer anderen Gelegenheit sah ich auch den Umzug der sich starr bewegenden maskierten Trommler und Pfeifer, der den äußerlich ganz anderen Charakter der alemannischen »Fasnacht« verdeutlicht. Das Üben der jeweiligen Cliquen für das Februarereignis ist aber ganzjährig aus vielen Häusern zu vernehmen.

Bereits beim ersten Aufenthalt in der Schweiz fiel mir das politökonomisch bedingte Phänomen auf, daß es dort weitaus mehr Banken als Bäckerläden gibt. In den letzten zehn Jahren des 20. Jahrhunderts entstand dieses optisch auffällige, aber zugleich systemtypische Mißverhältnis dann auch im Osten des Landes meiner Geburt.

Zur Zeit meines Vortrages in Basel war der spätere Prof. Dr. Werner Müller (geb. 1933) unfallchirurgischer Oberarzt der Uni-Klinik. Er wurde danach Chefarzt in Basel-Bruderholz und erwarb sich durch seine wissenschaftlichen Arbeiten zu Problemen des verletzten Kniegelenkes große internationale Anerkennung. Wir wurden nicht nur auf dieser Strecke Brüder im Geiste, denn seine feinsinnige Art machte jede Begegnung zu einem angenehmen Erlebnis. 1984 wurde die europäische Gesellschaft für Kniechirurgie und Arthroskopie (ESKA) gegründet, und Müller wurde ihr erster Präsident. Der Kongreß fand im ICC am Funkturm statt, damals noch Berlin-West. Bei dem für Schweizer problemlosen Besuch in Berlin – damals noch Hauptstadt der DDR – konnte ich als Amateurstadtführer meinen Gästen die Sehenswürdigkeiten der Innenstadt zeigen und manches von meiner Sicht auf die Dinge vermitteln.

Die ESKA entstand aus einer Idee des Schweden Prof. Ejnar Eriksson (geb. 1929), daß man Interessenten am sich weltweit verbreitenden medizinischen Problem »Kniegelenksverletzungen und Gelenkspiegelung« zusammenführen solle. Nur durch eine internationale Zusammenarbeit ließen sich verbindliche Standards für Diagnostik und Therapie entwickeln sowie Weiterbildung und Wissenschaft fördern. Als DDR-Vertreter wurde ich in den Vorstand der ESKA gewählt und verblieb dort bis 1990. Für mich war diese Zeit reich an Begegnungen mit profilierten Persönlichkeiten, woraus sich eine wissenschaftlich anregende Kooperation zum allseitigen Nutzen ergab.

Ejnar Eriksson kann Kongreßvorträge und Konversation fließend in mehreren Sprachen bestreiten, ist Ausdauersportler und Foto-Fan, spielt Klavier (am liebsten Bach) und ist an aller Technik interessiert. Vor allem ist er ein guter ärztlicher Spezialist mit einer soliden wissenschaftlichen Basis. Ejnar kennt Gott und die Welt, möchte und kann alles organisieren und ist ein begnadeter Unterhalter – das neudeutsche Entertainer würde diese Gabe natürlich genauso umreißen. Bis zu seiner Heirat mit Suzanne wurde eigentlich nur eine Schwäche offenkundig: Zu fast jedem Kongreß, auf dem wir uns trafen, erschien er mit einer anderen gutaussehenden Dame. Später sagte er dazu einmal, er fände zunehmend, daß auch das Gras im Garten des Nachbarn nur grün sei …

Jahrelang neckte mich Ejnar damit, daß er mich offiziell als aus Öst-Tyskland kommend ankündigte. Als es mir endlich gelungen war, stattdessen ein *Tyska Dem. Rep.* (schwedisches Synonym für DDR) bei ihm zu engrammieren, hatte sich dieses Problem erledigt.

Dr. Rudolf Reschauer (geb. 1943) war junger Assistenzarzt in Linz, als er im Oktober 1971 von seinem damaligen Chef Dr. Suckert den Auftrag erhielt, sich eines Gastes aus der DDR anzunehmen. Dieser hatte die Gelegenheit genutzt, nach dem Unfallkongreß in Salzburg den Linzer traumatologischen Kliniken noch einen Hospitationsbesuch abzustatten. In einem offenen Porsche 911 T wurde also dem Gast aus dem deutschsprechenden Osten nach dem Op.-Programm noch das Waldviertel nördlich der Donau gezeigt. Die dabei zwischen den Ortschaften spielend herausgefahrenen Geschwindigkeiten bis 200 km/h ließen den etwas älteren Unfallchirurgen deutlich blasser aussehen als am Vormittag. Dachte er dabei auch an das erst vor wenigen Tagen auf dem Kongreß zum Thema Schädel-Hirn-Trauma Gehörte. Die Erinnerung an jene rasante, aber dabei gekonnt-sichere Autofahrt tauchte immer wieder auf, wenn wir uns später trafen. Dazu war öfter Gelegenheit, denn Prof. Dr. Reschauer kam nach seiner Ausbildung zum Chirurgen und Orthopäden und einer erfolgreichen Universitätslaufbahn in Graz zu vielen Tagungen in die DDR. Mit fundiertem Wissen und glänzender Rhetorik bereicherten seine Vorträge jeden Kongreß. Als Sportflieger verhalf er uns 1989 zu einer eindrucksvollen Sicht auf das Dachsteingebirge. Da es ihm in Berlin immer gut gefiel, entschloß sich Prof. Reschauer im Mai 2000, dem Team der Tagesklinik Esplanade in Pankow beizutreten. Wir sind über diese fachliche und menschliche Bereicherung sehr froh.

Es ist mir ein besonderes Bedürfnis, zweier weiterer treuer Freunde zu gedenken, die in meiner aktiven Zeit engen Kontakt zur DDR-Unfallchirurgie pflegten und uns somit an den technischen Entwicklungen, wissenschaftlichen Problemen und internationalen Tendenzen teilhaben ließen. Ihre selbstlose Hilfe kam somit auch unseren Patienten zugute. Die Begegnungen mit Walter Bandi (1912-1997) und Erich Jonasch (1922-1997) haben mir stets neue Erkenntnisse vermittelt.

Prof. Walter Bandi war Ingenieur und Chirurg, ein gradliniger exakter Schweizer, ehrlich und prinzipienfest. Er war einer der Gründungsväter der Schweizerischen Arbeitsgemeinschaft für Osteosynthesefragen, in der die heute weltweit anerkannten Regularien und Techniken der operativen Knochenbruchbehandlung entwickelt wurden. Unvergessen bleibt mir sein Hinweis auf die Notwendigkeit, in der Medizin biologische Gegebenheiten höher zu bewerten als das kalendarische Alter. In seiner Klinik in

Interlaken den Schienbeinbruch eines älteren Mannes operierend, sagte er mir auf eine diesbezügliche Frage: »Wenn ein 70jähriger sich bei der Lauberhorn-Abfahrt verletzt, dann ist er nicht zu alt für eine Operation, die sein Leistungsvermögen optimal wiederherstellt.«

Privatdozent Erich Jonasch war Oberarzt beim Begründer der schulmäßigen Unfallchirurgie, Prof. Lorenz Böhler (1885-1973), in Wien. Als Sekretär der österreichischen Gesellschaft für Unfallchirurgie förderte er die Kontakte zu den Traumatologen der staatssozialistischen Länder, indem er jeweils einigen von ihnen die Teilnahme am international renommierten Unfallkongreß ermöglichte. Dieser fand jährlich in Salzburg statt. Im Gegenzug kamen dann einige österreichische Kollegen in die DDR und sahen, wie wir viele medizinische Probleme auch ohne den letzten Schrei der Technik ganz in ihrem Sinne lösen konnten. Ich nahm an drei Kongressen als Vortragender teil. Und ich erinnere mich nicht nur an fachlich anregende Gespräche mit Jonasch, sondern auch an die Ausführungen eines kunst- und literaturinteressierten Gastgebers, der sich immer etwas Zeit nahm, uns die Schönheiten Salzburgs und des Salzkammergutes zu zeigen. Schon in den 70er Jahren war das infolge der Touristenfluten relativ schwierig. Mir kam damals in den Sinn, daß die Salzburger Getreidegasse eigentlich doppelstöckig ausgebaut werden müsse: unten nur für Japaner und oben für die anderen Besucher.

Jonasch konnte sich dem Charme einer DDR-Bürgerin nicht entziehen und emigrierte 1976 nach Leipzig. Er heiratete Prof. Dr. Helmtraud Arzinger. Diese leitete die Traumatologische Abteilung der Chirurgischen Klinik der Karl-Marx-Universität bis zu ihrer Entlassung 1992. Sie war damit eine der etwa 650 Hochschullehrer, die auf Weisung des Ministers für Wissenschaft und Kunst, Prof. Dr. sc. Meyer aus den Hohen Schulen des Freistaates Sachsen eliminiert wurden. (Einer der Entlassungsgründe war für den Minister, daß Kollegin Arzinger zu DDR-Zeiten zuständig für Erziehung und Ausbildung an einer Hochschule gewesen ist. Daß Meyer selbst diese Funktion ausgeübt hatte, war offenkundig unerheblich – zumal er diese an der Humboldt-Uni in Berlin innehatte und eben nicht in Sachsen … Meyer hatte dort 1981 habilitiert und 1985 eine Professur erhalten, obwohl sein Engagement für die katholische Kirche allgemein bekannt war.)

Von 1971 bis 1990 nahmen wir in Pankow 4.346 Operationen im und am Kniegelenk vor, davon 1.250 Operationen an den Kreuzbändern, zuletzt durchschnittlich 120 pro Jahr.

Zwischen 1986 und 1990 erfolgten 2.800 Arthroskopien. Durch die zunehmende Zahl von Arthroskopien nahm die Notwendigkeit ab, das Kniegelenk durch einen größeren Schnitt zu eröffnen. Das brachte viele Vorteile mit sich: Die Patienten hatten weitaus weniger Schmerzen nach drei kleinen Einstichen von jeweils 5 mm als nach einem Schnitt von etwa 5 cm Länge. Dadurch konnte die Rehabilitation schneller beginnen, und die Liegedauer im Krankenhaus verkürzte sich.

Wir fühlten uns also durchaus kompetent, auf Arbeitstagungen, Lehrgängen der Akademie für ärztliche Fortbildung der DDR (AfÄF) und Kongressen über unsere praktischen Erfahrungen und die wissenschaftlich belegten Begründungen für unser diagnostisches und therapeutisches Vorgehen zu berichten. Wegen des unfallchirurgischen Profils unserer Klinik haben wir uns aber niemals praktisch mit dem Problem der endoprothetischen Versorgung bei schweren Gelenkschäden älterer Patienten befaßt. Das gehörte zu DDR-Zeiten in die Kompetenz von Orthopäden. Somit wurden begrenzt zur Verfügung stehende Ressourcen auf einige Kliniken konzentriert. An diesen Stellen größter Erfahrung waren natürlich auch die Erfolge am größten.

Unser Spezialgebiet sprach sich schnell bei Patienten herum, und so kamen aus einem kleinen Ort des öfteren vier oder fünf weitere Kniegeschädigte, nachdem der erste vom Erfolg der Behandlung berichtete. Wir hatten manchmal den Eindruck, daß am Stammtisch beredet wurde, wer als Testperson für die Fußballmannschaft zuerst nach Pankow zu gehen hatte.

Trotz unseres guten Rufes in Fachkreisen und bei Patienten gab es leider nicht nur gute Behandlungsergebnisse. Alles Bemühen, sorgfältig und dem Standard entsprechend zu arbeiten, schien da nicht erfolgreich gewesen zu sein. Das galt vor allem für Infektionen, deren letzte Ursache zu klären oft nicht möglich war. Auch wenn unsere Quote mit zwei auf 1.000 Operationen am Kniegelenk (also 0,2 Prozent) selbst im internationalen Vergleich gering erschien – für den Betroffenen war das erwartetete und erhoffte Behandlungsergebnis nicht eingetreten. Der längere Krankheitsverlauf erschien dabei noch weniger störend als die zurückbleibende Beeinträchtigung der Funktion.

Die Ursachenanalyse ergab keine Lücken im Hygieneregime. Niemals wiesen die letzten Eingriffe in der Serie des Tages eine Störung des Heilverlaufes auf. So blieb als Annahme für die Ursache der Infektion nur eine individuell vorhandene Abwehrschwäche gegen bestimmte Bakterien.

Die Erfahrung unserer Altvorderen »Es gibt leider keine Chirurgie ohne Infektion« tröstete uns und vor allem die Patients wenig.

Die Arthroskopie hat die Problematik »Gelenkinfektion« positiv beeinflußt. Das Risiko einer eitrigen Gelenkentzündung ist nach einer Gelenkspiegelung etwa zehnmal geringer als nach der offenen Operation. Die einmal ausgebrochene Entzündung läßt sich zudem wirkungsvoller und für den Patienten schonender mit dem Arthroskop behandeln, weil therapeutische Prinzipien besser zu realisieren sind. Vorrangig muß die Gelenkschleimhaut entfernt werden, in deren tiefen Falten bakterienhaltige Eiterseen verborgen bleiben. Diese sind durch eine bloße Spülung nicht zu beseitigen und bringen den Prozeß immer wieder zum Aufflackern. In früheren Zeiten erforderte das Entfernen der Gelenkschleimhaut (Synovialektomie) einen oder zwei große Schnitte, um mit guter Übersicht das veränderte Gewebe radikal entfernen zu können. Die neue Technik hat das den Patienten sehr belastende, weil nach der Operation stark schmerzende Vorgehen verändert: Von vier oder fünf Einstichen aus läßt sich unter arthroskopischer Sicht auf dem Bildschirm die Schleimhautfräse (shaver) in alle Winkel des Gelenkes führen. So kann man den Krankheitsherd, wenn auch nicht immer mühelos, so doch umfassend entfernen. Die wenigen kleinen Einstiche ermöglichen auch, noch am Operationstag mit einer Bewegungsbehandlung des Gelenkes zu beginnen, was für den Erhalt der Funktion von großer Bedeutung ist.

Über unsere Erfahrungen, mit der arthroskopischen Methode Kniegelenksempyeme (Vereiterungen) zu behandeln, habe ich 1990 einen Videofilm hergestellt, der noch heute auf Tagungen oder Lehrgängen gezeigt wird.

Das Interesse an einer weiteren wissenschaftlichen Qualifikation brachte mir die Begegnung mit zwei außergewöhnlichen Persönlichkeiten, dem Gerichtsmediziner Otto Prokop und dem Sozialhygieniker Kurt Winter.

Prof. Dr. Dr. h. c. mult. Otto Prokop (geb. 1921 in St. Pölten) wurde 1957 aus Bonn auf den Lehrstuhl für Gerichtsmedizin an die Humboldt-Universität zu Berlin berufen. Er übernahm ein Institut mit großer Tradition, an dem damals jedoch die Wissenschaft dahinkümmerte. Der dynamische Österreicher faszinierte durch inhaltsreiche Rhetorik das Auditorium. Manche Hörer anderer Fakultäten fielen aber zuweilen wegen des Gesehenen in Ohnmacht. Mit Prokop begann im Institut eine Zeit des wissenschaftlichen Aufschwungs, der über das fachliche Anliegen der Gerichtsmedizin/Rechtsmedizin hinausging. Demzufolge wurden auch bei Prokop Habilitierte in beiden deutschen Staaten und anderen Ländern auf Lehrstühle berufen. Er selbst ist vielfacher Ehrendoktor, was seine fachliche Leistung unterstreicht.

Die Lebenserfahrung des Forschers und Hochschullehrers schlug sich auch in den »Regeln für medizinische Wissenschaftler« nieder, die er 1975 gemeinsam mit Gerhard Uhlenbruck publizierte. Auszugsweise seien angeführt:

Das Wichtigste ist, sich selbst nichts vorzumachen.

Das Zweitwichtigste besteht darin, anderen nichts vorzumachen: Es ist unrichtig, nicht richtig aufrichtig zu sein.

Wenn eine wissenschaftliche Arbeit abgelehnt wird, so muß das nicht immer an der Arbeit liegen.

Es ist besser, bei wenigen anerkannt als bei vielen bekannt zu sein.

Man gehört unbestritten zum Durchschnitt, wenn man nicht vom Durchschnitt umstritten ist.

Der Klügere gibt nicht nach!

Auch zum Ruhm gehören starke Nerven.

Für eine Entdeckung gibt es nur eine Belohnung: Sie gemacht zu haben.

Auch Wissenschaftler sind bescheiden, nur machen sie zuviel Aufhebens davon.

Der Zweck heiligt die Mittel, aber nicht immer den Charakter.

Hüte Dich vor Klischeevorstellungen, z. B. daß die einzige Operation, die in der Medizin unmöglich wäre, die Ko-Operation ist.

Es ist besser, sich an den Strohhalm eines eigenen Gedankens als an das Stroh eines fremden Kopfes zu klammern.

Dem Zufriedenen schlägt keine kreative Stunde.

Der naturwissenschaftlichen Erkenntnis von Otto Prokop entspricht sein in Wort und Schrift vielfältiges Auftreten gegen Wunderglauben und Mystizismus. Deren Irrationalität im Bereich der Heilkunde eingesetzt, bringt dem Gläubigen oft gesundheitliche Nachteile, dem Anwender aber viel Geld. Daß nunmehr auch östlich der Elbe diese Praktiken wieder zunehmend Verbreitung finden, beweist die durch das Grundgesetz geschützte Möglichkeit, unter Ignorieren wissenschaftlicher Erkenntnisse aus menschlicher Dummheit Gewinn zu schöpfen.

Meine fachlichen Kontakte zu Otto Prokop hatten ihre Ursache in tödlich ausgehenden Verletzungen, deren Ursachen und Folgen am Institut für Gerichtsmedizin zu untersuchen waren. Daraus ergab sich auch seine Anregung, über einige Probleme beim Schädel-Hirn-Trauma experimentell zu arbeiten und die Ergebnisse in Beziehung zu unseren praktischen Erfahrungen mit derartigen Verletzungen zu bringen. So entstand meine Habilitationsschrift, die 1967 fertiggestellt war. Die traditionellen Vorbehalte der medizinischen Fakultäten gegen externe, also nicht zur Hochschule gehörende Habilitanden kamen auch mir gegenüber zum Tragen. Nach sechs Monaten Wartezeit auf eine Beurteilung ließ mir der Ordinarius für Chirurgie die Arbeit durch Dritte mit dem Bemerken zurückreichen, er habe leider keine Zeit zum Lesen derselben.

Daß andere Hochschullehrer Zeit für eine unvoreingenommene Bewertung meiner Arbeit fanden, verdanke ich dem Umstand, daß der Akademie für Ärztliche Fortbildung der DDR damals gerade das Habilitationsrecht verliehen worden war. Deren Rektor war seit 1967 der Sozialhygieniker Prof. Dr. Kurt Winter (1910-1987). Er hatte Verständnis für mein Vorhaben, das konform zu einem Anliegen der AfÄF lief.

Von Kurt Winter, einem gebürtigen Rheinländer, wußte ich, daß er nach der Emigration aus Deutschland bei den Internationalen Brigaden im spanischen Bürgerkrieg und später im schwedischen Exil als Arzt tätig gewesen ist. Die Erfahrungen seines Lebens motivierten und befähigten Kurt Winter, die Organisation des Gesundheitswesens der DDR prägend mitzugestalten.

An der AfÄF erfuhr meine Arbeit eine positive Beurteilung, und so konnte ich die Habilitation am 15. Januar 1969 mit dem Probevortrag erfolgreich abschließen.

Die vorurteilsfreie Atmosphäre an der AfÄF und das für die Qualität der ärztlichen Arbeit wichtige Anliegen der postgradualen Qualifikation motivierten mein Engagement für diese Institution. 1975 wurde ich als Dozent und 1977 als Professor für Chirurgie/Unfallchirurgie in den Lehrkörper der AfÄF berufen. Wir waren als Weiterbildungsklinik in ein System der postgradualen Qualifikation eingebunden, das beispielhaft war – weshalb man es auch einigungsarrogant, weil nicht kompatibel, abschaffte.

Seit 1975 gab es bis 1989 jährlich einmal die »Berliner Woche für Traumatologie« der AfÄF, die von uns in Pankow für etwa 40 Ärzte aus allen Bezirken der DDR organisiert wurde. Vormittags waren in fünf Berliner Kliniken Hospitationen möglich, und nachmittags kam die Wissenschaft mit Vorträgen zu ihrem Recht.

Da die AfÄF das Promotionsrecht hatte, konnten daran Interessierte hier die akademischen Grade Dr. med. oder auch als weitere Stufe den Dr. sc. med. erwerben. Die Inhalte waren mehr auf Erfahrungen und Ergebnisse der praktischen Arbeit bezogen, entsprachen aber immer wissenschaftlichen Qualitätskriterien – darauf waren die Mitglieder der Promotionskommissionen sehr bedacht.

Wenn es auch zeitaufwendig war – es machte mir stets Freude, Jüngere in ihrem Streben nach Qualifikation zu fördern. So zählen zur Bilanz meiner Jahre in Pankow auch 75 A-Promotionen (Dr. med.) und 11 B-Promotionen (Dr. sc. med. bzw. Dr. med. habil), die von mir betreut wurden.

Die in Japan, USA und Westeuropa in den 60er und 70er Jahren entwickelte Technologie der Gelenkspiegelung fand ihren ersten Beschreiber in Europa schon 1921, nämlich den Schweizer Chirurgen Eugen Bircher (Aarau). Er blickte mit einem Gerät zur Bauchspiegelung (Laparoskop) damals in 21 Kniegelenke und sagte das voraus, was heute Realität ist: Nicht nur Inspektionen zur Diagnostik, sondern auch Operationen sind mit dem Arthroskop möglich.

Der Weg bis dahin dauerte aber 40 bis 50 Jahre und wurde erst durch die Entwicklung neuer optischer Systeme (Stablinsen, Glasfaser, Kaltlicht) realisierbar. Die Pioniere der Methode hatten nicht nur technische Probleme, sondern auch den durch Vorurteile geprägten Widerstand der Altvorderen zu überwinden. Nachdem ich aus Publikationen die Vorzüge der Methode erkannt und einige Male im Ausland ihre praktische Anwendung gesehen hatte, gelang es, über den Sportmedizinischen Dienst die fachliche Notwendigkeit mit den ökonomischen Gegebenheiten zu koordinieren.

So erhielten wir in Pankow ein Arthroskop und begannen 1980 als erste in der DDR damit, die Gelenkspiegelung zum Bestandteil unseres Standards für Diagnostik und Behandlung zu machen. Wie seinerzeit in Schweden und der Schweiz gesehen, begannen wir damals, mit dem Auge an der Optik in das Gelenk hineinzuschauen. Mit einer Videokamera ließ sich das später viel eleganter und ohne Infektionsgefährdung machen, aber anfangs mußten wir ohne eine Kamera auskommen. Mit zunehmender Erfahrung klappte auch das, nur der Rücken schmerzte wegen der gebückten Haltung beim Arthroskopieren. Ein zwischengeschaltetes Mitbeobachtungsrohr ermöglichte den Assistenten einen Blick ins Gelenkinnere und somit die gleichen Aha-Erlebnisse, wie sie anfangs nur der Operateur hatte: Man sah durch die Optik vergrößerte Konturen. Somit ließen sich feine Risse im Knorpel oder an den Menisken weitaus besser erkennen als früher mit bloßem Auge im operativ geöffneten Gelenk. Man sah nicht nur geradeaus, sondern mittels einer Winkeloptik von 25,

30 oder 70 Grad gewissermaßen »um die Ecke«. Das ermöglichte eine Gesichtsfelderweiterung, die früher nur durch große oder gar neue Schnitte zu erreichen gewesen wäre. Mit einem zusätzlich eingeführten Tasthaken ließ sich unter optischer Kontrolle die Beschaffenheit von Gewebestrukturen mechanisch prüfen. Mit feinen Scheren, Zangen oder Klemmen war es möglich, die Schäden zu beheben und das lädierte Gewebe zu entfernen.

Mit zwei, drei kleinen Schnitten von jeweils 5 mm Länge und dem Einstich einer Kanüle für die Spülflüssigkeit war das Verfahren im Vergleich zur früher erforderlichen Gelenkeröffnung wesentlich vorteilhafter. Gelenkstrukturen wurden nicht maltraitiert, der Patient hatte einen nur geringen Wundschmerz und somit konnte die Rehabilitation sehr schnell beginnen.

Durch das ständige Spülen des Gelenkes lassen sich nicht nur kleine Knorpelstückchen entfernen. Entzündungsstoffe werden auf gleichem Wege eliminiert. Bei Blutergüssen im Gelenk ist die Gelenkspiegelung mit -spülung überhaupt als optimale Methode anzusehen. Die den Knorpel andauernden, also schädigenden Blutbestandteile werden entfernt, und danach läßt sich die Ursache der Blutung ausmachen. Das ermöglicht eine richtige Entscheidung über das optimale weitere Vorgehen. Nachdem sich die Akut-Arthroskopie eingebürgert hatte, bestätigte sich, daß etwa ein Drittel der Blutergüsse im Kniegelenk nach Trauma ihre Ursache lediglich in einem Riß der Gelenkschleimhaut hatten. Das erfordert keine aufwendige Therapie. Eine Arthroskopie mit Spülung und Drainage für ein bis zwei Tage beheben das Problem. Ferner bestätigte sich, daß isolierte Risse des vorderen Kreuzbandes nicht nur möglich, sondern sogar häufiger sind, als früher angenommen wurde.

In der Pionierzeit der Arthroskopie betonten chirurgisch Erfahrene in vielen Ländern, daß sie mit wenigen Instrumenten auskämen. Das wiederum war Wasser auf die Argumentationsmühlen derjenigen, die in der DDR für Importe zuständig waren. Die materiellen Mängel bedingten manche negativen Gegebenheiten; und nur Improvisationen machten möglich, den Anschluß an fachliche Entwicklungen nicht völlig zu verlieren. Technisch Interessierte ließen sich von geschickten Medizinmechanikern aus feinen Instrumenten und Geräten anderer Zweckbestimmung solche für die Gelenkspiegelung basteln. Zystoskope (Blasenspiegel) für Kinder wurden zu Arthroskopen, und manche neurochirurgischen Instrumente ließen sich auch sehr gut im Gelenkinneren verwenden. Einiges wurde im Rahmen permanent knapper Kassen auch importiert, aber dabei ging es nicht nur nach realem Bedarf, sondern sehr oft nach entsprechenden Verbindungen. Da war es dann immer von Vorteil, prominente Patienten erfolgreich behandelt zu haben. Das Ergebnis der Therapie wirkte mitunter als Positivzeugnis, wenn man materiell-technischen Bedarf für die Klinik anmeldete. Neben Sportlern waren Wissenschaftler aller Disziplinen, Politiker sowie Kunst- und Kulturschaffende diesem Kreis zuzurechnen. Gespräche mit vielen dieser Patienten waren für mich immer anregend, weil sie Einblicke in Problemkreise vermittelten, die einem sonst im Alltagsbetrieb einer chirurgischen Klinik entgangen wären. Dankesworte auf Fotos, Büchern, Bildern und Tonbändern erinnern mich noch heute an berufsbedingte Begegnungen mit bemerkenswerten Persönlichkeiten.

Vielen an der Methode Interessierten konnten bei Hospitationen erste Kenntnisse vermittelt werden. Diese kamen ihnen zugute, als etwa 1985 zehn weitere Kliniken Arthroskope erhielten und nach 1990 der Wegfall ökonomischer Zwänge eine umfassende Verbreitung der Arthroskopie ermöglichte.

Mühelos konnte man die unter schwierigen Bedingungen erworbenen Fertigkeiten in die Gegebenheiten des materiell-technischen Überflusses einbringen. Die Auswahl zwischen fünf oder zehn verschiedenen Designs fiel weniger schwer, wenn das der Konstruktion zugrundeliegende Prinzip hinsichtlich der medizinischen Notwendigkeit und Effektivität eingeschätzt werden konnte. Die Grundlagen der Pionierzeit der Arthroskopie sind ohne Zweifel in den letzten zehn Jahren vielfältig bereichert worden, haben aber den Kostenfaktor erheblich erhöht. Erwähnt werden sollen nur Fräsen (shaver) zum Entfernen geschädigter Gewebe (Knorpel, Menisken), Laser zum Glätten der mechanisch bearbeiteten Strukturen oder zur Blutstillung, arthroskopische Techniken zum Befestigen abgerissener Menisken oder zum

Kreuzbandersatz – und alles ohne größere Gelenköffnung. Dazu kommen die elektronischen Möglichkeiten der Befunddokumentation, die dem technischen Fortschritt entsprechen.

Die Gelenkspiegelung mit sich daraus ergebenden Behandlungsformen begann am Knie. Hier erfolgen auch heute noch die meisten Arthroskopien. Aber die Gelenke der oberen Extremität (Schulter, Ellenbogen, Hand) und das obere Sprunggelenk sind für Diagnostik und Therapie ebenfalls gut zugänglich geworden.

Mir half das in Pankow realisierte Weiterbildungsanliegen, als ich 1990 arbeitslos gemacht wurde. Mit zwei meiner seinerzeitigen Hospitanten gründeten wir eine Gemeinschaftspraxis und betreiben die Arthroskopie im Rahmen einer Tagesklinik, und zwar weiterhin in Pankow. Dr. sc. Ahrendt, Dr. Frenzel und ich konnten denen beweisen, die uns 1990 aus den Krankenhäusern entfernten, daß wir uns nicht unterkriegen lassen und daß ihr Diskriminierungsvorhaben durch die Qualität unserer Arbeit bei den Patienten keine Wirkung zeitigte.

Am 6. Dezember 1993 meldete sich eine junge Frau an der Rezeption der Tagesklinik Esplanade und bat, wegen eines persönlichen Anliegens in meine Sprechstunde ohne Umweg über den Warteraum kommen zu dürfen. Sie hatte einen großen Blumenstrauß bei sich, den sie mir zum Jahrestag ihres schweren Unfalls überreichte, um sich damit für unsere seinerzeitigen Bemühungen zu bedanken. Auf den Tag genau vor 30 Jahren war die damals 13jährige auf dem Schulweg verunglückt. Aus dem Oberdeck eines Doppelstockbusses wurde sie in einer Kurve die steile Treppe herunter auf die Straße geschleudert. 1963 war die hintere Plattform der Busse noch nicht durch eine Tür verschlossen.

Durch den Sturz erlitt das junge Mädchen ein schweres Schädel-Hirntrauma. Sie lag drei Wochen lang ohne Bewußtsein in einem der Überwachungszimmer der Chirurgischen Klinik, denn eine Intensivtherapiestation gab es damals im Krankenhaus Pankow noch nicht. Mittels eines Luftröhrenschnitts wurde die Atmungsfunktion optimiert. Verschiedene Medikamente und Infusionen brachten die lebensgefährliche Drucksteigerung im Schädelinneren (schweres Hirnödem) zum Abklingen. Natürlich mußte auch die Kalorienzufuhr gesichert sein. Das alles erforderte einen hohen Einsatz von Schwestern und Ärzten wie überall in derartigen Situationen. Allen wuchs die Kleine ans Herz, und die langsame Wiederkehr von Bewußtsein und anderen Großhirnfunktionen wurde zum motivierenden Erfolgserlebnis. Nach vielen oft weniger erfolgreichen Verläufen bei schweren Kopfverletzungen tat es gut, die beginnende Genesung mitzuerleben. Sigrid R. war vor dem Unfall beste Schülerin ihrer Klasse. Sie versäumte zwar ein Schuljahr, knüpfte aber nach der Rehabilitation wieder an ihre sehr guten Leistungen an. Als Unfallfolgen behielt sie lediglich eine Lähmung des rechten Gesichtsnervs zurück. Der kosmetische Mangel hatte aber keinen negativen Einfluß auf ihre geistige Entwicklung, wie das später abgeschlossene Hochschulstudium bewies. Daß dieses nach 1990 keine Sicherheit für einen Arbeitsplatz bot, erfuhr Sigrid R. mit Hunderttausenden anderen Ostdeutschen.

Daß meine dreißig Arbeitsjahre in Pankow nicht ganz spurlos blieben, bestätigte mir im Januar 2000 spontan mein Nachfolger im Amt mit der Bemerkung: »Ich konnte ein bestelltes Feld weiter bearbeiten«. Das freute mich natürlich, rief aber auch Erinnerungen daran wach, wie sich meine ärztlichen Mitarbeiter im Juni 1990 verhielten. Während meiner Abwesenheit auf dem ESKA-Kongreß in Stockholm fragte sie der neue Amtsarzt Dr. Hölzer, ob ich als Altlast nicht künftig den Klinikfrieden stören würde. Der Fragende war ein aus meiner Sicht in der Vergangenheit fachlich völlig farblos gebliebener Arzt, dem nun politische Macht verliehen worden war.

Von den 11 anwesenden Ärzten der Klinik gab es bei der geheimen Abstimmung 10 Stimmen (und eine Enthaltung), die diese Suggestivfrage mit Ja beantworteten.

Ich habe aus meinem positiven Verhältnis zu den politischen und sozialen Grundwerten der DDR nie einen Hehl gemacht – bei allem begründeten Ärger gegenüber Bürokratie und Kleinkariertheit, der Verweigerung von demokratischen Grundrechten und eingeschränkter Reisemöglichkeit. Ich glaube, daß diese Haltung in jener Zeit auch unter meinen Arztkollegen nicht mehrheitsfähig war, zumal auch gebildete Menschen nur Menschen sind und mitunter von einfachen Motiven gesteuert werden. Ich reiste in der Welt umher, und sie blieben daheim. Und dann hatte ich es gewagt, Disziplin einzufordern mit der Bemerkung, daß weder der Fahrplan der Reichsbahn noch der Dienstablauf einer chirurgischen Klinik von einer Demonstration auf dem Alexanderplatz entschieden würden.

Jedenfalls erhielt ich nach meiner Rückkehr aus Stockholm meine fristlose Kündigung als Chefarzt zum 5. Juli 1990.

Daß sich unter den weiteren fünf Entlassenen auch der Ärztliche Direktor Dr. W. K. befand, stimmte mich dabei nicht froh. Mir wäre lieber gewesen, man hätte ihn schon zu DDR-Zeiten wegen fachlicher Unfähigkeit von diesem Posten entfernt. Als ich etwa 1986 dem Bezirksarzt Dr. Jacob dies vorschlug, drohte er mir an, mich mit einem Blumenstrauß aus meiner Position zu verabschieden, wenn ich den Ärztlichen Direktor nicht akzeptierte. Daß seine Haltung durch die Bezirksleitung der SED vorgegeben war, wußte ich schon damals. Denn dort hatte Dr. K. eine Lobby, die ihm nach mehreren fachlichen Bauchlandungen jedesmal eine neue Position verschaffte – zuletzt 1980 leider die in Pankow. Die permanenten Querelen mit ihm bis 1990 gehören zu den unangenehmsten Erinnerungen meines fachlichen Lebens.

Seinen Gönnern bewies Dr. K. keine Dankbarkeit. Wie viele Karrieristen sah er sich in der Endzeit der DDR schnell nach neuen Partnern um. Er fand sie im DRK/West nur solange, bis auch diese ihn durchschauten.

Ich resignierte nach der Entlassung nicht und erreichte in 2. Instanz beim Landes-Arbeitsgericht einen Vergleich, wonach mein Arbeitsvertrag bis zum Erreichen des Rentenalters, also bis Oktober 1991, Gültigkeit behielt.

Die mir als von der Arbeit freigesetzter Chefarzt gebotene Zeit und den Anlaß nutzte ich, um mich aus eigener Betroffenheit mit der Problematik der Berufsverbote in Deutschland auseinanderzusetzen. Ein in dieser Zeit entstandenes Manuskript spiegelt mein damaliges Empfinden wider, ohne daß dessen Grundaussagen heute zu korrigieren wären. Für die »Initiative gegen Berufsverbote« schrieb ich: »Bezogen auf das Problem der Berufsverbote bewegt sich ... die asoziale Marktwirtschaft in der historisch erkennbaren Traditionslinie. Zwar spielen Berufsverbote im Komplex des Abbaus sozialer Rechte nicht die Rolle ... wie Arbeitslosigkeit, Kurzarbeit und Warteschleifen-Regelung sowie zum Strafrecht umfunktioniertes Rentenrecht. Sie sind aber eine ausschließlich politisch motivierte Maßnahme gegen Querdenker, die ihre Identität auch aus langen und beruflich erfolgreichen Arbeitsjahren für das ehemalige Land DDR ableiten. Sie richten sich vornehmlich gegen Angestellte des öffentlichen Dienstes.

Berufsverbote gegen Ärzte wurden kollektiv durch das NS-Regime ausgesprochen und nunmehr wieder durch die Verwaltungen in den fünf neu erworbenen Ländern der Bundesrepublik Deutschland.

Eine Tradition wird somit fortgesetzt.

Berufsverbote, auch gegen Naturwissenschaftler und Ärzte, ziehen sich wie ein schwarzer und brauner Faden durch die deutsche Geschichte der letzten 90 Jahre.

Im Ausklingen der Bismarck'schen Sozialistengesetze wurde im Januar 1900 dem Physikdozenten Leo Arons wegen politischer Aktivitäten für die Sozialdemokratie von der Berliner Friedrich-Wilhelm-Universität durch Gerichtsurteil die Lehrbefugnis entzogen. Die Begründung im entsprechenden Gesetz lautete, daß dieses anzuwenden ist, wenn sich jemand ›durch sein Verhalten in oder außer seinem Berufe ... unwürdig zeigt‹.

Auch die Weimarer Republik ließ Restriktionen für nicht Rechtgläubige dergestalt zu, daß z. B. von etwa 100 habilitierten jüdischen Medizinern in Berlin kein einziger zum ordentlichen Professor berufen wurde.

Diese Nichtachtung des bürgerlichen Gleichheitsprinzips eskalierte nach dem 30. Januar 1933. Infolge des danach praktizierten Faschismus wurden allein aus der Berliner medizinischen Fakultät 138 Dozenten und Professoren entfernt bzw. emigrierten freiwillig. Darunter waren Gelehrte von Weltruf. Bei einigen waren Verlust von akademischer Würde und Heimat Anlaß zum

Selbstmord (E. Joseph, P. Straßmann), andere kamen in Vernichtungslagern um (L. Pick).

Die literarische Gestaltung dieses Themas, wie ein jüdischer Chirurg plötzlich Berufsverbot erhält und seine Patienten nicht mehr betreuen darf, erfolgte durch den Arzt Dr. Friedrich Wolf in seinem Drama ›Professor Mamlock‹.

Der deutsche Staat, der seinen internationalen Anspruch auf Rechtsnachfolge des Dritten Reiches immer wieder hervorhob, setzte auch die Berufsverbotspraxis seiner Vorgänger in den 70er Jahren fort. Das Aufsehen dieser Maßnahmen, die sich vor allem gegen Lehrer und Angestellte im Öffentlichen Dienst richteten, war so beachtlich, daß das Wort Berufsverbot als unübersetzte Vokabel in die englische und französische Sprache übernommen wurde – wie seinerzeit Herrenrasse und Blitzkrieg.

Im Anschlußgebiet ehemalige DDR wurde das Aussprechen von de-facto-Berufsverboten auch auf angestellte Ärzte ausgedehnt. Diese wurden beurlaubt, so daß sie ihre Patienten in Krankenhäusern oder Polikliniken nicht mehr behandeln durften, das war z. B. in Leipzig, Chemnitz, Kühlungsborn und Berlin-Pankow der Fall.

Als davon seit dem 5. Juli 1990 Betroffener hebe ich hervor, daß weder ärztliches Fehlverhalten noch strafrechtlich relevante Vergehen Ursache für die seinerzeit ausgesprochene Entlassung und gleichzeitige Beurlaubung waren. Anlaß für diese politische Säuberungsaktion des im Mai 1990 neugewählten Stadtbezirksrates für Gesundheitswesen in Berlin-Pankow war in meinem Fall sicher die öffentlich vorgebrachte Weigerung, einen verfassungsrechtlich dubiosen Fragebogen mit Inhalten von Gesinnungsschnüffelei auszufüllen.

Trotz noch nicht abgeschlossenen Arbeitsrechtsstreites um die Rechtmäßigkeit der Abberufung aus der seit 27 Jahren zur Zufriedenheit von ca. 80.000 stationär behandelten Patienten ausgeübten Chefarztposition, trotz internationalen Renommees der eigenen Arbeit und trotz Protesten aus dem In- und Ausland – es bleibt die seit fast einem Jahr bestehende Beurlaubung ein de-facto-Berufsverbot.

Es wurde in meinem Falle nicht auf den Bedarf an fachlich kompetenter Arbeit für 100.000 Einwohner des Stadtbezirkes

Berlin-Pankow Rücksicht genommen, sondern eine nicht gewendete, mit anerkannten philosophisch-ethischen Normen zu begründende politische Haltung diskriminiert.

39 Jahre durfte ich als Arzt arbeiten. Ich habe nach medizinischen Kriterien ohne Ansehen der Person und mit ganzem Einsatz alle Patienten behandelt, die meiner Hilfe bedurften.

Diese von mir mit dem hippokratischen Eid übernommene Verpflichtung wird nun von Politikern nach subjektivem Gutdünken annulliert, ohne daß rechtsstaatliche Gegenmittel wirksam würden. Das widerspricht meiner Würde, aber auch dem Anspruch meiner Patienten auf das von ihnen so eingeschätzte Optimum an ärztlicher Zuwendung durch den Arzt ihrer Wahl. Es verletzt das Menschenrecht auf Arbeit, auch wenn es dieses in Ostdeutschland nun nicht mehr gibt.

Die Praxis der Berufsverbote läßt in Vorbereitung und Durchführung Parallelen zur Inquisition zu, wenn auch die damals übliche physische Vernichtung durch zeitgemäße psycho-soziale Repressionen ersetzt worden sind.

Diese fordern den Widerspruch der betroffenen und durch diese Praxis betroffen gemachten Bürger heraus.«

Im Januar 1992 weilte ich auf Einladung des englischen Komitees gegen Berufsverbote im Vereinigten Königreich, um meine Erfahrungen und Gedanken zu dieser Problematik vorzutragen und zu diskutieren. Eine Veranstaltung fand im Sitzungssaal des Rathauses von Glasgow statt, die andere sogar im Londoner Parlamentsgebäude – allerdings nur in einem der Konferenzräume. Es gab Interviews mit der BBC und einigen Zeitungen. Nach deren Demokratieverständnis war es unverständlich, daß und wie in Deutschland bei einem Systemwechsel auch ein Elitenwechsel im übernommenen Landesteil erfolgte. Natürlich änderte der Gang in die Öffentlichkeit des In- und Auslandes unmittelbar nichts an der politischen Entscheidung, alle aus dem öffentlichen Leben zu eliminieren, die das Anliegen des Staates DDR zustimmend mittrugen und zum Bestandteil ihres beruflichen Wirkens machten. In Einzelfällen hatte später der über viele Jahre durchgestandene Rechtsweg dann Erfolg.

Das Schöne am Hearing in London war ein Wiedersehen mit langjährigen englischen Freunden, dem Lehrer Harris Caplan (geb. 1916) und dem Arzt Dr. Arron Rapoport (geb.1914). Harris lernte ich 1951 während der Weltfestspiele in Berlin kennen, an denen er als Mitglied einer Kulturgruppe teilnahm. Mit Arron wurde ich 1955 in Warschau bekannt. Er war Arzt der britischen Delegation und ich bei den DDR-Sportlern. Arrons Vater flüchtete um 1910 vor der Einberufung in die zaristische Armee nach Cranz in Ostpreußen und emigrierte nach dem 1. Weltkrieg nach England.

Arron mußte nach dem Studium seine ersten ärztlichen Erfahrungen im Dschungel von Malaysia sammeln, in den man ihn per Fallschirm expediert hatte. Seine Berichte aus dem Leben mit Partisanen, die gegen die Japaner kämpften, hören sich heute viel amüsanter an, als es die Realität 1944/45 gewesen ist. Schlangen als kulinarische Leckerbissen werden dabei erwähnt und zur besseren Verdauung ein Schluck mit Urin verdünnter Scotch (O-Ton: whisky-pissky). Aber auch von sehr viel Solidarität zwischen Briten, Hindus und Moslems berichtet Arron aus jenen Tagen.

Ich nahm mir auch die Zeit, am 11. März 1991 dem Bundeskanzler die Empfindungen eines Arbeitslosen mitzuteilen:

»Sehr geehrter Herr Bundeskanzler Dr. Kohl!

Am 1. Juli 1990 bestätigten Sie im Fernsehen erneut Ihre und Herrn de Maizières Prognose aus dem Wahlkampf, daß es nach der Vereinigung der beiden deutschen Staaten ›niemandem schlechter gehen wird – im Gegenteil, den meisten besser‹.

Daß man sich diese Worte und Ihre ernst-freundliche Verkündermiene nunmehr auch in den Fünf Neuen Ländern (FNL) mittels Videorecorder bedarfsdeckend beliebig oft vor Augen führen kann, scheint den Wahrheitswert Ihrer damaligen Behauptung zu belegen. Hat doch für viele Bewohner der FNL die nur vom Geld abhängige Kaufmöglichkeit von Videotechnik zur anerkennenswerten Verbesserung ihrer Lebensbedürfnisse beigetragen.

Ein Umstand, der mir und Millionen Bürgern Ihres neuen Protektorates Deutsch-Ostelbien aber nachhaltige Existenzangst bereitet, ist die nüchterne Marktwert-Kalkulation, nach der man dann einfache Arbeiter, qualifizierte Fachleute und angesehene Wissenschaftler in die Arbeitslosigkeit schickt.

Ich schreibe Ihnen diese Zeilen auch unter dem Eindruck der Tatsache, daß ich heute beim Arbeitsamt Berlin II die Arbeitslosen-Stammnummer 174.708 erhielt. Damit ist erstmals seit 60 Jahren wieder ein registrierter Arbeitsloser in unserem Familienverband zu verzeichnen.

Entlassen wurde ich nach fast 27 Jahren intensiver Arbeit für Kranke als Chefarzt einer chirurgischen Klinik und trotz nationaler und internationaler Anerkennung als Unfallchirurg, ohne daß mir ärztliches oder juristisches Fehlverhalten vorgeworfen werden konnte.

Somit muß ich sehr akzentuiert feststellen, daß Ihre o. g. Aussage nicht der Wahrheit entspricht, soweit sie meine Frau und mich betrifft.

Die Patienten, die ich auf Weisung des Amtsarztes seit dem 16. Juli 1990 nicht mehr behandeln durfte, haben mein de-facto-Berufsverbot wohl auch nicht als Vorteil empfunden …

Da ich mich, wie Millionen andere FNL-Bürger, von Ihrer Politik betroffen gemacht fühle, verweigere ich Ihnen das ›Dankesehr‹. Mit besten Empfehlungen.«

Es gab aber auch anderes.

Hervorzuheben ist die menschliche Größe des seinerzeitigen Bürgermeisters von Pankow, Dr. Jörg Richter. Als im Oktober 1996 die Tagesklinik für Arthroskopie »Esplanade« anläßlich meines 70. Geburtstages ein Symposium im Rathaussaal veranstaltete, entschuldigte er sich vor dem Auditorium für das Unrecht, das sein Vorgänger mir gegenüber veranlaßt habe. Alle Anwesenden empfanden das als ehrlich gemeinte Geste.

Der holzgetäfelte Pankower Rathaussaal bot einen würdigen äußeren Rahmen für Vorträge gut bekannter Kollegen und alter Freunde zu den zentralen Themen des eigenen fachlichen Wirkens – Sporttrauma und Kniegelenk.

Im Auditorium sah ich langjährige Mitstreiter für Belange der Sportmedizin und Unfallchirurgie und viele, deren »Doktorvater« ich war oder die ihr Ausbildungsweg nach Pankow geführt hatte.

Ziemlich alt war ich nun geworden, aber vielleicht noch nicht zu alt, um weiterhin mit etwas verkürztem Pensum ärztlich tätig zu sein. Darin bestärkten mich Patienten und auch meine Partner in der Tagesklinik Esplanade, die sich seit ihrer Gründung am 1. Februar 1992 einen guten Ruf erworben hat.

Leben und Tod

Dem Kranken muß man immer Hoffnung geben,
besonders wenn sich der Tod schon ankündigt.
Ambroise Paré

Der Kranke will nicht die Wahrheit,
sondern nur die gute Wahrheit wissen.
August Bier

Auch wenn der Tod Bestandteil des biologischen Lebensablaufes ist, macht er die Zurückbleibenden immer betroffen. Nahe Angehörige und Freunde erinnern sich der positiven Seiten im Lebensbild des Verstorbenen. Die als negativ empfundenen werden dann nicht mehr als so gravierend angesehen, daß sie das Andenken nachhaltig trüben könnten. Für viele der im Gesundheitswesen Tätigen gehört es zum Arbeitsalltag, zwar alles für Leben und Gesundheit der Patienten zu tun, aber dennoch nicht immer erfolgreich zu sein. Sie erleben also häufiger als in anderen Berufen einerseits den Tod als biologisches Phänomen und können sich andererseits bei besonders bedrückenden Verläufen nicht von der psychischen Belastung freimachen, die das Sterben eines jungen Patienten, die Leiden von Geschwulstkranken in den besten Jahren oder andere tragische Umstände beim Ableben eines Menschen mit sich bringen.

Die Konzentration von Patienten mit Bedrohung der vitalen Funktionen von Herz/Kreislauf, Atmung und Stoffwechsel auf den sogenannten Intensiv-Therapie-Stationen (ITS) hat zwar die Überlebenschancen infolge der dort möglichen high-tech-Medizin deutlich verbessert, führt aber naturgemäß wegen der Häufung von nicht mehr zu behandelnden lebensgefährdenden Umständen auch zu einer auf den ITS im Vergleich zu anderen Krankenhausbereichen deutlich höheren Sterbequote.

Jeder, der anfängt, im Gesundheitswesen zu arbeiten, muß sich irgendwann dazu zwingen, vom Sterben eines Patienten nicht mehr persönlich betroffen zu sein. Die auch in der Medizin erforderlichen rationalen Überlegungen und Handlungen könnten sonst durch emotional verständliche, aber nicht der Sache dienende Reaktionen leiden. Man muß sich also so schnell wie möglich abgewöhnen, mit jedem Patienten mitzusterben, um seine psychische Kraft dafür zur Verfügung zu haben, das Maximum an Wissen und Können für die noch lebenden Heilungsbedürftigen einzusetzen. Und das verlangt oftmals neben intellektuellem und physischem Einsatz auch ausreichendes Verständnis für psychische Belange der Patienten.

Jeder Arzt wird sich zum Ende seiner Laufbahn vieler tragischer Zufälle und Umstände erinnern, welche das Leben eines Menschen beendeten. Und bei den in einem operativen Fach tätig Gewesenen mögen dabei noch mehr Folgen fachlich nicht bewältigter Situationen zu vermerken sein als bei den nur konservativ und abwartend Handelnden.

Kritikvermögen fordern die Worte des großen Chirurgen Theodor Billroth (1824-1894) ein: »Ein Glück in der Chirurgie – privilegierte Chirurgen, die immer nur gute Karten haben – gibt es nicht. Wissen und Können sind die einzigen Faktoren, welche die Resultate entscheiden.«

Und zu den schlechten Karten für einen Chirurgen zählt dann die Einsicht, daß man im Interesse des Patienten hätte anders handeln sollen. Daß dabei die Variationsmöglichkeiten vielfältig sind und sich von »früher – später – gar nicht operieren« über »ganz andere Therapie« bis zu »falsche Behandlung infolge falscher Diagnose« erstrecken, zeigt das Dilemma, in das jeder Arzt trotz größter Sorgfalt und bester Kenntnisse geraten kann.

Die biologische Einheit Mensch ist zwar nach einem ziemlich einheitlichen Bauplan konstruiert, aber das »ziemlich« impliziert bereits anatomische Varianten, die im Einzelfall Anlaß für eine lebensgefährdende oder tödliche Komplikation sein können.

Und wenn zur Anatomie noch die Funktion kommt, potenzieren sich die Möglichkeiten des nicht normgerechten Verlaufes, der dem Arzt dann zusätzlich durch individuelle Besonderheiten schlecht denkbar erscheint, etwa eine herab- oder heraufgesetzte Schmerzschwelle.

Ich habe eine besonders bedrückende Erinnerung an einen zwölfjährigen Jungen aus kinderreicher Familie, der sehr selbständig handelte. Er kam etwa 1970 ohne Begleitung an einem Sonnabend in die Klinik und gab an, nach dem Genuß von Speiseeis Bauchschmerzen bekommen und einmal Durchfall gehabt zu haben. Ein mäßiger Druckschmerz im rechten Unterbauch ließ wohl an eine Wurmfortsatz-Entzündung (Appendizitis) denken, aber bei der Vorgeschichte und dem Befund eigentlich nur sehr entfernt. Ich hatte Wochenenddienst (damals ging das von Sonnabend um 8 Uhr bis Montag um 15 Uhr) und umschlich ihn mißtrauisch, d. h. untersuchte ihn alle zwei bis drei Stunden und fand erst in der Nacht zum Montag, daß es sich doch um eine Appendizitis handelte. Das bestätigte auch die Operation, aber leider war die danach folgende Bauchfellentzündung trotz zweier weiterer Operationen und Antibiotikagaben nicht zu beherrschen. Der Junge starb nach zwei Wochen.

Als angehender und junger Chirurg hätte ich bei »Druckschmerz im rechten Unterbauch« sofort operiert. Älter und erfahrener geworden, hatte ich aber inzwischen auch genügend Darmverschlüsse erlebt, die durch Verwachsungen nach eigentlich nicht erforderlichen Operationen wegen Blinddarmreizung entstanden waren. Und in der Literatur war zu lesen, daß in Deutschland wesentlich mehr Wurmfortsatz-Entfernungen erfolgen als in anderen Ländern. Mein Zögern konnte ich damals und heute begründen – für das Individium war es aber wohl die falsche Entscheidung, was mich heute noch bedrückt. Dieses Gefühl wird auch nicht durch das Wissen um Berühmtheiten gemindert, die an einer verschleppten Blinddarmentzündung starben: etwa der damalige Reichspräsident Friedrich Ebert (1871-1925), dessen perforierter Wurmfortsatz in einem Glas im Pathologischen Museum der Charité aufbewahrt ist und uns Studenten demonstriert wurde. Sein damit viel zu früher Tod war

Ursache für die Wahl des senilen Generalfeldmarschalls Paul von Hindenburg (1847-1934) zum Reichspräsidenten, der dann 1933 Hitler zum Reichskanzler ernannte. Medizinische Probleme können somit historisch weitreichende Folgen haben.

Trotz der Notwendigkeit, im Interesse der eigenen Handlungsfähigkeit das emotionale Moment bei menschlich-tragischen Situationen in der Medizin weitestgehend auszuschalten, läßt sich das nicht immer realisieren. Dazu gehören lebensgefährliche oder tödliche Unfälle bei Kindern und Jugendlichen. Meine Erinnerungen beziehen sich auf Eltern, deren Kinder bei Verkehrsunfällen starben, während sie überlebten oder auf den Verlust des Partners bei gleicher Ursache.

Mich bewegt seit den 60er Jahren zunehmend und immer noch das Problem der jugendlichen Zweiradfahrer, die in der Blüte ihres Lebens dem Geschwindigkeitsrausch, der mangelnden Fahrpraxis oder der Unvorsichtigkeit anderer zum Opfer fallen.

Ich habe in Vorträgen oft ein Dia mit dem Text »Moped- und Motorradfahrer sind potentielle Organspender« gezeigt und fand infolge der traurigen Realität immer Verständnis. Das Problem ist leider weiterhin aktuell.

In der Sterbestatistik rangieren die 15- bis 25jährigen nach wie vor als Gruppe mit dem höchsten Verlust an Lebens- und Arbeitsjahren, und die Transplantationsabteilungen schöpfen hieraus das Reservoir für ihre wichtige und für andere segensreiche Arbeit.

Das Problem »Alkohol im Straßenverkehr« ist mit der Eingemeindung der DDR keinesfalls einer Lösung zugeführt worden. Da man im einig Vaterland früher 0,8 Promille und auch jetzt noch 0,5 Promille Alkohol im Blut haben darf, glauben immer noch zu viele, dieses Quantum auch ausschöpfen zu müssen.

Aber selbst in der mit 0,0 Promille als prohibitionistisch einzustufenden DDR belief sich in der letzten Dekade ihres Bestehens der Anteil der Verkehrsunfälle unter Beteiligung Alkoholisierter auf 9 bis 10 Prozent. Auch das zeigt, daß viele Verhaltensmuster stärker individuell und subjektiv bestimmt sind, als es die Verfechter von Theorien des Überwiegens sozialer Prägungsmöglichkeiten wahrhaben wollen.

Die Konfrontation mit den vielen Abläufen des Lebensendes, darunter oft schmerzvollen und sehr lange dauernden (ohne wissenschaftlich zu begründende Hoffnung auf Besserung), läßt immer wieder die Diskussion einer Sterbehilfe aufkommen. In Deutschland hat diese Diskussion stets zu berücksichtigen, daß hier der Begriff Euthanasie synonym für das Ermorden von Kranken und körperlich Behinderten in der Zeit des deutschen Faschismus angewendet wurde. Unabhängig von juristischen Gegebenheiten und theologischen Erwägungen erinnere ich an das Wort von Albert Schweitzer (1875-1965), daß jedes Individuum auch ein Recht auf seinen individuellen Tod haben sollte.

Wenn das Gehirn als Integrationsorgan für das Leben des Homo sapiens nicht mehr arbeitet und der Hirntod nach instrumentellen und klinischen Parametern im ärztlichen Konsil festgestellt wird, können alle Maßnahmen eingestellt werden, welche Atmung und Kreislauf erhalten.

Wer aber kann sich des unheilbar Kranken annehmen, der selbst sein Lebensende wünscht, es aber nicht aus eigener Kraft herbeiführen kann?

Ich bin sehr froh, daß ich in meiner ärztlichen Tätigkeit zu einer verbindlichen Stellungnahme zu diesem Problem nie veranlaßt wurde und daß heute meine zwiespältige Meinung hierzu nicht gefragt ist.

Familie – Freizeit – Freunde

Solche wähle zu Begleitern
auf des Lebens Bahn,
die Dein Herz und Deinen Geist erweitern,
Dich ermutigen, erheitern
mit Dir eilen himmelan.
Friedrich Schiller

Ein für die Nachfahren gedachter Zeitzeugenbericht ohne Schilderung des familiären Umfeldes wäre unvollständig und auch noch selektierter in seinen Details, als durch den vorgegebenen Umfang der Darstellung ohnehin erforderlich.

Meine Frau, Dr. Anneliese Franke, und ich empfinden es als großes Glück, seit 1953 zusammen zu leben. Das Bestehen unserer Partnerschaft hat andere und vielschichtigere Gründe, als wir es vor etwa 25 Jahren einmal scherzhaft dahingehend formulierten, daß eine Trennung für uns zu teuer werden würde, weil wir schon zu viel ineinander investiert haben. Eine langjährige Erfahrung verleitete uns zu der Feststellung, daß man auch deshalb zu Kongressen fährt, um beim Wiedersehen mit alten Bekannten deren neue Frauen kennenzulernen.

Gemeinsame Ansichten zu den Dingen des Lebens, zu denen wir direkt oder auf Umwegen gelangten, haben das Zusammensein anfangs motiviert und später bestätigt. Das Verständnis für die oft wenig familienfreundlichen Belastungen des Chirurgendaseins war vielleicht für Anneliese leichter möglich, weil sie auch Medizin studiert hatte. Zwar mußte die beabsichtigte Tätigkeit als Anästhesistin wegen gesundheitlicher Probleme aufgegeben werden. Nach einem postgradualen Studium konnte sie als Leiterin der Informationsstelle und Bibliothek der AfÄF ihr Fachwissen gut in eine wichtige Funktion einbringen. Daß meine wissenschaftlichen Ambitionen aus ihrer beruflichen Tätigkeit Nutzen zogen, war ein schönes Ergebnis unseres gemeinsamen Berufes, und einige Publikationen der Autoren Anneliese und Kurt Franke belegen diesen Bereich der familiären Kooperation.

Die umfangreichste gemeinschaftlich verfaßte Arbeit hieß »Jüdische Ärzte in Berlin«, und wir widmeten sie unserer alten Freundin in Paris, Prof. Dr. Rita Thalmann, zum 65. Geburtstag. Da sie eine international bekannte Germanistin und Historikerin ist, wählten wir ein Thema, das sehr viele Bezugspunkte zur älteren und vor allem neueren deutschen Geschichte enthält. Letztere prägte auch nachhaltig das Leben von Rita Thalmann, die 1926 in Nürnberg geboren wurde und 1933 mit ihren Eltern nach Frankreich emigrieren mußte. Sie überlebte die deutsche Okkupation in einem Nonnenkloster, dagegen wurde ihr Vater trotz Hinweis auf das im 1.Weltkrieg verliehene Eiserne Kreuz nach Auschwitz deportiert und dort umgebracht.

Den ersten Begegnungen 1952 und 1959 in Paris folgten manche Gegenbesuche in Berlin anläßlich literarisch-historischer Studien in Archiven und Bibliotheken. Zwei bemerkenswerte Details sollen erwähnt werden: Mit ihrer in den ersten Schuljahren erworbenen Kenntnis der Sütterlinschrift half Anneliese unserer Freundin Rita, Tagebücher des Schriftstellers Jochen Klepper (1903-1942) und andere Dokumente zu entziffern – bei schönem Wetter auch anläßlich eines Ausfluges zum Stechlinsee, um solcherart die örtliche Beziehung zu Fontane zu vermitteln.

Am 13. August 1961 weilten wir mit ihr in Dresden und Meißen und konnten sie davon überzeugen, daß ihrer Rückkehr nach Paris wohl nichts Unüberwindliches entgegenstehen würde.

Als Professorin für deutsche Geschichte in Tours und später in Paris bemühte sich Rita Thalmann im Vorstand der Gesellschaft Franco-Allemande auch um Verständnis für Probleme in der DDR. Daß sie zum »Ritter der Ehrenlegion« ernannt wurde, unterstreicht die Wertschätzung für eine bemerkenswerte Lebensleistung als Historikerin und Frauenrechtlerin.

Als unser Sohn Karl-Peter sein Medizinstudium beendet hatte, erklärte er eindeutig, daß er nicht Chirurg werden wolle, weil er sähe, wann und wie sein Vater nach Hause käme. Mit der Ausbildung zum Anästhesisten hat er ohne Zweifel diese Argumentation gegen die Chirurgie konterkariert. Denn Anästhesisten beginnen im OP vor den Chirurgen ihre Arbeit und sind nach dem Eingriff noch lange nicht fertig, da sie noch die Intensivtherapie betreuen.

Da hat es unsere Schwiegertochter als Augenärztin physisch doch etwas leichter.

Daß nach soviel Ärzten in der Familie unsere zwei Enkelkinder in der Medizin keine Berufung sahen, hat uns zwar etwas betrübt, wurde aber akzeptiert.

Ich glaube, die Empfindung der meisten Großeltern für ihre Enkelkinder ziemlich gut umrissen zu haben, als ich von mir auf sie bezogen formulierte »Ich operiere lieber magere Kniegelenke als fette Bäuche – aber Enkelkinder sind viel schöner als das magerste Knie«.

Urlaub und freie Wochenenden außerhalb der eigenen vier Wände zu verbringen, hat nicht nur Erholungswert, sondern dient auch kulturellen Interessen.

Als Kind begriff das unser Sohn sicher noch nicht so richtig, sonst hätte er seine Eltern während eines Urlaubs in Böhmen nicht dergestalt kritisiert: »Ich weiß gar nicht, was Mama und Papa jetzt haben – in jede Kirche müssen sie hineingehen.« Aus dem Alltag zu Hause kannte er das nämlich nicht.

Wir haben uns, wo immer möglich, bemüht, in der Nähe und in der Ferne die Schönheiten der Natur zu genießen und unseren kunsthistorischen Interessen nachzugehen. Nach einem schweren Autounfall in Ungarn 1965 (Fremdverschulden durch alkoholisierten DDR-Bürger) und einem in jeder Hinsicht mißlungenen Rumänien-Urlaub, besannen wir uns auf die naheliegende Mark Brandenburg.

1966 konnten wir in einem kleinen Dorf in der Schorfheide eines der dort befindlichen 31 Anwesen, ein damals etwa 130 Jahre altes Bauernhaus, erwerben. Wir haben das Haus in jahrelangen Mühen restauriert und modernisiert und dachten, es als

Refugium für das Alter zu gestalten. Nach uns kamen noch etwa 25 weitere Familien in das Dorf, das durch die Zugereisten vor dem Verfall bewahrt und durch Ansiedlung einiger Maler sogar für Besucher attraktiv wurde. Für die Kinder der Einheimischen waren Einsamkeit und karge Verdienstmöglichkeiten in der Forstwirtschaft kein Anreiz zum Verbleib – sie verließen ihren Heimatort.

Damit schloß sich ein Kreis, der vor 250 Jahren mit der Besiedlung von menschenleeren Gebieten der Mark Brandenburg begonnen hatte. In Fortsetzung der »Peuplierungspolitik« seiner Vorfahren, die Hugenotten aus Frankreich, Siedler aus Holland und auch jüdische Familien ins Land geholt hatten, gewährte Friedrich II. nunmehr den Nachfahren der Hugenotten Asyl, die 100 Jahre zuvor in der Pfalz geblieben waren und nun aus Glaubensgründen erneut ihre neue Heimat verlassen mußten.

1748 wurden einer Gruppe von Pfälzer Kolonisten brachliegende Ländereien in der Uckermark zugewiesen, und fünf Familien kamen in das Vorwerk Bebersee des Amtes Zehdenick. Die Namen der Dorfbewohner Deufrains und Galé erinnerten noch bis 1979 an die französische Herkunft der ersten Siedler. Daß auch aller Fleiß aus einer Streusandbüchse keine Goldgrube machen konnte, beweisen Zeugnisse aus der Dorfgeschichte von Anfang an. Bereits im Dezember 1750 berichtete Kriegsrat Kriele »die Etablissements sind sehr schlecht beschaffen, so daß Kgl. Hoheit durch Peuplierung dieses Landes keinen sonderlichen Nutzen erhalten werden«. Wohl aber wurden 1764 in der Domäne Zehdenick auf einem großen Versuchsfeld Kartoffeln angebaut, die dann ab 1772 in Preußen allgemein als Nahrungsmittel akzeptiert wurden.

Der karge Boden dieses Teiles der Schorfheide bot so wenig Ertrag, daß die Lebensverhältnisse der Bewohner sich in den umgangssprachlichen Attributen ihrer Dorfnamen widerspiegelten, nämlich

Arm – Gollin,
Hunger – Dölln,
Schnorr – Väter und

Bettel – Bebersee, wo der Vater von Emma Deufrains als Hundegespannführer sein Brot verdiente.

Auf den Feldern, die von den Kolonisten vor über 200 Jahren aus dem Wald urbar gemacht worden waren, sahen wir Hafer und Roggen mit einer Halmlänge von 30 cm wachsen. Kartoffeln hatten die Ausmaße von Tischtennisbällen, und oft kamen die Wildschweine der Ernte zuvor. Diese äußeren Umstände führten dazu, daß in den Dörfern um Groß Dölln kein Versuch unternommen wurde, eine LPG zu gründen.

Manche Details des Dorflebens, die wir zwischen 1966 und 1980 erlebten, verdienen als Kuriosa festgehalten zu werden: Zweimal wöchentlich kam aus dem vier Kilometer entfernten Gollin der Bäcker, den wir wegen seines von einem Pferd gezogenen Planwagens »Vater Courage« nannten. Er brachte recht wohlschmeckendes Landbrot und sehr trockenen Kuchen für die Menschen, dazu sehr viel Schrotbrot für die Tiere. Seine Tour endete in der Dorfgaststätte von Groß Väter. Das Pferd war aber so gut programmiert, daß es den Heimweg nach Gollin auch ohne aktives Zutun des dann auf seinem Wagen schlafenden Bäckers bewältigte.

Die 1911 in Betrieb genommene Schule ist wegen eines kleinen Glockenturmes das höchste Gebäude des Dorfes. Ein Lehrer unterrichtete in zwei Klassenzimmern maximal 28 Schüler (1922). Die Chronik der Dorfschullehrer berichtet aber auch über weitere Verwendung der Schulräume, z. B. als Wahllokal bei der Reichstagswahl am 12. Januar 1912: »In unserem Dorfe hatten die Sozialdemokraten Stimmenmehrheit.«

Als wir 1966 nach Bebersee kamen, waren die einklassigen Dorfschulen bereits durch Zentralschulen abgelöst worden, und ein Schulbus holte und brachte vier oder fünf Kinder des Dorfes, in dem es heute keine Schulpflichtigen mehr gibt. Wir erlebten aber die Schule als multifunktionale Stätte, nämlich als Gemeindebüro und Gemeindebibliothek, als Eieraufkaufstelle und Trauerhalle, als Behelfskirche für drei alte Dorfbewohnerinnen, denen der Pfarrer aus Groß Dölln an jedem zweiten Sonnabend das Evangelium verkündete, sowie als Versammlungsstätte von freiwilliger Feuerwehr und der Dorfbewohner bei Geburtstagen und anderen Anlässen, etwa bei Trauerfeiern und dem daran anschließenden Leichenschmaus.

Die Technisierung des letzten Weges vom alten Schulhaus zum 400 m entfernten Friedhof am Rande des Dorfes erlebten wir ebenfalls mit. Anfangs trugen noch vier kräftige Männer den Sarg, später zog ein Pferd den Leichenwagen, und bei der Beerdigung von Frau Galé (1979) wurde der Sarg auf einer »Ameise« (motorisierter Kleinst-Transporter) befördert.

Die Dorfgaststätte vis-à-vis der Schule gab es 1966 schon nicht mehr.

1919 schrieb der Lehrer hierüber: »Zur Kirche nach Groß Dölln geht anscheinend niemand, dagegen wird jeden Sonntagnachmittag bis 12 Uhr (also 24 Uhr) getanzt und zwar … im Gasthofe zu Bebersee.«

Nun war hier der Konsum nach Art eines Gemischtwarenladens etabliert, viermal in der Woche für einige Stunden geöffnet. Es gab Seife und Marmelade, Brot, Butter, verschiedene Konserven, Wurst und nach Bestellung auch Fleisch. In der Neuzeit ging auch diese dörfliche Idylle verloren und fliegende Händler für Lebensmittel kommen zweimal in der Woche in das Dorf. Nur am Dienstag ermöglicht ein Autobus den wenigen nicht motorisierten Beberseern, nach Templin zum Arzt, Friseur oder auf das Amt zu fahren – die Abgeschiedenheit des Dorfes ist also erhalten geblieben und fördert Gesundheit und Erholungsmöglichkeiten. Neunzig Lebensjahre erreichten manche, und der bisher langlebigste Dorfbewohner starb kürzlich im Alter von 104 Jahren.

Ein ausgedehntes Waldgebiet, in das eiszeitlich entstandene Seen eingestreut sind, läßt – eine Autostunde von Berlin entfernt – ein Mikroklima mit sauerstoffreicher staubfreier Luft entstehen, das sich subjektiv und objektiv positiv auswirkt. Wir erfreuen uns dort der Möglichkeit, Pilze zu suchen und Tiere zu beobachten. Die Zeit der Hirschbrunst wird zum akustischen Erlebnis. Wir haben uns aber nie für die Jagd interessiert und über die »Schießbürger« im einen Kilometer entfernten Staatsjagdgebiet stets mokiert. Für sie wurden Wildschweine »angekirrt«, d. h. durch Ausstreuen von Mais schuf man Futterplätze, welche die Tiere dann regelmäßig aufsuchten. Wenn aber ein Jagdgast hinter der ca. 50 m entfernten Sichtschutzwand saß und richtig zielen konnte, wurde das für mindestens ein Tier zur Henkersmahlzeit. Jagdgast im Waldgebiet um Bebersee war Alexander Schalck-Golodkowski. Er trieb jedoch nicht den Aufwand, wie die Herren des Politbüros.

Heute stehen jedenfalls viel mehr Jagdkanzeln im Wald als vor zehn Jahren, und der Abschuß eines kapitalen Hirsches ist mit 10.000 DM und mehr zu erkaufen.

Wir erfreuen uns stattdessen an den Kranichen und Gänsen, die im Frühjahr und Herbst vorüberziehen, am Roten Milan und am Fischadler. Bis etwa 1975 gab es bei uns auch noch Blauracken zu beobachten. Sie verschwanden, als mit dem Fällen eines Hochwaldes keine Nistmöglichkeiten mehr gegeben waren. Hier lag ihr nördlichstes Brutgebiet.

Zur endmoränengeprägten Landschaft gehören natürlich auch klare Seen, deren Wasserbeschaffenheit zum Tauchen herausfordert.

Theodor Fontane schrieb 1887: »Überschlage ich meine eigene Reiserei: Ich habe von Spritzfahrten in die Nähe mehr gehabt als von großen Reisen. In Teupitz und Wusterhausen und nun gar in der Prignitz und im Havelland bin ich immer glücklich gewesen...«

Wir können unsere Empfindungen für diesen Teil der Schorfheide genauso umreißen.

Zu unseren schönen Erinnerungen zählen wir den Besuch vieler Opern-Aufführungen. Die meisten erlebten wir naturgemäß in Berlin. Manche Inszenierung entsprach nicht unserem Geschmack, andere jedoch erfreuten uns nachhaltig. Immer war das bei den bis 1986 stattfindenden Opernbällen in der Berliner Staatsoper der Fall, wo die künstlerische Gestaltung zum Mittelpunkt eines gesellschaftlichen Ereignisses wurde. Gesangensemble und Corps de Ballet persiflierten jeweils eine Oper. So wurde etwa aus dem »Rigoletto« die »Leiche im Sack« und damit zum teilweisen Grusical. Auch aktuelle Schlager kamen stimmlich und darstellerisch verfeinert zur Darbietung, zum Beispiel »Ich geh' vom Nordpol zum Südpol zu Fuß ...«, von Theo Adam gesungen, der zur optischen Untermalung seines Vorhabens Schwimmflossen an den Füßen trug.

Karten für den Opernball waren eigentlich nur mit guten Beziehungen zu bekommen. Diese hatte ich aber erfreulicherweise dank vieler Patienten aus der Staatsoper. Im Gegensatz zu den damals und heute üblichen Gepflogenheiten vieler Politiker bezahlten wir jedoch unsere Eintrittskarten.

Als nach 1990 der Posten des Staatsoper-Intendanten neu besetzt wurde, wählte man hierfür den relativ unbekannten RIAS-Redakteur Georg Quander. Nachdem der neue Intendant verkündete, er wolle die Staatsoper in einigen Jahren »ostfrei« machen, haben wir seither dieses Gebäude nicht mehr betreten.

Die Ausbildung für das Ballett weist viele Parallelen zum Leistungssport auf. Sie erfordert aber neben körperlichen Voraussetzungen und dem Training von Ausdauer, Schnelligkeit und Kraft auch das Umsetzungsvermögen dieser Leistungsparameter in künstlerische Formen. Bei den Ensemble-Auftritten des klassischen Balletts konnten wir uns nie des Eindrucks erwehren, daß hier mit Grazie gepaartes preußisches Exerzierreglement zu sehen ist.

Die erhebliche physische Belastung des professionellen Tanzens setzt der Möglichkeit, diesen Beruf auszuüben, zeitliche Grenzen. Das wurde in der DDR dahingehend gewürdigt, daß Mitgliedern von Ballettensembles nach fünfzehnjähriger entsprechender Tätigkeit ein Rentenanspruch zuerkannt wurde. Gleich vielen anderen Rentenregelungen fiel auch dieser Anspruch zum Nachteil der Berechtigten der deutschen Einheit zum Opfer.

Die Parallelen von Ballett und Sport kommen in den ähnlichen Folgen von Fehlbelastungen und Unfällen zum Ausdruck, mit denen Tänzer oder Sportler den Arzt aufsuchen. Als Schwachstellen bei physischer Extrembelastung erweisen sich oft der Knorpel von Sprung- und Kniegelenken und die Bandscheiben zwischen den Wirbelkörpern. Die annähernd ähnlichen Unfalldispositionen führen zu gleichartigen typischen Sport- und Ballettverletzungen, etwa Rissen von Bändern am Sprunggelenk oder der Achillessehne sowie Blockierungen im Bereich der kleinen Wirbelgelenke.

Daß die Lehrer an den staatlichen Ballettschulen der DDR einen gleichen erfahrungsgeprägten Blick für große Talente hatten wie Trainer im Sport, erfuhr ich wiederholt.

Mit einer Verletzung von Bändern am Sprunggelenk wurde mir eine 16jährige vom Ballettmeister in die Klinik gebracht, der von ihrer großen Zukunft überzeugt war. Ich freue mich natürlich, daß ihr diese Perspektive durch eine erforderliche Operation erhalten werden konnte, denn heute ist Steffi S. Primaballerina der Staatsoper Unter den Linden.

Gleiches ist vom Meistertänzer Oliver M. zu sagen, dessen Energie die Folgen einer Sprunggelenkverletzung überwand, welche mehrere Operationen erforderlich machte.

Das sind die zur Zeit bekanntesten unter den vielen »Kunden«, die uns aus den Ballettensembles Berlins und anderer Städte um ärztlichen Beistand baten.

Im Juni 1981 gastierte das Ballett der Deutschen Staatsoper Berlin in Spanien. Da einige Ensemblemitglieder noch meine helfende Hand benötigten, durfte ich mitfahren. Wie im Hochleistungssport waren auch ein Internist und ein Masseur mit von der Partie, so daß medizinisch für alles vorgesorgt war. Ähnlich wie bei Wettkämpfen konnte mancher Akteur nur mit einer Bandage oder nach einer Injektion auf die Bühne. Im Programm standen »Schwanensee« und »Giselle« in der klassischen Choreographie mit 12 Auftritten en suite in Madrid und drei weiteren in Granada. Das hatte zur Folge, daß sich auch den Begleitern Musik und künstlerische Gestaltung fest einprägten. Der Reisezweck ließ natürlich viel weniger Zeit für Land und Leute, als Touristen haben. Dennoch blieben in Madrid die Architektur von Königsschloß und Großem Platz mit seinem Arkadenkarrée, die reichhaltige Bildersammlung des Prado und das Grün der Parks genauso in nachhaltiger Erinnerung wie ein Sonntagsausflug zu der aus einem Kloster entstandenen Sommerresidenz El Escorial. Auf der Bahnfahrt dorthin sahen wir in den Guadarrama-Bergen ein 150 m hohes weißes Kreuz. Es war Teil der Gedenkstätte für etwa eine Million Tote, die Opfer des Bürgerkrieges 1936-39 wurden, und stand wohl auch für die überwiegend atheistischen Verteidiger der Republik. Das erinnerte mich an die im Prado gesehene gemalte Historie des Landes: die politische Macht der Könige, gefestigt durch die Schrecken der Inquisition und das menschliche Leid, das aus beidem erwuchs.

Auf dem Weg in den Süden passierten wir Toledo und sahen dort neben der Kathedrale und El Greco-Bildern auch, wie kunstfertige Schmiede Blattgold-Intarsien in schwärzlichen Stahl einhämmerten.

Ganz anders Granada – noch geprägt von der Kultur der Araber, die dort über 780 Jahre bis 1492 herrschten und mit bemerkenswerter Toleranz Christen und Juden unter sich duldeten. Weil der letzte maurische Herrscher die Schönheit der Bauten nicht zerstört sehen wollte, räumte er die Stadt kampflos. Somit blieb die Alhambra das Synonym für Granada.

Die Freilichtbühne inmitten der Gärten war ein stimmungsvoller Rahmen für das Ballett. Dieser erhielt mitten in einer »Giselle«-Aufführung einen heiteren Anstrich, als die Bühne wiederholt von einem Vierbeiner mitbevölkert wurde. Es war kein vom Löwenhof entsprungenes Tier, sondern nur ein verwilderter Hund. Der wurde aber erfreulicherweise durch tanzende Menschen nicht zum Kampfhund. Mitten in der Schlußszene entlud sich dann noch ein Gewitter, wie es bei *Open Air*-Veranstaltungen immer möglich ist. Das Ensemble stand auch das bis zum Schlußapplaus durch. Die spanische Presse bestätigte den durch diese Episoden nicht beeinträchtigten künstlerischen Gesamterfolg.

Einige der weniger zartbesaiteten Gemüter zog es in die Arena, um sich einmal einen Stierkampf anzusehen. Die Preise dort waren nicht nur nach der Höhe der Reihen gestaffelt, sondern auch nach Sonnen- oder Schattenseite. Da unser Devisenfonds aber sehr knapp bemessen war, versagten wir uns die teure Schattenseite des Lebens und wählten den ziemlich warmen Platz in der Sonne. Beim Griff in die Umhängetasche zum Bezahlen der Karten schrie eine der Tänzerinnen plötzlich laut auf. Sie hatte statt des gesuchten Portemonnaies eine fremde Hand ergriffen, die dem gleichen Ziel zustrebte. Der Schrei ließ den zur Hand gehörenden Taschendieb jedoch ohne den Gegenstand seiner Begierde die Flucht ergreifen. Dem Stierkampf selber mit den in der Arena und durch die Zuschauer zelebrierten Ritualen haben wir keine positiven Seiten abgewinnen können. Wir empfanden sehr vieles anders, als etwa Ernest Hemingway hierzu geschrieben hat.

Ich erinnere mich gern an meinen 65. Geburtstag (1991), an dem ich in Hongkong den Eröffnungs-Vortrag auf einer Sporttraumatologentagung halten konnte. Das hatte Prof. Reschauer als wissenschaftlicher Leiter im Sinne einer Geburtstagsblume organisiert und der Tagungsvorsitzende, ein Inder, sprach einige freundliche Worte zu diesem Anlaß.

Vorher waren wir in Malaysia, in dessen Urwäldern unser alter Londoner Freund Dr. Arron Rapoport als Arzt einer Partisanengruppe gegen die Japaner gekämpft hatte. Nachher sahen wir mit den Tonkriegern in Xian, dem Kaiserpalast in und der Großen Mauer bei Peking die alte Geschichte des Reiches der Mitte und erlebten auf den Märkten in Kanton die Realität der Volksweisheit: »Kantonesen essen alles, was fliegt, außer Flugzeugen, und alles was vier Beine hat, außer Tischen und Stühlen.« 33 Jahre nach meinem ersten Besuch war in Peking und Kanton zu sehen, daß man dort bezüglich der Hochhausarchitektur den Anschluß zur westlichen Zivilisation gefunden hatte.

Die zweite weite Reise galt 1997 dem 90. Geburtstag von Ernst Jokl. Vor dem Ereignis in Lexington weilten wir eine Woche im Yellowstone-Nationalpark. Hier waren einige Jahre zuvor große Waldflächen durch Brände vernichtet worden. Die Natur zeigte aber schon wieder deutliche Zeichen der Regeneration. Die Samen mancher Pinien benötigten sogar die Hitze des Brandes, um keimfähig zu werden.

Wir sahen Geysire und Kalk-Sinterterrassen, den Canyon des Yellowstone-River, Herden von Wapiti-Hirschen und Bisons. Letztere waren zusammen mit den Indianern, den Besitzern des Landes, in der zweiten Hälfte des 19. Jahrhunderts nahezu ausgerottet und im 20. Jahrhundert nachgezüchtet worden. Indianer sahen wir allerdings keine im Park.

Ohne einen Geburtstag als Anlaß verbrachten wir die letzte kalendarische Sommerwoche 1999 sehr erholsam. Mit der »Theodor Fontane« unter einem leicht sächsisch sprechenden Kapitän wurde die Flußfahrt von Würzburg nach Trier, also über Main, Rhein und Mosel, zu einem anregenden Erlebnis.

Uns Weinliebhabern vermittelten die nahezu kontinuierlichen Monokulturen an den Ufern aller drei Flüsse auch geographische und kulturhistorische Bezugspunkte, die von Landkarten allein schlecht zu erlangen sind.

Die mittelalterlichen Kerne der kleinen Städte an Main und Mosel, die wir sahen (Wertheim, Miltenberg, Cochem, Bernkastel) waren eindrucksvoll und die Burgenkonglomeration am Mittelrhein zwischen Bingen und Koblenz nicht minder. Daß uns beim Anblick des Niederwald-Denkmals über Rüdesheim die Verse des alten Studentenliedes einfielen: »Mit stolz geschwelltem Busen stehst Du da – Hurra, Du stolzes Weib, hurra GERMANIA!« ist wohl unseren Ansichten zum Ablauf der neueren deutschen Geschichte geschuldet. Auch am Deutschen Eck in Koblenz erlebten wir den scheußlichen Stilbruch zwischen Gotik und fürstbischöflichem Barock einerseits und dem vom Reichsgründungs-Spießerstil unserer Großväter geprägten Denkmal an der Mündung der Mosel in den Rhein. 1945 hatte ein Schuß aus einer US-Kanone Wilhelm I. vom hohen Roß herabbefördert – leider nicht auf Dauer, wie wir, nicht zum erstenmal im neuen Vaterland, bemerken mußten.

Andere Verse des Lorelei-Dichters Heinrich Heine, der zu Lebzeiten emigrierte und 77 Jahre nach seinem Tode aus dem deutschen Geistesleben eliminiert wurde, kamen uns dabei schon in den Sinn: »Denk ich an Deutschland …«

In Trier gelang unserer Stadtführerin der historisch-rhetorische Bogen von den keltischen Treverern über die Thermen des Konstantin und die Porta Nigra zu dem Geburts- und Wohnhaus des Rabbinerenkels Dr. Karl Marx mühelos, brachte es doch Gewinn für die touristische Attraktion dieser eindrucksvollen Stadt.

Die Saarschleife bei Mettlach ist ein so schönes Fotomotiv, daß man sie auch uns nicht vorenthielt. Auf dem Wege dorthin sahen wir in Orscholz eine Reha-Klinik, die vom F. J. Strauß-Intimus Zwick inmitten eines früheren Naturschutzgebietes errichtet werden konnte und erfuhren, daß das Saargebiet nach seinem Anschluß an die BRD im Jahre 1955 keinen Abbruch seiner Handelsbeziehungen zu seiner langjährigen Schutzmacht Frankreich erfuhr, eine ökonomische und soziale Integration in die übrigen Bundesländer in etwa fünf Jahren vollzogen war und daß laut Staatsvertrag Personen aus ihrer Zusammenarbeit mit Frankreich keine Nachteile erwachsen durften, z. B. auch Geheimdienstmitarbeitern.

Manche Bilder im einig Vaterland gleichen sich doch nicht so, wie behauptet wird.

Da von Trier nach Luxemburg die Bahn nur 45 Minuten benötigt, schien uns ein Abstecher dorthin verlockend, auch wenn wir nichts »an der Steuer vorbei« dorthin verbringen wollten.

Von der nach Gibraltar ehemals mächtigsten Festung Europas sind noch einige Kasematten und Bastionen erhalten. Diese und die Viadukte über etwa 60 m tiefe Täler sind beliebte Fotomotive. Die Beschaulichkeit des kleinen Landes mag Wilhelm Voigt veranlaßt haben, nach seiner Zuchthausstrafe wegen des Griffes nach der Kasse in Köpenick hierhin auszuwandern. Sein Grabstein auf dem Liebfrauenfriedhof wurde vom Zirkus Sarrasani bezahlt – er zeigt das Relief einer preußischen Pickelhaube. Deren echte Träger und ihre Nachfahren besetzten zweimal das kleine Land, woran in Luxemburg allenthalben Gedenktafeln erinnern … Und der Liebfrauenfriedhof liegt an der Allée des Résistants et des Déportés.

Beim Entstehen unseres Freundeskreises haben Opportunitäten keine Rolle gespielt. Somit hat sich die Runde nach 1990 nicht infolge divergierender Ansichten verkleinert, sondern leider nur durch biologische Abläufe. Zu denen, die unseres Gedenkens sicher sind, möchten wir Prof. Heinz Graffunder (1926-1994) zählen. Die Wohnnähe in Pankow förderte eine Freundschaft, deren Basis viele gemeinsame Ansichten zu den Dingen des Lebens waren und die ihren Überbau im rational schwer zu begründenden Empfinden einer gegenseitigen Sympathie fand. Die steingewordene Lebensleistung des Architekten Heinz Graffunder wird noch späteren Generationen erkennbar sein – vor allem in seiner Heimatstadt Berlin, aber auch anderen Ortes. Hierin widerspiegelt sich die Synthese von schöpferischer Phantasie, die seine Persönlichkeit prägte, und vollendeter Form mit hohem Gebrauchswert. Der inmitten von Marzahn erhaltengebliebene Dorfkern ist ihm zu verdanken, und seine Handschrift sieht man vom Tierpark in Friedrichsfelde über die Rathausstraße bis zum Palast der Republik. An letzterem scheiden sich die Geister besonders akzentuiert, weil die im restaurierten Deutschland geschäftsführende Klasse ihr proklamiertes Anliegen, die DDR zu delegitimieren en bloc zu realisieren trachtet. Das schließt eben auch die Positiva ein. Somit gibt für vergleichbare Gebäude in Berlin-West (ICC) und -Ost (Palast) der Vorwand »Astbestverseuchung« Anlaß zu qualitativ sehr differentem Handeln. Das bewog den scharfsinnig schreibenden Hermann Kant zu dem Vorschlag, künftig bei allen Sanierungen zwischen Aswest und Asbost zu unterscheiden.

Heinz Graffunder gab in Zeiten der Wende sozialer Strukturen seine humanistischen und künstlerischen Positionen nicht auf und stand zu seinem Lebenswerk.

Die Gegebenheiten der Zeit ließen einige neue Freunde in unseren Kreis treten. Hier Namen zu nennen, würde eine Reihenfolge erfordern, die zu Wertungen Anlaß geben könnte. Wir glauben, daß unter guten Freunden kein gedrucktes Verzeichnis erforderlich ist, um die wechselseitige Verbundenheit zu dokumentieren. Wir wünschen ihnen und uns noch viele Jahre mit harmonischen Begegnungen und anregendem Gedankenaustausch.

Nachwort

Ich bitte Sie auch, sich nicht des Lohnes wegen
der Kranken anzunehmen, noch sie im Stiche zu lassen,
wenn sie arm sind und nicht zahlen können.
Ambroise Paré

Der Zeitzeugenbericht über mein Leben im 20. Jahrhundert enthält subjektive Darstellungen, aber auch objektive Fakten. Das Leben mit meiner Familie hätte ich mir harmonischer nicht vorstellen können. Leider hatten wir oft nicht genug Zeit füreinander. Ohne das große Verständnis meiner Frau wäre der Umfang des aus eigenem Antrieb übernommenen Aufgabenfeldes nicht zu bewältigen gewesen.

Mein Beruf hat mich stets erfüllt. Ich konnte darin meine Vorstellungen vom sozialen Anliegen der Medizin bestätigen und fand für das Geleistete Anerkennung – in erster Linie bei den Patienten.

Objektiv sind die Fortschritte, die während der letzten 50 Jahre in meinem Fachgebiet, der Chirurgie/Unfallchirurgie, Verbreitung fanden. Ihre Basis sind Ergebnisse der Grundlagenforschung und verschiedenartigste technische Innovationen. Einige Methoden bleiben wegen eines großen Aufwandes auf hochspezialisierte Kliniken beschränkt – z. B. Organtransplantationen –, andere haben längst den Weg in fast jedes Kreiskrankenhaus gefunden, und viele werden seit zehn Jahren zunehmend ambulant durchgeführt.

Als ich 1990 aus der Klinik ausschied, begann man gerade, auf endoskopischem Wege Gallenblasen zu entfernen und am Darm zu operieren. Heute werden 80 bis 90 Prozent aller Gallenblasenoperationen endoskopisch vorgenommen.

1990 war ich der Meinung, daß eine Kreuzbandplastik kein ambulant durchzuführender Eingriff ist. Heute werden jährlich allein in unserer Tagesklinik bei 250 Patienten Kreuzbandverletzungen ambulant operiert.

Mich bedrückt, daß ökonomische Aspekte zunehmend das ärztliche Handeln dominieren. Ich bin sehr froh, daß ich 40 Jahre meines Berufslebens davon nahezu unberührt gestalten konnte.

Die letzten Jahre meiner Tätigkeit als Arzt wurden jedoch durch die Folgen der beiden sogenannten Gesundheitsreformen aus den Jahren 1997 und 2000 immer wieder und oft nachhaltig beeinträchtigt.

Für die jeweiligen Gesetze zeichneten einmal die CDU und einmal die SPD politisch verantwortlich – die beiden großen Volksparteien erwiesen sich auch darin als echte Interessenvertreter-Verbände der Wirtschaft. Die Folgen sind mit Restriktionen für die Gesundheit am besten zu umreißen. Das betrifft Patienten genauso wie Ärzte und ihre Mitarbeiter.

Das seit Bismarck als Positivum hervorzuhebende Solidarprinzip der Krankenversicherung wurde zunehmend ausgehöhlt und erfährt durch den Wettbewerb der Kassen um junge und gesunde Mitglieder eine zusätzliche Schwächung. Die Beitragsbemessungsgrenze läßt weniger Bemittelte unter sich, denn Besserverdienende sind meist privat versichert. Damit sind sie aus den Zwängen der Budgets für Ärzte ausgeklammert und können immer einer besseren Betreuung in Sprechstunden und Krankenhäusern sicher sein.

Die Budgetierung ärztlicher Leistungen und Verordnungen trifft vor allem chronisch oder schwer Kranke. Ihr Behandler riskiert beim Verschreiben des medizinisch Erforderlichen Honorarabzüge oder Regreßforderungen, die ihn ökonomisch treffen.

Die vom Gesetzgeber ausgelösten Sparzwänge mindern auch die Qualität der Betreuungsleistungen. Zu hohe Personalkosten führen zum Stellenabbau oder der Einstellung von billigeren Kräften. Das vom Markt gesteuerte Gesundheitswesen stellt ethischmoralische Normen zur Disposition, die in der Alten Welt über Jahrhunderte, wenn nicht Jahrtausende, ärztliches Handeln mitbestimmten.

Die eingangs zitierten Worte vom Ambroise Paré, einem der berühmtesten Chirurgen des Mittelalters, werden immer weniger beachtet werden, je stärker der soziale Beruf Medizin von der asozialen Marktwirtschaft dominiert wird.

Nach Erfahrungen meines Lebens und Bekenntnissen befragt, übermittelte ich der Zeitung »Neues Deutschland« einen Text, der am 1./2. Februar 1997 gedruckt wurde. Die gegebenen Antworten haben ihre Aussagekraft nicht verloren.

Weltsicht

Für welchen höheren Sinn lebt der Mensch?

Soziales Verhalten zu praktizieren und zu fördern.

Was finden Sie liebenswert an diesem Jahrhundert?

Meine Mutter (geboren 1905).

Sie stehen einer Weltregierung vor: Was würden Sie sofort abschaffen?

Waffenproduktion und -handel.

Was ist links?

Das Wissen um das Amoralische des privaten Aneignens von gesellschaftlich erarbeitetem Mehrwert und daraus erwachsendes Handeln.

Weltreise

Welches ist Ihr liebster Platz auf der Welt?

Unser Refugium in der Schorfheide.

Mit welchen drei Begriffen charakterisieren Sie Deutschland?

Buchenwald, SFOR-Sucht, Fußball-Chauvinismus.

Was ist für Sie Heimat?

Gibt es für mich seit 1990 nicht mehr.

Welches ist das Ziel Ihrer Traumreise?

Naturschönheit in aller Welt.

Weltschmerz

Wovor haben Sie Angst?

Vor der Zukunft für die Generation meiner Enkel.

Wann haben Sie zuletzt geweint?

Keine Antwort.

Was trauen Sie der Menschheit nicht mehr zu?

Die Realisierung der zehn christlichen Gebote.

Was empfinden Sie als Verrat?

Das plötzliche Ändern eigener Haltung wegen persönlicher Vorteile (Spirelli-Syndrom).

Weltkunst

Welcher literarische Held steht Ihnen am nächsten? Warum?

Prof. Mamlock von Friedrich Wolf. Hier widerspiegelt sich das Dilemma der deutschen Juden bei ihrem Integrationsbemühen in eine ihnen feindlich gesinnte Gesellschaft und die deutsche Berufsverbots-Praxis.

Welches Kunstwerk haben Sie nie verstanden?

Die Musik der sogenannten Neutöner.

Wie beschreiben Sie Lebenskünstler?

Ohne Beeinträchtigung wesentlicher Interessen anderer eigene Lebensvorstellungen zu realisieren.

Welche Kunst würden Sie gern beherrschen?

Die Ausführungen von Musikwissenschaftlern in Konzertprogrammen mit dem Gehörten in Einklang zu bringen.

Weltwunder

Worüber wundern Sie sich?

Daß sich Erich Kästners Vers »Die ersten Menschen waren nicht die letzten Affen und wo ein Kopf ist, ist auch meist ein Brett« täglich vielfach bestätigt.

Was müßte unbedingt erfunden werden?

Eine Vorrichtung, die späterhin irrelevantes Papier erkennt und zum Wiederverwenden freigibt.

Was ist an Ihnen bewundernswert?

Mein Weddinger Charme.

Apropos Wunder: Was ist ein wunder Punkt an Ihnen?

Die trotz vieljähriger Mühen bisher nicht gelungene Entrümpelung meines Schreibtisches.

Weltbürger

Welchen Zeitgenossen würden Sie für Verdienste um die Menschheit auszeichnen?

Jeden Atomwaffengegner.

Finden Sie Marx überholt?

Nein, denn auch die Mercedes-Karosse tarnt das Manchester-Design der asozialen Marktwirtschaft nur wenig.

Sind Sie für Geburtenkontrolle?

Ja, solange noch Kinder verhungern – z. Zt. sind es täglich 35.000 weltweit!

Mit welcher Persönlichkeit der Geschichte würden Sie gern in Briefwechsel treten?

Mit Julius Rodenberg (1831-1914), dem Schilderer des Berliner Lebens in seiner Zeit.

Als auch für mein Leben zutreffend, möchte ich die Worte des Historikers Prof. Walter Markov (1909-1993) zitieren: »Ich habe den Versuch einer neuen Gesellschaftsordnung erlebt. Wie immer das zu Buch schlagen wird: Es bleibt in der Gesellschaft, in der ich nunmehr leben muß, ein wertvoller Besitzstand.«

Unter den vielen Bemühungen, das Gesellschaftsmodell DDR zu diskriminieren, nimmt sich die Behauptung vom »verordneten Antifaschismus« besonders diffamierend aus. Kommt sie doch von Repräsentanten eines Staates, zu dessen Verantwortlichen der Gründergeneration viele notorische Aktivisten der NS-Hierarchie und der Wehrmacht zählten. Der Antifaschismus als Verfassungsgebot der DDR und als Bildungsauftrag erscheinen mir da in positiverem Licht als vieles diesbezüglich Unterlassene in der alten Bundesrepublik.

Mir brauchte kein Antifaschismus verordnet zu werden, wie heute von manchen für das Leben in der DDR behauptet wird.

Im Oktober 1953 war ich ärztlicher Begleiter einer Sportmannschaft, die zu Wettkämpfen nach Polen fuhr. Dort ergab sich aus der räumlichen Nähe zu Krakau ein Besuch im ehemaligen Konzentrationslager Auschwitz, dem Synonym der von deutschen Faschisten industriemäßigen Vernichtung und Verwertung von Menschen. Der Anblick von raumhoch gestapelten Haaren, Brillen, Schuhen und anderen Resten irdischen Lebens wurde als schaurige Impression noch verstärkt, als wir überall auf den Wegen durch das Lager kleine Knochenstücke im Sand liegen sahen. Keiner von uns war sich einer persönlichen Schuld am dort und anderswo Geschehenen bewußt. Jeden aber bedrückten die sichtbaren Zeugnisse der Inhumanität, für die Landsleute von uns verantwortlich waren.

Ich sehe mich in meiner Ablehnung der These vom »verordneten Antifaschismus« auch durch das Urteil des bürgerlichen Humanisten Prof. Ernst Jokl bestätigt. In einem Brief vom 4. Juli 1985 schrieb er mir: »Ich will noch etwas sagen zu Deinem echten Verständnis der Sondertragödie der Judenvernichtung während der Nazizeit: Es hat mich beeindruckt, ist ja für uns Deutsche ein Doppeltrauma: Einmal das beispiellos Schreckliche in seiner Unmenschlichkeit, und zweitens die Zerstörung der einmalig majestätischen deutschen Kultur, die durch die Konfluenz der besten Begabungen einstmals zustande kam. Ich bin ja noch Zeuge, wohl einer der letzten, der glanzvollen und menschlich hochstehenden Epoche.

Es gereicht der DDR zum Ruhm, diese Dinge der nachfolgenden Generation eingeschärft zu haben.

Mit herzlichen Grüßen, Dein Ernst«

Als Vorsitzender der Sektion Traumatologie in der DDR-Gesellschaft für Chirurgie während der Jahre 1986-88 hatte ich am 6. November 1988 in Leipzig den Unfallchirurgenkongreß mit internationaler Beteiligung zu eröffnen. Ich verwies auf die »Reichskristallnacht« 1938, die ich als Zwölfjähriger hatte erleben müssen. »Wenn wir uns heute in der DDR an den Beginn der Judenpogrome vor 50 Jahren erinnern, so widerspiegelt sich auch darin unsere Staatsdoktrin, dem Faschismus aller Schattierungen entgegenzutreten«, erklärte ich. Dazu mußte mich niemand auffordern, das war mir nicht verordnet worden. Es entsprach meiner inneren Überzeugung.

Daß die vielzitierte preußische Toleranz bei Anschlüssen nicht unbedingt von den Bewohnern der neu gewonnenen Territorien als solche empfunden wird, ist aus der Geschichte zu belegen.

Im Ergebnis des Krieges gegen Dänemark 1864 kamen die überwiegend deutschsprachigen Herzogtümer Schleswig und Holstein zu Preußen.

Über seine Erlebnisse und Empfindungen berichtete nach einiger Zeit der Dichter Theodor Storm an seinen russischen Kollegen Turgenjew: »Wir können nicht verkennen, daß wir unter Gewalt leben. Dieses ist um so einschneidender, als sie von denen kommt, die wir gegen die Gewalt zu Hilfe riefen und die uns jetzt, nachdem sie jene bewältigen halfen, wie einen besiegten Stamm behandeln: Indem sie wichtige Einrichtungen, ohne uns zu fragen, hier über den Haufen werfen. Obenan steht ihr schlechtes Gesetzbuch, worin eine Reihe von Paragraphen ehrlichen Leuten gefährlicher sind als den Spitzbuben, die sie angeblich treffen sollen. Obwohl das Land – sowohl wegen der Art wie es das neue Gebiet gewonnen, als auch weil wir zum geistigen Leben der Nation ein großes Kontingent gestellt haben – alle Ursachen zu bescheidenem Auftreten bei uns hat, kommt doch der Kerl von dort mit der Miene des kleinen persönlichen Eroberers und als müsse er erst die höhere Weisheit bringen. Unglaublich ist die Roheit dieser Leute. Auf diese Weise einigt man Deutschland nicht.«

Aus ähnlichem Anlaß mahnt 1908, also 27 Jahre nach der Eingliederung von Elsaß und Lothringen als Reichslande in das Deutsche Kaiserreich, der dortige Statthalter Carl von Wedel bei seinem Monarchen (Wilhelm II.) eine neue Verfassung an. Diese soll den dortigen Einwohnern »das demütigende Empfinden nehmen, Deutsche zweiter Klasse zu sein«.

Die schnelleren Abläufe des heutigen Zeitgeschehens bringen es vielleicht mit sich, daß sich bereits wenige Jahre nach dem zunächst letzten Anschluß im deutschsprachigen Raum die prominenten Stimmen mehren, welche auf die de-facto-Zweitklassigkeit der Ostdeutschen in ökonomischer und sozialer Hinsicht sowie auf das permanente Diskriminieren ihrer Lebensleistung verweisen.

Einer dieser Mahner ist der Schriftsteller und Literaturnobelpreisträger Günter Grass. Betrachtungen, die er im Jahre 1991 über die deutsche Einheit anstellte, trugen ihm ein, als »Schwarzseher der Nation« bezeichnet zu werden. Damals sagte er: »So formal und papieren praktiziert, werde der Beitritt zum Anschluß verkommen; die Abwicklungsmaschinerie Treuhand … wird … ein Übermaß an kriminellem Eifer freisetzen; fortan gehört der Osten weitgehend dem Westen; und dieser Besitz wird von Generation zu Generation vererbt werden.«

In seiner »Rede über den Standort« beschrieb er dann 1997 die objektiven Ergebnisse des Anschlusses der Ostdeutschen an die Bundesrepublik. Sie treffen die Sicht von vielen sich betroffen Fühlenden und durch die Realität auch echt Betroffenen: »Sind … innerhalb der Regierung *(damals Kohl – d. Verf.)* und der sie lenkenden Großindustrie Verfassungsfeinde am Werk, die, anstelle des Grundgesetzes, eine nur dem Standort Deutschland verpflichtete Rentabilitätssicherung in Kraft setzen möchten? Ob Polikliniken oder betriebseigene Kindergärten, nichts durfte bleiben; Kulturleistungen … waren westlicher Mißachtung sicher, Bücher wurden wie Makulatur, Bilder als Schund bewertet; und die Goldmedaillen erfolgreicher DDR-Sportler hatten im Nachholverfahren als dopingverdächtig zu gelten; so ging und geht man mit Menschen um, die die schwerste Folgelast des von allen Deutschen verbrecherisch geführten und verlorenen Krieges hatten tragen müssen; die Bürger des entschwundenen Staates lernten den von ihren Ideologielehrern einst verteufelten Kapitalismus nun fern aller Theorie kennen. Und siehe da: er schlug erbarmungsloser zu, als von rötesten Socken angedroht.«

Dem ist nichts mehr hinzuzufügen.

Literatur

Arnold, Karl-Heinz: Zeitung; edition ost, Berlin 2000

Bahr, Egon: Zu meiner Zeit; Blessing-Verlag, München 1996

Bamm, Peter: Eines Menschen Zeit; Droemer-Knaur-Verlag, Zürich 1972

Benser, Günter: DDR – gedenkt ihrer mit Nachsicht; Karl Dietz Verlag, Berlin 2000

Berlin. 100 Gedichte aus 100 Jahren; Aufbau-Verlag, Berlin 1987

Brecht, Bertolt: Stücke; Aufbau-Verlag, Berlin 1959

Chronik der Dorfschullehrer von Bebersee (Exzerpt nach dem Original von K. Franke); Manuskript, Berlin 1977

Dahn, Daniela: Spitzenzeit; Rowohlt, Reinbek 2000

Dahn, Daniela.: Wir bleiben hier oder wem gehört der Osten; Rowohlt Taschenbuch Verlag, Reinbek 1994

Dahn, Daniela: Vertreibung ins Paradies; Rowohlt Taschenbuch Verlag, Reinbek 1998

Döblin, Alfred: Berlin Alexanderplatz; Das Neue Berlin, Berlin 1954

Eberlein,Werner: Geboren am 9. November; Das Neue Berlin, Berlin 2000

Fischer, Gerhard, Krusch, H.-J., Modrow, Hans, Richter,Wolfgang, Steigerwald, R. (Hrsg.): Gegen den Zeitgeist; Zwei deutsche Staaten in der Geschichte; GNN Verlag, Schkeuditz 1999

Fontane, Theodor: Romane und Erzählungen; Aufbau-Verlag, Berlin und Weimar 1969

Fontane, Theodor: Autobiographische Schriften; Aufbau-Verlag, Berlin und Weimar 1982

Fontane, Theodor: Wanderungen durch die Mark Brandenburg; Aufbau Verlag, Berlin und Weimar 1987

Fontane, Theodor: Ich bin nicht für halbe Portionen; Aufbau Taschenbuch Verlag, Berlin 1998

Franke, Anneliese: Die Befreiung vom Schulsport als medizinisches, pädagogisches und psychologisches Problem; Mediz. Dissertation Humboldt-Univ., Berlin 1960

Franke, A.+ K.: Jüdische Ärzte in Berlin; Zschr.ärztl.Fortb.87 (1993) 347-351

Franke, Kurt: Traumatologie des Sports; 3. Aufl.; Volk und Gesundheit, Berlin 1986

Frey, Emil Karl: Rückschau und Umschau; Demeter Verlag, Gräfelfing1978

Gaus, Günter: Wendewut; Hoffmann & Campe, Hamburg 1990

Gaus, Günter: Kein einig Vaterland; edition ost, Berlin 1998

Geschonneck, Erwin: Meine unruhigen Jahre; Dietz Verlag, Berlin 1984

Glatzer, Dieter und Ruth: Berliner Leben 1914 – 1918; Rütten & Loening, Berlin 1983

Gössner, Rolf: Die vergessenen Justizopfer des Kalten Krieges; Aufbau Taschenbuch Verlag, Berlin 1998

Grass, Günter: Rede über den Standort; Steidl Verlag, Göttingen 1997

Grass, G.: Spiegel H. 37/2000

Heym, Stefan: Nachruf; Fischer, Frankfurt/Main 1990

Hubalek, C.: Unsere jungen Jahre; Volk und Welt, Berlin 1947

Hubalek, Claus: Das Glasauge; Volk und Welt, Berlin 1949

Kant, Hermann: Die Aula; Rütten & Loening, Berlin 1965

Kant, Hermann: Der Aufenthalt; Rütten & Loening, Berlin 1977

Kästner, Erich: Bei Durchsicht meiner Bücher; Rowohlt, Stuttgart/Hamburg 1946

Kerr, Alfred: Wo liegt Berlin? (Hrsg. Rühle, G.); Aufbau-Verlag, Berlin 1997

Kerr, Alfred: Warum fließt der Rhein nicht durch Berlin? Aufbau-Verlag, Berlin 1999

Klee, Ernst: Auschwitz, die NS-Medizin und ihre Opfer; 2. Aufl.; S. Fischer, Frankfurt/Main 1997

Klemperer, Victor: Tagebücher 1935-1936; Aufbau Taschenbuch Verlag, 2. Aufl. Berlin 1999

Knobloch, Heinz: Der Berliner zweifelt immer; Buchverlag Der Morgen, Berlin 1977

Knobloch, Heinz: Bei uns in Pankow; in: Berlin-Hauptstadt der DDR, ein Reiseverführer; Greifenverlag zu Rudolstadt 1980

Knobloch, Heinz: Mit beiden Augen; Transit-Verlag, Berlin 1997

Köhler, Otto: Die große Enteignung; Knaur, München 1994

Krenz, Egon: Herbst 89; Verlag Neues Leben, Berlin 1999

Kusche, Lothar: Neue Patientenfibel; Eulenspiegel-Verlag, Berlin 1998

Lommer, Horst: Das Tausendjährige Reich; Aufbau-Verlag, Berlin 1947

Luft, Christa: Treuhandreport; Aufbau-Verlag, Berlin und Weimar 1992

Luft, Christa: Zwischen Wende und Ende; 3. Aufl.; Aufbau Taschenbuch Verlag, Berlin 1999

Mann, Klaus: Mephisto; Aufbau-Verlag, Berlin 1956

Mecklinger, Ludwig: Mein Credo; Eigenverlag IG Medizin und Gesellschaft, Berlin 1998

Menzhausen, Ingelore: Alt-Meißner Porzellan; Weltbild Verlag, Augsburg 1992

Mitscherlich, Alexander, Mielke, Fred: Das Diktat der Menschenverachtung; Verlag Lambert Schneider, Heidelberg 1947

Nagel, Otto: Berliner Bilder; Henschelverlag, Berlin 1970

Nissen, Rudolf: Helle Blätter – dunkle Blätter; Deutsche Verlags Anstalt Stuttgart 1969

Noll, Dieter: Die Abenteuer des Werner Holt; Aufbau-Verlag, Berlin und Weimar 1964

Ockel, Edith: Die unendliche Geschichte des Paragraphen 218; edition ost, Berlin 2000

Oepen, Irmgard, Prokop, Otto (Hrsg.): Außenseitermethoden in der Medizin; Wiss. Buchgesellschaft, Darmstadt 1986

Prokop, Otto, Uhlenbruck, Gerhard: Regeln für medizinische Wissenschaftler; DDR-Medizin-Report 4 (1975), H. 11

Prokop, Ludwig, Prokop, Otto, Prokop, Heinz: Grenzen der Toleranz in der Medizin, Verlag Gesundheit, Berlin 1990

Rapoport, Ingeborg: Meine drei Leben; edition ost, Berlin 1997

Rodenberg, Julius: Bilder aus dem Berliner Leben; Rütten & Loening, Berlin 1987

Rürup, Reinhard (Hrsg.): 1936. Die Olympischen Spiele und der Nationalsozialismus; Argon-Verlag, Berlin 1996

Rüster, Detlef: Alte Chirurgie; Volk und Gesundheit, Berlin 1984

Scherer, Karl Adolf: 100 Jahre Olympische Spiele, Idee-Analyse-Bilanz; Harenberg-Verlag, Dortmund 1995

Schmitt, Walter (Hrsg.): Aphorismen, Sentenzen und anderes – nicht nur für Mediziner; J. A. Barth, Leipzig 1986

Schwarz, Hanns: Jedes Leben ist ein Roman; 2. Aufl., Der Morgen, Berlin 1977

Stein, Ernst: Bebersee – ein Colonistendorf im Walde; Manuskript, Berlin 1987

Steinhaußen, Klaus: Meißen, in: Sachsen – ein Reiseverführer (Hrsg. Walter, Klaus); 2. Aufl.; Greifenverlag zu Rudolstadt 1976

Storm, Theodor: Brief an Turgenjew, 1867

Stürzbecher, Manfred: Heinrich Klose (1879-1968); Hainblick Nr. 9,12/1999

Thalmann, Rita: Jochen Klepper; C. Kaiser Verlag, München 1977

Thalmann, Rita: Frausein im Dritten Reich; C. Hanser Verlag, München 1984

Theuerkauf, Herbert: Tausendmal in Gänsefüßchen; Koehler & Amelang, Leipzig 1976

Trautmann, Uta: Emanuel Mendel; Bln. Ärztebl. 112 (1999) 539-540

Tucholsky, Kurt: Ausgewählte Werke; Volk und Welt, Berlin 1956

Vilmar, Fritz (Hrsg.): 10 Jahre Vereinigung. Kritische Bilanz und humane Alternativen; trafo Verlag, Berlin 2000

Weizsäcker, Richard v.: Vier Zeiten; Siedler Verlag, Berlin 1997

Wolf, Friedrich: Besinnung – Vier Dramen; Aufbau-Verlag, Berlin 1947

Zwerenz, Gerhard: Vergiß die Träume Deiner Jugend nicht; Rasch & Röhring, Hamburg 1989

Zwerenz, Gerhard: Krieg im Glashaus oder Der Bundestag als Windmühle; edition ost, Berlin 2000

*Die Häuser Hoch-
straße 44 und 45 in
Berlin-Wedding
um 1920 gehörten
den Großeltern
Heim*

*Ida und Friedrich
Heim, die Großeltern,
im Garten in Blanken-
burg, 1920*

Ausflug der Großfamilie Heim/Schmiedigen mit Pferd und Wagen zum Sommergrundstück in Berlin-Blankenburg, 1921

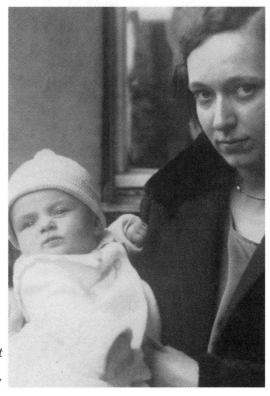

Mutter Charlotte Franke mit dem einjährigen Sohn, 1927

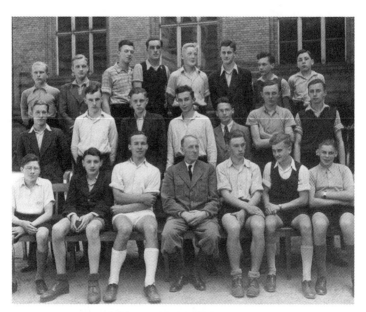

Mai 1942: Klassenbild vor dem Lessing-Gymnasium (Kurt Franke: Dritter von links in der obersten Reihe)

Juni 1944: Berliner Jugendmeister über 110 m Hürden

*Vater Karl Franke,
September 1940, im Alter von
45 Jahren, Rotterdam*

*Sohn Kurt Franke, Dezember 1944,
Kaserne Schwedenschanze in Stralsund*

Studentenfasching 1948 in der Taberna academica. Links neben Kurt Franke der spätere Prof. Matthies mit Frau

Glückwunsch der Feuilleton-Redaktion der Berliner Zeitung zum 24. Geburtstag

Berlin, Sommer 1951: Weltfestspiele und Staatsexamen sowie die Approbation

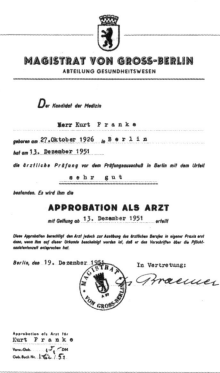

MAGISTRAT VON GROSS-BERLIN

ABTEILUNG GESUNDHEITSWESEN

Der Kandidat der Medizin

Herr Kurt F r a n k e

geboren am 27. Oktober 1926 in B e r l i n

hat am 13. Dezember 1951

die ärztliche Prüfung vor dem Prüfungsausschuß in Berlin mit dem Urteil

s e h r g u t

bestanden. Es wird ihm die

APPROBATION ALS ARZT

mit Geltung ab 13. Dezember 1951 erteilt

Diese Approbation berechtigt den Arzt jedoch zur Ausübung des ärztlichen Berufes in eigener Praxis erst dann, wenn ihm auf dieser Urkunde bescheinigt worden ist, daß er den Vorschriften über die Pflichtassistentenzeit entsprochen hat.

Berlin, den 19. Dezember 1951

In Vertretung:

Approbation als Arzt für
Kurt F r a n k e
Vorm.-Geb. DM
Geb. Buch Nr.

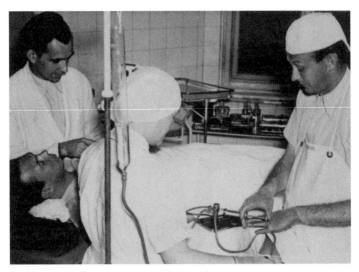

Meißen 1952: Im OP als Direktblutspender mit Dr. Hans Clauß

Ehefrau Anneliese mit Sohn Karl-Peter, 1955

In Shanghai, 1958

In Berlin, 1956, zum ersten Sportärztelehrgang der DDR mit Prof. Missiuro aus Warschau

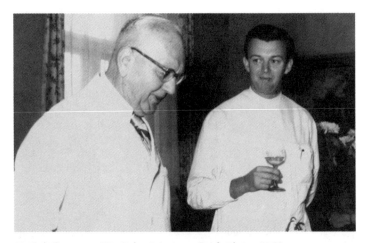

Gratulation zum 80. Geburtstag von Prof. Klose, 1959

Rom 1960: mit Dr. Häntzschel (links) und Prof. Strauzenberg

Unfallchirurgen aus Österreich, der Schweiz und der DDR bei einem Spreewald-Ausflug 1979

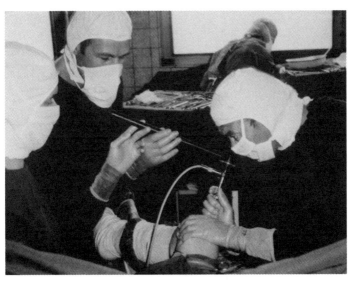

Pankow 1980: Beginn der Gelenkspiegelung (Arthroskopie)

Salzburg 1981: Jahrestagung der österreichischen Gesellschaft für Unfallchirurgie; mit internationalen Kollegen

Boston 1980: Sportmedizinischer Kongreß

Mit Enkelin Angelika, 1980: »Opa, da blüht ein Spargel!«

Als Heim- und Handwerker in der Schorfheide, 1982

Kugelstoßer Udo Beyer

Eisschnelläuferin Karin Kania

Eiskunstlaufpaar Mager/
Bewesdorff

Langstreckenläufer Jürgen Straub

Tänzer Oliver Matz

Tänzerin Susan Baker

Radsprinter Bernd Drogan

Ein paar dankbare Patienten …

Berufung zum Professor durch Minister Böhme, 1977

75 Jahre Krankenhaus Pankow am 27. Oktober 1981 mit OMR Dr. Herbert Weber

Besuch aus Japan in der Pankower Klinik, 1986

LITERA

KRITIK MUSS MAN ÜBEN!

ABER NICHT AN PROF. FRANKE

VIELEN DANK SAGT

WOLFGANG SCHAILER   RAINER SCHULZE   WOLFGANG STUMPH

3.XI.89

Origineller Dank von Wolfgang Stumph

Mit dem Architekten Prof. Graffunder, Silvester 1992

Mit Prof. Otto Prokop, dem Kurt Franke das Thema seiner Habilitationsschrift verdankt, und Ehefrau Anneliese, 1986

ISBN 3-360-00972-X

© 2002 Das Neue Berlin Verlagsgesellschaft mbH
Alle Nachdrucke sowie Verwertung in Film, Funk und Fernsehen
und auf jeder Art von Bild-, Wort- und Tonträgern honorar-
und genehmigungspflichtig. Alle Rechte vorbehalten.
Umschlagentwurf: Peperoni Werbeagentur, Berlin
Fotos: Archiv Kurt Franke
Druck und Bindung: Druckhaus Dresden
Die Bücher des Verlags Das Neue Berlin erscheinen
in der Eulenspiegel Verlagsgruppe.
www.eulenspiegel-verlag.de